TUTANCÂMON
O ÚLTIMO SEGREDO

CB132096

Do Autor:

Séries

RAMSÉS

O Filho da Luz (Vol. 1)
O Templo de Milhões de Anos (Vol. 2)
A Batalha de Kadesh (Vol. 3)
A Dama de Abu-Simbel (Vol. 4)
Sob a Acácia do Ocidente (Vol. 5)

A PEDRA DA LUZ

Nefer, o Silencioso (Vol. 1)
A Mulher Sábia (Vol. 2)
Paneb, o Ardoroso (Vol. 3)
O Lugar da Verdade (Vol. 4)

A RAINHA LIBERDADE

O Império das Trevas (Vol. 1)
A Guerra das Coroas (Vol. 2)
A Espada Flamejante (Vol. 3)

MOZART

O Grande Mago (Vol. 1)
O Filho da Luz (Vol. 2)
O Irmão do Fogo (Vol. 3)
O Amado de Ísis (Vol. 4)

As Egípcias
A Rainha Sol
A Sabedoria Viva do Antigo Egito
Mundo Mágico do Antigo Egito
Nefertiti e Akhenaton
O Egito dos Grandes Faraós
Filae — O Último Templo Pagão
Tutancâmon — O Último Segredo

CHRISTIAN JACQ

TUTANCÂMON
O ÚLTIMO SEGREDO

Tradução
Maria Alice Araripe de Sampaio Doria

BERTRAND BRASIL

Copyright © XO Éditions, 2008
Título original: *Toutânkhamon — L'ultime Secret*

Capa: Raul Fernandes

Editoração: DFL

2009
Impresso no Brasil
Printed in Brazil

CIP-Brasil. Catalogação na fonte
Sindicato Nacional dos Editores de Livros, RJ

J19t Jacq, Christian, 1947-
Tutancâmon: o último segredo/Christian Jacq; tradução Maria Alice Araripe de Sampaio Doria. – Rio de Janeiro: Bertrand Brasil, 2009.
448p.

Tradução de: Toutânkhamon: l'últime secret
ISBN 978-85-286-1393-3

1. Tutancâmon, Rei do Egito – Ficção. 2. Egito – História – Décima oitava dinastia, ca. 1500-1320 a.C. – Ficção. 3. Romance francês. I. Doria, Maria Alice Araripe de Sampaio, 1948-. II. Título.

CDD – 843
09-2464 CDU – 821.133.1-3

Todos os direitos reservados pela:
EDITORA BERTRAND BRASIL LTDA.
Rua Argentina, 171 – 1º andar – São Cristóvão
20921-380 – Rio de Janeiro – RJ
Tel.: (0xx21) 2585-2070 – Fax: (0xx21) 2585-2087

Não é permitida a reprodução total ou parcial desta obra, por quaisquer meios, sem a prévia autorização por escrito da Editora.

Atendemos pelo Reembolso Postal.

Continuamos sem compreender o mistério da vida. As sombras se movem, mas nunca se dissipam completamente.

Howard Carter, descobridor
da tumba de Tutancâmon

É provável que esta narrativa pertença ao gênero da ficção. Mesmo assim, tive de modificar os nomes de alguns personagens, pois, ao que parece, às vezes a verdade é inacreditável.

Ch. J.

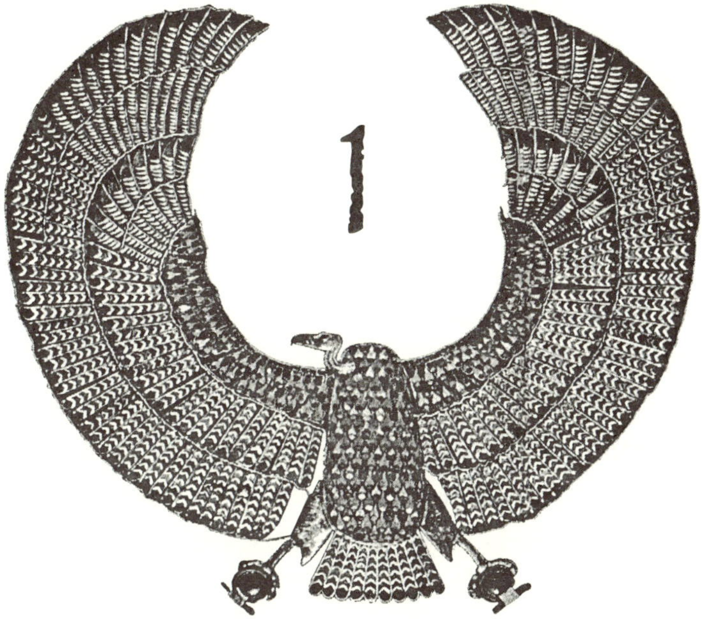

1

Quer saber quem você é realmente? Esteja no Cairo dentro de quinze dias, em 28 de abril de 1951. Encontro na igreja de São Sérgio, às 20 horas. Nós o contataremos. Assim, terá oportunidade de saber. Se não, continuará para sempre um desconhecido para si mesmo. E a sua vida não terá sido mais do que uma ilusão e uma enganação.

Relendo pela décima vez essa incrível mensagem, Mark Wilder esbarrou num transeunte. Confuso, pediu desculpas, ergueu a cabeça e viu o obelisco erigido no Central Park em 1881. Ele havia sido batizado de "agulha de Cleópatra", mas, na realidade, era obra de um dos maiores faraós do Antigo Egito, Tutmés III. Protegido pelo deus dos sábios, Toth, esse monarca reinara por um longo tempo[1] e havia escrito o *Livro da Câmara Oculta*, destinado a fazer reviver a alma real no seio da luz.

Andando sem destino, Mark Wilder não esperava encontrar a pedra ereta que furava as nuvens e atraía as forças positivas. Os hieróglifos gravados no obelisco evocavam a festa da regeneração de Tutmés III e a sua capacidade em transmitir magicamente a energia celeste à espécie humana. Era um universo muito afastado da agitação nova-iorquina e do mundo feroz dos advogados empresariais, do qual Mark Wilder era um dos mais brilhantes representantes. Tão brilhante que lhe haviam prometido uma bela carreira política que o levaria, no mínimo, ao cargo de senador. Notado pelos homens influentes do círculo presidencial, havia unanimidade a respeito da sua pessoa. Símbolo perfeito do milagre americano, ele possuía as qualidades exigidas para ocupar altos postos a serviço da pátria.

Porém, Mark queria tomar fôlego. Aos quarenta e dois anos, estava em plena forma, corria a maratona e era páreo para excelentes jogadores de tênis. Possuidor de uma bela fortuna, era celibatário convicto. Como não tinha mais nada a provar na sua profissão, na qual os sucessos se acumulavam, decidira tirar um ano sabático e dar a volta ao mundo para lavar a alma, conhecer outros países e outras culturas. O seu braço direito, Dutsy Malone, poderia encarregar-se do escritório e administrar os processos em andamento. Em caso de urgência, conseguiria facilmente entrar em contato com o patrão.

[1] De 1504 a 1450 a.C.

Num dia em que consultava o seu programa de viagem, Mark havia recebido essa carta surpreendente enviada do Cairo. Parecia uma brincadeira idiota! Um mês antes, quando enfrentara e vencera um adversário tenaz, ele a teria jogado no lixo. Contudo, na véspera da partida, ele se questionava. O instinto de caçador punha-o de sobreaviso contra uma reação muito racional.

Atravessando o Central Park com grandes passadas, Mark voltou ao seu luxuoso escritório em Manhattan. Andar muitas vezes lhe permitira encontrar soluções para problemas complexos e ele fazia questão de evitar ao máximo o carro e os elevadores.

Os três primeiros meses do ano de 1951 haviam sido marcados por vitórias retumbantes do seu escritório, considerado um dos mais performáticos de Nova York. Os melhores profissionais competiam para fazer parte da sua equipe, mas era preciso passar pelo obstáculo chamado Dutsy Malone, dono de uma intuição infalível.

Dutsy era o confidente de Mark e o seu único e verdadeiro amigo. Ele não tinha inveja do chefe, satisfazia-se plenamente com o seu papel de assessor, vivia feliz com a família, uma felicidade rara, graças a uma esposa alegre e duas maravilhosas meninas.

— Ah! Ei-lo de volta! — exclamou Dutsy, soltando uma baforada do charuto cubano. — Antes de sumir, precisa me dar a sua opinião sobre três enormes processos. Em seguida, cuidarei da administração. E como o seu ano de descanso não irá além de três semanas, em breve a vida retomará o seu curso normal. Estou exagerando ao dizer três semanas... Depois de quinze dias de hotéis, praias, mulheres tão bonitas quanto idiotas e passeios com guias aborrecidos até a morte, você pegará o primeiro avião para Nova York!

Seguro do seu prognóstico, Dutsy Malone estalou os suspensorios de flores ao contemplar aquele homem de um dinamismo tranquilo, testa larga, olhos castanhos e aparência esportiva por quem sempre sentira uma grande admiração.

— O que acha desta carta? — perguntou Mark, mostrando-lhe o documento.

Dutsy engasgou.

— Puro delírio! Você não vai dar a menor importância às divagações de um alienado, vai? E nem está assinada!

— Eu não conheço o Egito. Uma primeira escala bem atraente.

— Mas eu conheço: um verdadeiro barril de pólvora! Você se esqueceu da guerra de 1948? Os israelenses arrasaram com os egípcios e no Cairo houve sérios distúrbios. Perdemos as contas dos atentados cometidos contra lojas ocidentais, grandes magazines, cinemas, escritórios das sociedades inglesas e francesas e, é claro, estabelecimentos judeus. Bombas explodiram no bairro judeu e causaram dezenas de vítimas.

— A guerra terminou, Dutsy.

— Não se iluda! Desde que as potências ocidentais reconheceram o Estado de Israel, a situação é extremamente tensa. O Egito não firmou a paz, e sim assinou um armistício que pode ser rompido a qualquer momento.

— O rei Faruk[1] não é considerado um conquistador sanguinário — objetou Mark Wilder.

— Ele é maluco e paciente. No verão de 1948, arrestou inúmeros bens pertencentes a ocidentais. Os que estavam fora do Egito tiveram mais sorte, os outros foram presos. Muitos residentes, que

[1] Sobre Faruk, consultar J. Bernard-Derosne, *Farouk, la déchéance d'un roi*, Paris, 1953; A. Sabet, *Farouk, un roi trahi*, Paris, 1990, e G. Sinoué, *Le Colonel et l'Enfant-roi*, Paris, 2006.

viviam há muito tempo no país, foram espoliados. E os soldados de Faruk, auxiliados pela polícia política, não hesitaram em cometer assassinatos e matar militares franceses. Só os ingleses conseguem enfrentá-lo. Mas ele quer expulsá-los, recuperar o canal de Suez e se afirmar como chefe espiritual e temporal do Oriente Médio.

Mark sorriu.

— Segundo as revistas, ele passa a maior parte do tempo jogando quantias incríveis nos cassinos de Alexandria, Monte Carlo e Deauville.

Dutsy Malone mastigou o charuto.

— Concordo, esse barrigudo é um maldito jogador! Dizem que ele chega a perder cinquenta mil dólares numa única noite. Mas também é verdade que se trata de um sujeito perigoso que elimina todos os oponentes.

— Esse não é o meu caso — observou o advogado. — Um simples turista não é uma ameaça ao trono.

— Não vá para lá, Mark. É perda de tempo. Vá relaxar alguns dias no Caribe e volte logo.

— Saber quem eu sou realmente... É tentador.

— Santo Deus! Você? Cair numa armadilha dessas?

— Às vezes a vida é estranha, Dutsy. Será que ela não está me oferecendo uma oportunidade de desvendar um mistério?

Malone deu um soco na própria testa.

— Além de tudo, lá vem ele com metafísica! Vá se divertir no Cairo, veja as pirâmides e a sua igreja de São Sérgio, cumprimente a Esfinge por mim e volte. Temos muito trabalho por aqui.

2

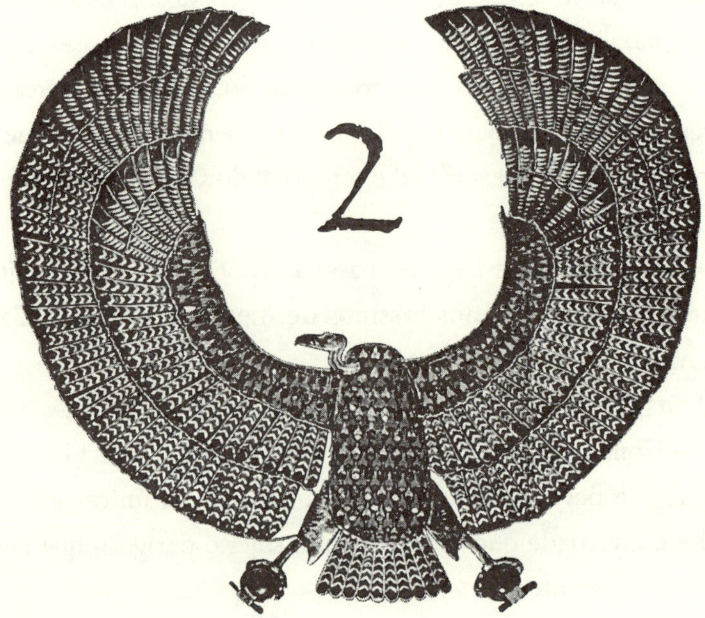

No centro do Cairo Antigo, o abade Pacômio vivia uma velhice tranquila. O tempo parecia ter esquecido o velho erudito que possuía uma imensa biblioteca, na qual se acumulavam textos egípcios, coptas, gregos e aramaicos. Sabendo ler hieróglifos, o abade recebia de bom grado jovens pesquisadores, aos quais dava preciosos conselhos.

Naquela manhã, a sua visitante, uma comerciante muito agitada, buscava outra forma de ciência.

— Padre, me ajude, eu suplico!

— O que aconteceu, minha filha?

— Estou possuída pelo demônio!

— De onde vem essa certeza?

— Os clientes já não compram os meus cestos, meu marido não se interessa mais por mim, meus filhos só me agridem!

— Uma situação difícil.

— Não, padre, é o demônio! Ontem, minhas mãos ficaram cobertas de sangue. Todas as noites a minha cama se mexe, os móveis gemem e uma forma negra atravessa a casa, rindo! Liberte-me, eu suplico.

— Consultou o seu pároco?

— Ele não pode fazer nada por mim! Todos sabem que o senhor é o maior mago do Cairo e que já salvou muitas vítimas do demônio. Não me abandone, tenha piedade!

— Vejamos.

Com os olhos cheios de esperança, a comerciante se deixou examinar.

O abade Pacômio palpou as extremidades da mulher, pôs o ouvido no coração dela e a mão na nuca.

— Não há dúvida — concluiu ele. — Você está realmente tomada por um *afarit*, uma criatura agressiva que mina a sua respiração e deteriora o seu sangue.

— O senhor... O senhor vai me salvar?

— Vou tentar. Ajoelhe-se e reze para a Virgem.

A possuída obedeceu.

O abade se vestiu com uma longa túnica branca, única cor que permitia a comunicação com o invisível.

Em seguida, ele consultou um livro de magia que datava da época dos Ptolomeus e recitou uma série de fórmulas muito antigas dirigindo-se ao rei dos demônios. Assim, ele o forçava a responder e a lhe revelar a identidade do *afarit* que atormentava a infeliz. Um agressor virulento, mandado por uma parente invejosa.

Pacômio fez uma estátua de cera, na qual gravou o nome do agressor, e derreteu-a numa copela de bronze.

Com o rosto contorcido, a possuída caiu de costas, os braços em cruz.

Enquanto as chamas consumiam o *afarit*, o abade queimou incenso e derramou água benta na fronte, no peito, nas mãos e nos pés da paciente.

Tranquila, ela se levantou.

— Eu me sinto muito bem!

— Está livre, minha filha. Pinte de vermelho a porta do seu quarto e use este talismã.

O velho entregou à mulher um pequeno quadrado de linho, coberto de símbolos indecifráveis.

— Padre... Como posso lhe agradecer? Eu lhe daria a metade do que possuo, eu...

— Não quero nada, minha filha. Vê-la curada me basta.

A comerciante beijou as mãos do exorcista.

— Que Deus lhe dê uma longa vida, padre!

— Seja feita a Vossa vontade.

Leve, feliz, a comerciante desapareceu.

Pacômio fechou a porta dos seus domínios com duas voltas na chave e entrou num subterrâneo cuja existência só ele conhecia.

Quem poderia supor que sob o hábito de um monge copta venerado por toda a comunidade cristã do Cairo se escondia o último sacerdote do deus Amon? Apesar da cristianização do Egito, seguida da invasão árabe, a tradição iniciática dos Antigos nunca fora interrompida. É verdade que a maior parte dos adeptos havia deixado a terra inóspita para se refugiar no Ocidente, ali fundar comunidades e construir catedrais onde, de forma simbólica, a mensagem continuava a ser formulada. Mas alguns clãs sobreviveram sofrivelmente no próprio Egito.

Agora, a longa linhagem estava ameaçada de extinção.

A capela subterrânea de Pacômio era uma morada eterna construída pelos seus ancestrais no derradeiro resplendor da civilização faraônica: soleira de granito rosa, piso de prata, dois pilares em forma de lótus, um pedestal para a barca solar de acácia, uma mesa de oferendas e um naos que continha a estatueta de ouro da deusa Maat, encarnação da retidão e exatidão do Universo.

Todas as manhãs, em nome dos iniciados que haviam passado para o Oriente eterno, Pacômio, cujo nome significava "Fiel de Khnum", o deus-oleiro com cabeça de carneiro, incumbido de moldar os seres vivos no seu torno, celebrava o ritual do despertar das forças divinas. Desse modo, preservava uma parcela de harmonia num mundo atormentado pelas piores loucuras, desordens e crueldades.

Em breve o seu coração pararia de bater e ele iria juntar-se aos ancestrais. Antes disso, deveria transmitir a informação de suma importância que detinha e que não podia explorar, e precisava cumprir uma missão cuja importância ia além da sua pessoa e da sua época. Talvez essa tentativa fosse inútil, mas havia prometido cumpri-la e manteria a palavra, sob pena de ser condenado pelo tribunal de Osíris e ver a sua alma lançada como alimento para a devoradora.

Por essa razão, o último sacerdote de Amon havia escrito a Mark Wilder convidando-o para uma conversa na qual lhe revelaria a sua verdadeira identidade.

Mas será que um brilhante advogado empresarial americano, de ambições ilimitadas, demonstraria algum interesse por uma carta tão estranha?

Pacômio recitou as fórmulas da "saída da voz", da "oferenda do faraó" e "venha em paz" da alma unida, formada de Ra, o sol do dia, e de Osíris, o da noite. Uma luz suave encheu o santuário e o celebrante se sentiu transportado diante dos seus antecessores que, durante milênios, haviam mantido o vínculo entre o visível e o invisível.

Amon, "o deus escondido", o Uno que formava o múltiplo continuando a ser Um, concordaria em responder?

Ao fim do ritual, Pacômio olhou a cópia da carta que enviara a Mark Wilder.

Embaixo do documento havia sido inserido o hieróglifo das duas pernas em movimento, cujo significado era bem claro: Mark Wilder viria.

3

Mark Wilder havia adormecido na decolagem e só acordara ao aterrissar no Cairo. O avião lhe parecia o lugar ideal para relaxar. Em pleno céu, impossível de ser encontrado, podia finalmente se entregar a um sono reparador.

As formalidades de desembarque se efetuaram num alegre vozerio, embora os policiais e aduaneiros não tivessem um aspecto particularmente amável. Ao pegar as malas, o advogado aprendeu a sua primeira palavra árabe, uma das mais importantes: *bakchich*, "gorjeta". A arte suprema consistia em dosá-la de acordo com o interlocutor. Construído em pleno deserto, próximo a Heliópolis, um sítio antigo que se tornara um subúrbio chique da capital, o aeroporto ligava a velha terra dos faraós ao mundo moderno.

Então, quando procurava a pessoa incumbida de recebê-lo conforme a promessa da agência de viagens, uma voz alta o chamou:

— Mark! É você... É você mesmo?

— John!

— Que prazer imenso em revê-lo! Turismo ou negócios?

— Turismo!

— Seu hotel?

— Mena House.

— Excelente escolha! Se quiser, eu o levo.

Mark viu um homem baixinho que, penando para se destacar, agitava um cartaz com o seu nome.

— Estão me esperando e...

— Não se preocupe, eu resolvo o problema.

O baixinho pareceu bem satisfeito com a sua *bakchich*, e John pegou o carrinho com as malas.

— Não queria que perdesse tempo comigo — afirmou Mark.

— Você acabou de desembarcar no Oriente, meu velho! Aqui as horas são elásticas. Fique tranquilo. Vim trazer um cliente ao aeroporto e o meu próximo encontro só está marcado por volta da meia-noite, na casa de um político. O Cairo não dorme nunca. E, de tarde, os funcionários públicos fazem uma longa sesta.

Na faixa dos quarenta anos, esperto, muito moreno, de estatura média, John Hopkins era um comerciante internacional, de relacionamento fácil. Inteligência ágil, grande viajante, capaz de fechar contratos complexos com países indecisos, recorrera várias vezes ao escritório de Mark Wilder e sempre se felicitara por isso. Além das relações de negócios, os dois homens se haviam simpatizado e jogado belas partidas de tênis, acirradamente disputadas, antes de se entregarem aos prazeres da gastronomia.

O Mercedes de John Hopkins entrou num trânsito alucinado.

— A única regra do código de trânsito — explicou — é intimidar o adversário. As placas são puramente decorativas. Bem-vindo ao Cairo, Mark! Uma cidade extenuante, ao mesmo tempo simples e complicada. A leste ficam os bairros antigos, com um número incalculável de mesquitas e palácios mais ou menos em ruínas; a oeste, os bairros modernos, um pedaço da Europa com hotéis, lojas e clubes privados. Lá são dadas magníficas recepções, nas quais os elegantes se acotovelam. Quando se tem dinheiro, a vida é bela!

O Mercedes ultrapassou um ônibus lotado. Enxames humanos se agarravam às janelas.

— A superpopulação é o maior problema — explicou John. — Dezesseis milhões de pessoas no Cairo em 1930, em breve vinte e cinco! E isso pode continuar a toda velocidade. Os camponeses continuam a deixar o campo para se instalar na cidade, onde esperam encontrar melhores condições de vida. E as proibições do governo não os detêm. Imóveis são construídos às pressas, um pouco em toda parte, e as pessoas se amontoam em locais muitas vezes insalubres. Razões de sobra para uma bela explosão. No entanto, o país é rico e as indústrias locais vão bem. Mas só uma ínfima minoria se aproveita disso ao máximo. O outro problema é a inflação galopante que arruína a classe média. Em resumo, riqueza e miséria caminham lado a lado, de maneira surpreendente. Às vezes a farinha, o açúcar ou o petróleo são racionados. E menos de 2% dos egípcios são donos de mais da metade das terras cultiváveis. Acrescente a tudo isso o rancor e a decepção do povo depois da recente derrota militar de 1948 e vai compreender a gravidade da situação.

— Por que está aqui? — perguntou Mark.

— Algodão. Investi muito e quero recuperar minha aplicação. Infelizmente, um escândalo estourou na Bolsa de Alexandria. Especuladores manipularam as cotações e foram pegos! Como dizem que a esposa de um ministro teria participado da fraude, a revolta está no ar. Diga-me, Mark... E se me desse uma ajudazinha para moralizar tudo isso?

— Estou de férias, John.

— Conhecendo você como eu conheço, elas não durarão mais do que uma semana!

— Preciso descansar e certamente há muito o que ver no Egito.

— Não ficará decepcionado! Mesmo assim... Logo terá vontade de trabalhar e preciso realmente da sua ajuda, a fim de evitar um desastre.

— Veremos, John. Cuidado!

Quando o Mercedes passava em frente ao teatro da Ópera, um bólido vermelho cruzou na frente dele.

Com um golpe violento de direção John conseguiu evitar a colisão, passou raspando por um grupo de pedestres que gritaram com o susto e foi parar a alguns centímetros da calçada.

— Esse louco furioso merecia a prisão! Mas ninguém ousará detê-lo.

— Por quê? — surpreendeu-se Mark.

— Porque se trata do rei Faruk em pessoa! Ele dirige Rolls-Royces e Cadillacs como um doente, pisando fundo no acelerador. Você viu a cor desse bólido ambulante? Vermelho vivo! Ela é exclusiva da imensa frota de automóveis do rei, para que a polícia rodoviária não o intercepte. Aos vinte e quatro anos ele sofreu um acidente grave. Mas eu poderia jurar que isso lhe dá mais vontade de correr! Uma vez, um outro psicopata tentou ultrapassá-lo... O rei atirou nos pneus dele! Os ouvidos dos cairotas ficam impregnados das altas buzinas de Faruk, que imitam um toque de clarim, o refrão do realejo ou o gemido de um cão atropelado.

— E é esse homem quem governa o Egito?

— Por enquanto, Mark, por enquanto! Devemos reconhecer que a política dele é eficaz e que o exército, apesar de um descontentamento crescente, continua a lhe obedecer. Ora, esqueça tudo isso e aproveite. No Mena House, não será difícil.

Situado ao pé das pirâmides, o luxuoso hotel havia sido originalmente um pavilhão de caça do quediva[1] Ismail. Em 1869, por ocasião das festas para celebrar a abertura do canal de Suez, o prédio recebera hóspedes ilustres antes de ser aberto para o turismo. Os ingleses apreciavam o terraço sombreado, onde a hora do chá era uma verdadeira delícia. Decorados à moda oriental, os quartos lembravam um palácio das Mil e uma Noites. No centro do jardim extremamente bem cuidado, a piscina parecia um oásis onde a única coisa a fazer era sonhar e relaxar.

Empregados dedicados cuidaram da bagagem de Mark e um maître atencioso ofereceu a melhor mesa aos dois americanos.

— Venho muitas vezes aqui — confessou John. — O lugar é tranquilo, longe da agitação do Cairo. Sugiro alface com pequenas cebolas frescas para começar. Depois, cordeiro assado com uvas de Corinto. Sei que vai gostar. E teremos até um vinho francês!

Mark Wilder passava por estranhas sensações. Pela primeira vez na vida lhe faltavam pontos de referência e ele se perguntava se,

---

[1] Título equivalente a vice-rei, concedido pelos turcos ao paxá do Egito. (N. T.)

realmente, havia aterrissado. Muito próxima, a grande pirâmide de Quéops era uma testemunha impressionante dessa conversa inesperada.

Mal havia chegado ao Egito e, no entanto, já sabia que não se parecia com nenhum outro país. Apesar da modernidade, a magia do passado não desaparecera. E o que quer que acontecesse, não se arrependeria de ter contemplado aquele céu azul com um charme inesquecível e de ter respirado aquele ar, de uma pureza que nascia da aliança com o deserto.

— Uma ideia estapafúrdia me veio à cabeça, John. Não é você o autor desta carta?

O advogado entregou o documento ao amigo, que o leu rapidamente.

— Não, Mark, não escrevi este chamado surpreendente! Eu o teria assinado. Além disso, não, eu não entraria em contato com você assim! "Saber quem você é realmente"... O que isso significa?

— Provavelmente não tardarei a saber.

— À primeira vista, trata-se de uma brincadeira.

— Ao menos me permitirá conhecer o Egito.

— O Cairo Antigo merece ser visitado e São Sérgio é uma bela igreja. E não se esqueça das pirâmides!

— Fique tranquilo, vou reservar para elas a minha primeira visita.

— Não fique de folga por muito tempo. Assim que achar que é hora, ligue-me neste número e falaremos sobre os meus problemas com o algodão. Não se arrependerá, serei generoso. Até breve, Mark.

O advogado pôs no bolso do paletó o cartão de visitas de John Hopkins. Embriagado com o esplendor da paisagem, Mark saiu do Mena House e se dirigiu para o planalto das pirâmides.

4

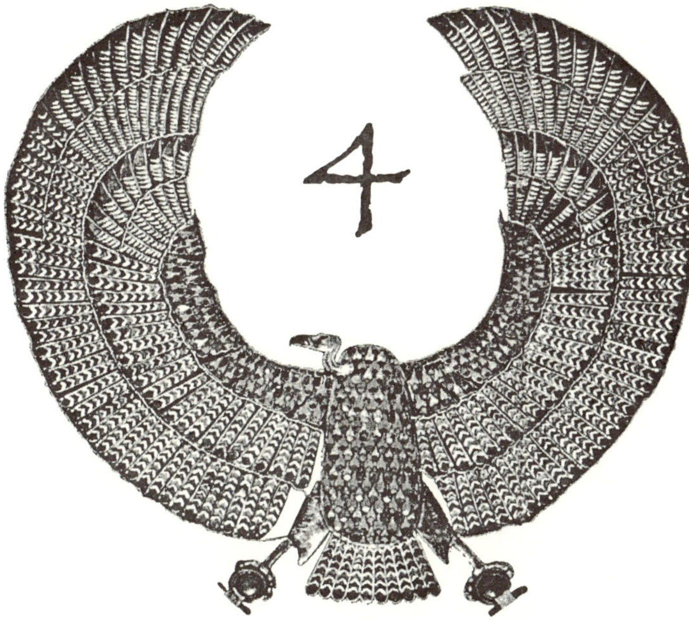

Uma excelente noite, um suntuoso café da manhã no jardim do Mena House, visita à pirâmide de Quéops, um longo passeio no planalto de Gizé para melhor apreciar as três pirâmides... Mark Wilder já havia esquecido os negócios, Nova York, os Estados Unidos e o mundo moderno. Fascinado com a perfeição dos gigantes de pedra, ele se sentia numa espécie de vazio e, ao mesmo tempo, atraído para a luz de um sol tão generoso que afastava do local muitos turistas incapazes de enfrentar o forte calor. Segundo os autóctones, aquele fim de mês de abril havia batido todos os recordes.

Ao pôr-do-sol, Mark pensou novamente no estranho encontro. Ele se regalou com uma cerveja local antes de tomar banho e vestir um terno leve.

Quando saía do hotel, um táxi novinho em folha parou em frente aos degraus da entrada. Um quinquagenário barrigudo e sorridente saiu de dentro do carro.

— Às suas ordens! Ninguém conhece o Cairo melhor do que eu. Aonde quer ir?

— Ao Cairo Antigo.

— Entre, eu faço um preço bom.

— Vamos resolver isso primeiro.

Diante da limpeza do veículo, o advogado não regateou.

— Eu me chamo Hosni e tenho oito filhos — revelou o motorista. — De que país o senhor vem?

— Estados Unidos.

— Gostamos muito dos americanos! Vocês lutam pela liberdade. Os ingleses e franceses são colonizadores. Quando partirem, não sentiremos falta. É a sua primeira viagem ao Egito?

— Exato.

— Seja bem-vindo! Aqui, a hospitalidade é sagrada. Vai ficar muito tempo?

— Depende.

— Não se apresse! É preciso saber apreciar cada momento e descobrir aos poucos os encantos do Cairo. Vai começar pelas igrejas cristãs?

— Vou, de fato.

— Cristãos e muçulmanos, todos vivem em paz. Antigamente, os judeus eram tolerados. Por causa da criação do Estado de Israel e da guerra de 1948, eles foram embora. *Inch Allah!* Não deixe de visitar as mesquitas, são esplêndidas!

— Não deixarei.

— Qual é a sua profissão?

— Negócios.

— Ah, os negócios! Eu gostaria de ter tentado isso também. Mas Deus não quis. Depois da sua estada no Cairo, vai a Luxor?

— Ainda não sei.

— Por causa dos negócios?

— É, por isso.

O interrogatório começava a irritar Mark. Perceptivo, o motorista se concentrou na direção, que exigia uma verdadeira perícia.

Ao atingir os velhos bairros, o advogado descobriu um mundo diversificado que teria estarrecido muitos membros da alta sociedade americana: burros carregados de alfafa, solo lamacento, odores pestilentos e perfume de especiarias, cozinhas ao ar livre, mulheres cobertas de preto ao lado de jovens vestidas à ocidental, personagens com roupas típicas usando o tarbuche[1] cruzavam com homens de *galabieh*, a túnica tradicional de cores variadas. Havia galinheiros nos balcões, cabras nos telhados, uma agitação mesclada à lentidão... Mark Wilder se deixou absorver pelo espetáculo.

— O Cairo é a mãe do mundo — lembrou o motorista. — Aqui todos os sonhos se tornam realidade.

Cobrindo uma parte da antiga Fostat, o Cairo Antigo era cercado pelas muralhas da Babilônia do Egito[2], local de combate entre as forças da luz e as das trevas.

---

[1] Barrete clássico dos turcos, de feltro vermelho com uma borla de seda azul. (N. T.)

[2] Na área de Fostat existe uma antiga fortaleza romana cercada por muralhas e denominada Babilônia. Segundo a tradição, nessa fortaleza foram assentados soldados oriundos da Babilônia, a famosa cidade da Mesopotâmia. (N. T.)

O táxi parou.

— Aonde quer ir exatamente? — perguntou o motorista.

— Penso em passear sem destino.

— Não o aconselho a fazer isso.

— É perigoso?

— Não, mas pode deixar de ver os prédios mais interessantes. Todos são meio escondidos, os muros das igrejas não apresentam nenhum interesse. Sem um bom guia, perde-se o essencial.

— Leve-me à igreja de São Sérgio.

— Excelente escolha! Recomendo a cripta onde o Cristo, a Virgem e José ficaram abrigados por um longo tempo, protegidos do calor e do frio. E lá, também, foi deixado o cesto com o bebê Moisés[1], salvo das águas. Depois, sem dúvida, o senhor irá ao museu...

— Prefiro conhecer um local a fundo do que me dispersar.

— Estou às ordens.

Os dois homens se enfiaram por um dédalo de ruelas onde crianças brincavam. Mark notou nas paredes representações de São Jorge atacando o dragão; alguns balcões estavam enfeitados de guirlandas iluminadas que envolviam a imagem de Cristo. Aqui e acolá pesadas portas de madeira cravejadas de grandes pregos.

O motorista fez o cliente atravessar o jardim do museu, em seguida desceram os degraus que levavam a uma ruela que, mais abaixo, ia dar na igreja de São Sérgio, cuja porta central estava fechada.

— Pode entrar pela porta à direita. Não tenha pressa, eu o espero aqui.

---

[1] Segundo a tradição, o cesto com o bebê Moisés teria sido deixado pela mãe natural, à beira do Nilo, onde atualmente fica a igreja de São Sérgio. (N. T.)

Mark se deparou com uma pequena basílica. O corpo principal da nave, ladeado de capelas laterais, possuía duas filas de colunas de mármore. Ao oriente, três santuários eram separados da nave principal por uma divisória decorada com motivos poligonais, estrelas e cruzes.

Ninguém.

O americano se dirigiu para a entrada da cripta e desceu. Teto baixo, atmosfera opressiva... A Sagrada Família devia ter passado alguns momentos difíceis.

Mark esperou pacientemente as 20 horas.

Muito depois da hora marcada, ninguém havia aparecido.

Então, a carta era uma brincadeira. A não ser que... Ele saiu da igreja.

Sentado, o motorista fumava um cigarro.

— Satisfeito com a visita?

— Fascinante.

— Quer voltar ao Mena House?

— Não, vou passear um pouco.

— Posso levá-lo a um excelente restaurante...

— Já chega, meu caro. Aqui está o pagamento combinado, mais uma gorda *bakchich*. Boa-noite.

Sem dar tempo ao motorista de retrucar, Mark se afastou num passo rápido e se misturou à multidão.

Uns dez minutos depois, ele comprou um jasmim de um menininho radiante e aproveitou para verificar se o motorista não o seguira.

Aliviado, perguntou a um velho bem afeiçoado qual o caminho para sair do Cairo Antigo e voltar ao centro da cidade. Falando uma mistura de francês e inglês, amável, ele deu a informação.

— Não estaria precisando de um guia?

Mark se virou.

A voz era de uma jovem de uns trinta anos, cabelos pretos e olhos verde-água, parecida com as divindades pintadas nas moradas eternas dos faraós. À beleza se somavam um charme e uma graça realmente envolventes.

— Ah, bem... Por que não?

— Por que não veio sozinho ao encontro, senhor Wilder?

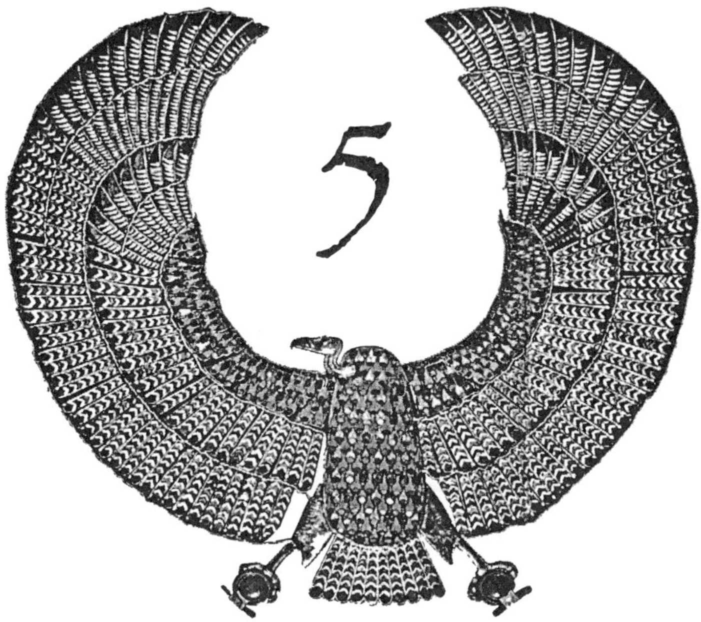

5

Passado o primeiro momento de surpresa, Mark avaliou a situação.

— Fala um inglês perfeito, senhorita.

— Isso é indispensável quando exercemos a profissão de guia de turismo. Também falo outras línguas. Siga-me, por favor. Vamos agir como um guia com o cliente que deseja conhecer as riquezas ocultas do Cairo Antigo, do jardim do museu ao cemitério copta. Assim, ninguém se espantará de nos ver conversando.

— Já que sabe o meu nome, posso saber o seu?

— Ateya.

— Então foi você quem me escreveu e marcou o encontro na igreja de São Sérgio?

— Não, senhor Wilder.

— Então... Quem foi?

— A sua atitude suspeita me impede de responder à pergunta. O senhor frustrou o encontro das 20 horas e acho que não haverá outro.

Irritado, o advogado parou e olhou direto nos olhos da jovem.

— "Atitude suspeita"... O que significa isso? Levei a sério uma carta anônima de conteúdo inacreditável, segui as instruções e me acusa de um delito que não sei qual é! Confesse que se trata de uma brincadeira e ficamos por aqui!

Os olhos da jovem brilharam.

— Considera a verdade uma brincadeira, senhor Wilder?

— Que verdade?

— A que lhe diz respeito.

— Ah, é, eu tinha esquecido! Saber quem eu sou realmente...

— É isso.

— Pare de zombar de mim, senhorita, e dê-me os verdadeiros motivos do redator da carta.

— Não conhece bem o Egito, suponho.

— É a minha primeira viagem.

— No entanto, no aeroporto, um homem esperava pelo senhor.

— Como sabe?

— Observei a cena.

— Você me espionou!

— Eu estava meio desconfiada, senhor Wilder, e tinha razão. Faça uma pergunta sobre as igrejas cristãs, rápido!

Com o canto dos olhos, Ateya observava um homem de bigode, vestido à europeia, que se aproximava.

— Essa permanência da Sagrada Família no Egito é verdade?

— Totalmente. Aliás, não se deve falar de "fuga para o Egito", mas de volta às origens. Cristo não veio se esconder. Ele aprendeu os ensinamentos dos sábios, transmitidos à Igreja copta, que os preserva nos seus santuários.

A guia se lançou numa descrição da arquitetura das basílicas primitivas.

O homem de bigode se afastou.

— Era um inspetor, incumbido de vigiar os guias — explicou ela. — Ele me acha competente e escreve excelentes relatórios a meu respeito.

— Melhor para você! O homem que veio falar comigo no aeroporto se chama John Hopkins. É um velho amigo que estava lá por acaso.

— Acredita em acasos? — observou a jovem, sorridente.

— Acha que John me espionava?

— Quando voltar a vê-lo, pergunte. O que ele faz no Egito?

— Ele investiu em algodão. John é um negociante internacional que mora onde estão os grandes negócios. Amanhã ele poderá ir para a Índia ou para a China. O meu escritório o auxilia nos contratos complexos.

— E o senhor não sabia que ele estava no Cairo?

— Claro que não!

No braço direito, Ateya usava uma pulseira de ouro com as chaves da vida. O objeto era uma pequena obra-prima, feita por um ourives de talento excepcional.

— Onde está hospedado?

— No Mena House. O quarto é imenso e desfruto de uma vista fabulosa para o planalto das pirâmides. Nenhuma fotografia faz jus à grandiosidade das pirâmides. Mesmo que a sua carta não passe de uma farsa, não me arrependo da viagem.

— O senhor escolheu o táxi?

— Não, ele apareceu. O motorista me fez mil perguntas e se impôs como guia. Como o achei muito insistente, livrei-me dele na saída de São Sérgio.

— Ele lhe disse como se chamava?

— Hosni.

— Esse homem pertence à polícia política do rei Faruk, encarregada de seguir a pista de estrangeiros.

— Mas... acabei de chegar!

— Um hóspede do Mena House não é qualquer um e sempre merece uma atenção especial. Ao despistar Hosni, o senhor corre o risco de ter sérios problemas.

"Provavelmente Dutsy estava certo", pensou o advogado. "Havia destinos mais tranquilos do que o Egito."

— Ouça, senhorita, não quero ser envolvido em nenhuma complicação! Ou se explica ou volto para Nova York.

— Então, volte, senhor Wilder. Assim não saberá quem é realmente e vai se arrepender pelo resto da vida.

A seriedade da voz impressionou o advogado. Ele tinha uma espécie de dom para detectar os embusteiros e mentirosos. Pelo visto, Ateya não pertencia a esse tipo de pessoa.

— Diga-me, pelo menos, se conhece o autor da carta!

— Conheço.

— E confia nele?

— Eu o venero. Diante da posição que ocupa, ele tem de ficar a salvo e não correr nenhum perigo. A presença do seu "amigo" no aeroporto e a de um informante da polícia de Faruk não têm nada de tranquilizador. O senhor me parece uma pessoa perigosa, senhor Wilder.

— Repito que John é um velho amigo. E eu fui objeto de uma vigilância como qualquer estrangeiro hospedado no Mena House e que sai sozinho em busca de aventura pelas ruas do Cairo.

— É uma visão otimista da situação.

— Por que não seria a certa?

— Porque o acaso não existe.

Sempre atenta, Ateya não cessava de observar os transeuntes.

— Devo marcar um novo encontro para o senhor ou deixá-lo na ignorância? Talvez, no fim das contas, prefira não saber de nada.

— Você desperta a minha curiosidade, exige uma cooperação cega e, agora, me rejeita! Isso não é crueldade demais?

A jovem sorriu de novo. Além da perspectiva de uma conversa com o enigmático personagem que ela venerava, Mark queria revê-la.

— Quer sinceramente saber a verdade?

— Quero, Ateya.

Ela levou algum tempo refletindo.

— Amanhã, às 20 horas, saia do Mena House e ande dez minutos na direção do Cairo. Um carro vai parar ao seu lado. O motorista pronunciará o meu nome, e o senhor dirá: "Deus o abençoe." E ele responderá: "Que a Sagrada Família o proteja." Ele o levará ao autor da carta e o senhor vai descobrir quem é realmente.

6

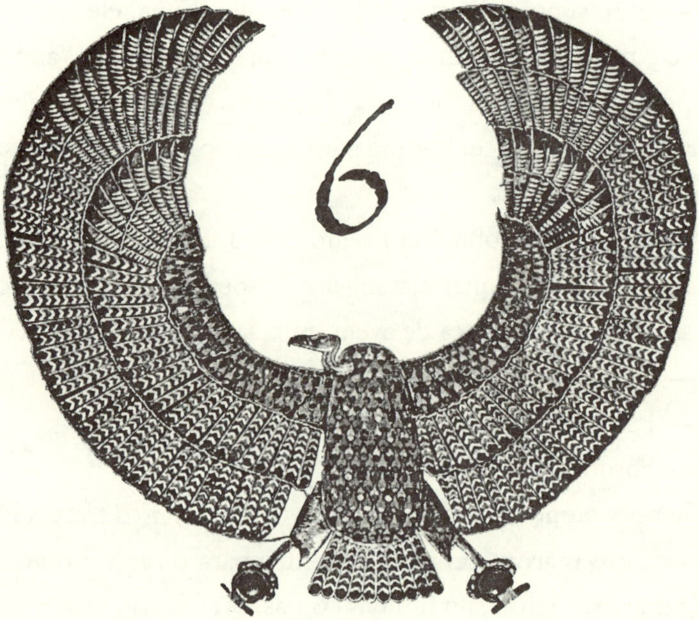

A estação de Pont Limoun ficava no subúrbio a leste do Cairo. Ali reinava uma agitação permanente e os horários próximos à chegada dos trens semeavam uma confusão da qual Mahmud se aproveitava para se embrenhar na multidão. Ele conhecia todos os policiais à paisana do setor. Grosseiros, sem formação, de vez em quando eles detinham um pobre-diabo, que passava por um duro interrogatório.

O sol do meio-dia estava escaldante. Nenhum importuno no horizonte. As tropas de Faruk desfrutavam de uma longa sesta depois de um copioso almoço, e Mahmud poderia sondar o seu informante sem preocupação.

Com trinta e dois anos, longilíneo, olhar vivo, Mahmud tinha o dom de passar despercebido. Por isso, o grupo clandestino e revolucionário dos Oficiais Livres o escolhera como agente de ligação entre os vários informantes necessários para reunir dados e preparar uma profunda modificação do regime.

A derrota atroz de 1948 deixara o exército egípcio num estado de desespero e rancor. Muitos soldados haviam lutado bem. Mas não demoraram a constatar que, diante da coragem e do equipamento dos israelenses, só dispunham de armas deficientes! Os canhões explodiam dilacerando os artilheiros, os fuzis travavam, faltavam tropas de reabastecimento e primeiros socorros, ordens absurdas se sucediam às contra-ordens e não existia nenhuma estratégia de conjunto. Em suma, todo um exército havia sido enviado para o massacre!

Quem seria o responsável por essa situação catastrófica? Um herói, ferido por três vezes e gozando da estima de todos os oficiais e dos homens da tropa, queria esclarecer esse desastre programado. Nascido no Sudão em 1901, o general Naguib[1], homem baixo, teimoso e corajoso, havia exigido uma comissão de inquérito.

Aparentemente, os resultados foram decepcionantes, pois só alguns comparsas, pequenos vigaristas que pertenciam à artilharia e à intendência, haviam sido detidos para acalmar o irritante general. Nomeado para chefiar a infantaria, no entanto, ele persistia em querer "fazer uma limpeza" e havia chegado a uma conclusão partilhada por muitos oficiais superiores: o verdadeiro responsável pela derrota egípcia, aquele que havia condenado os próprios soldados a

[1] Também pode ser grafado "Neguib".

uma morte injusta e vergonhosa, não era ninguém menos do que o próprio rei Faruk!

Os traficantes acusados de entregar armas defeituosas pertenciam ao círculo de Faruk e gozavam da sua proteção. Esse grupo de bandidos e cínicos havia enriquecido passando por cima dos cadáveres dos combatentes pegos numa armadilha e vencidos por antecipação.

O general Naguib nunca perdoaria Faruk, indigno de governar, por esse crime monstruoso. Mas o exército egípcio continuava fraco, incapaz de expulsar o ocupante inglês com quem o monarca não se dava tão mal. E até os políticos do principal partido, o Wafd, supostamente grande defensor do povo contra a tirania de Faruk, haviam mergulhado no negócio de entrega de armas defeituosas e recebido gorjetas substanciais.

Respondendo ao apelo de alguns homens determinados a protestar, o general Naguib havia aceitado tomar a frente de um grupo contestatário que se expressava por intermédio de uma publicação cotidiana, *A Voz dos Oficiais Livres*, na qual Naguib escrevia textos incendiários assinados pelo "Soldado Desconhecido".

Curiosamente, o poder fazia vista grossa. Esse corpo mole encorajava os conjurados a continuarem a agir e a supor que ainda podiam ganhar terreno. Além do mais, o *Al-Misri*, grande cotidiano do Partido Wafd, começava a publicar os seus protestos e não hesitava em criticar o principal adversário, o general Sirri Amer, considerado executor das obras desprezíveis de Faruk.

Segundo Mahmud, era preciso ser extremamente prudente, pois uma reação violenta poderia ocorrer a qualquer momento. Segredo e compartimentalização eram rigorosamente aplicados e, até o momento, a polícia não havia percebido o perigo.

Chave do sucesso: a informação. Por isso, Mahmud mantinha um verdadeiro exército de informantes que lhe permitiam saber as intenções do adversário, com a esperança de conseguir, ao menos, uma vantagem.

Hosni, o motorista, entrou na estação.

Um dos elementos mais brilhantes da equipe. Oficialmente trabalhando para a polícia, ele fazia um jogo duplo muito perigoso, dava informações erradas aos superiores e fornecia dados de primeira mão aos Oficiais Livres, cuja ação aprovava inteiramente.

Hosni passou em frente a Mahmud, fingiu se dirigir a uma plataforma e deu meia-volta.

Mahmud permanecera no mesmo lugar, sinal de que não havia perigo. O motorista de táxi acendeu um cigarro e ofereceu outro ao interlocutor, que aceitou.

Podiam conversar em completa segurança.

— Quais as novidades, Hosni?

— Um americano rico, advogado empresarial, acabou de chegar ao Mena House. O nosso informante do hotel me deu o nome dele: Mark Wilder.

— Simples turista?

— Duvido.

— Por quê?

— Ele não definiu o fim da sua estada, como se tivesse de cumprir uma missão cujo tempo de duração não sabe. E ainda há algo mais surpreendente. Para alguém que diz visitar o Egito pela primeira vez, ele começou pela igreja de São Sérgio! Um comportamento totalmente insólito!

— Parece se tratar de um apreciador da arte cristã.

— Na minha opinião, ele está pouco ligando para isso. Na realidade, devia ter um encontro. Mas a igreja estava vazia. E há algo ainda mais significativo: ao sair do santuário, ele me despediu e desapareceu. Tentei segui-lo, mas ele conseguiu escapar, como um excelente profissional que conhecesse bem o Cairo Antigo.

— Um espião americano...

— Sem sombra de dúvida. Acredite no meu faro e na minha experiência, esse cara certamente não é um turista comum.

— Ele voltou ao Mena House?

— Voltou. Tirou algumas horas de descanso entre dois encontros.

— Ponha alguém atrás dele — ordenou Mahmud. — Você já está queimado.

— Os meus melhores homens estão ocupados, mas eu me viro.

— Nada preocupante do lado da polícia?

— A rotina normal. Ninguém leva o bom general Naguib a sério. No fundo, as recriminações dele são convenientes para Faruk. O rei não se mostra suficientemente aberto para dar a palavra a um oponente sem muito peso? Os ingleses controlam o canal de Suez e o país por inteiro, Faruk e os seus protegidos enriquecem, os negócios caminham e o exército egípcio não quer e nem pode tomar o poder. Os Oficiais Livres? Bons oradores que se limitam a criticar o regime e não dispõem de nenhum apoio sólido.

— Nenhuma operação importante à vista?

— Nenhuma. Faruk está convencido de que reinará sem maiores dificuldades por muitos anos. A miséria do povo não o impede de dormir.

— Próximo contato aqui mesmo, em oito dias, ao pôr-do-sol. Em caso de urgência, sabe como me avisar.

Hosni esmagou o cigarro no chão da estação e se afastou.

Mark Wilder... Mahmud esperava que ele fosse mesmo um agente americano e o homem que precisava encontrar o mais rapidamente possível.

7

A noite estava deliciosa. Depois de se terem tingido com o dourado do poente, as pirâmides de Gizé se deixavam cobrir pela noite, prontas para enfrentar o demônio das trevas que tentaria impedir o renascimento do sol. O ar suave fez Mark Wilder esquecer a poeira da avenida e o barulho dos motores. Agindo de acordo com as instruções de Ateya, ele havia saído do Mena House às 20 horas e andava na direção do Cairo.

Nem dois minutos haviam transcorrido quando um Peugeot cinza freou bruscamente perto dele. A porta se abriu.

— Entre, rápido! Está sendo seguido.

O americano se enfiou no Peugeot, cujos bancos estavam ligeiramente furados. O carro partiu valentemente, cortando a frente de uma caminhonete cuja buzina soou.

— Ateya — disse o motorista, um homem corpulento com um pescoço de touro.

— Deus o abençoe.

— Que a Sagrada Família o proteja. Relaxe, está seguro. A pessoa que o seguia teve tempo de anotar a minha placa, mas ela é falsa. Tive medo de que fossem muitos e que nos agredissem.

— Aonde vamos?

— Você vai ver.

Mark sentiu que não tiraria nada do motorista. O homem não queria falar e se limitava a cumprir a missão.

Nervoso, com freios medíocres e sem amortecedores, ele dirigia rápido demais, raspava nos outros carros ao ultrapassá-los e dava longas buzinadas. Resignado, o advogado temia não chegar ao destino.

Com a ajuda dos céus, nenhum acidente aconteceu.

O motorista parou na entrada do famoso bairro dos bazares, onde fervilhava uma população variada. Ele levantou a manga direita, mostrando uma cruz tatuada no punho.

— Certifique-se de que o seu guia tenha uma igual. Caso contrário, não o siga.

O Peugeot arrancou a toda velocidade.

Mark se viu sozinho, perdido no meio de uma multidão composta de mulheres e homens com vestimentas variadas, que iam de ternos europeus de bom corte a túnicas de algodão colorido. Todos pareciam em busca de um bom negócio e discutiam energicamente com os comerciantes. Para não atrair a atenção, o americano fingiu interessar-se por uma banca cheia de cestos com especiarias.

Por que se metera naquele teatro de sombras? De repente, Mark se deu conta do ridículo da situação. Ele, um brilhante advogado nova-iorquino, membro do *establishment* e futura personalidade política, manipulado por um bando de farsantes, transformado, contra a vontade, em herói de um romance de espionagem! Era seguido, tinha de escapar da perseguição, arrastavam-no de um lugar para outro... Já era tempo de acordar. Mark decidiu voltar ao Mena House, fazer as malas e tomar o primeiro avião para Nova York. Dutsy Malone tinha razão: ele não gostava de férias.

Usando uma túnica azul, um adolescente de olhos risonhos agarrou-lhe o braço.

— Precisa de um guia, patrão? Conheço os *souks* e mostrarei os bons lugares.

O insolente levantou a manga direita e abaixou-a rapidamente. O advogado teve tempo de entrever uma cruz tatuada no punho do menino.

— Ouça, menino...

— Venha, patrão, não ficará decepcionado.

Contrariado, Mark concordou, só porque queria rever Ateya. Talvez ela aceitasse jantar com ele antes da sua partida. Queria conhecer melhor aquela jovem.

O adolescente arrastou-o por um labirinto de ruelas povoadas de lojas, sendo que algumas não passavam de nichos escavados nas paredes. Vendia-se de tudo, desde produtos alimentícios até vidrilhos, mais ou menos bem-feitos, passando por tecidos que iam dos medíocres aos mais finos.

O guia só diminuiu o passo no centro do famoso Khan el-Khalili, o bazar com milhões de lojas, fundado no século XIII. Próximo da universidade islâmica de Al-Azhar, esse bazar havia sido inaugurado pelos mamelucos[1], cujas milícias esquadrinharam o país. Passagem obrigatória de todos os turistas, que esperavam descobrir algum tesouro a preço baixo.

O adolescente fez sinal ao ocidental para entrar atrás da banca de um caldeireiro que vendia uma grande quantidade de objetos de cobre. O proprietário, um sexagenário enrugado, imediatamente ofereceu um copo de chá preto ao comprador em potencial.

— Mostre interesse pelas mercadorias, patrão, e discuta os preços — recomendou o adolescente. — Antes, pague-me.

Dez dólares deixaram o jovem copta radiante, que nem pensou em pedir mais e desapareceu na multidão, abandonando o estrangeiro nas mãos do mercador.

— Está com sorte — declarou este. — Sou o melhor caldeireiro do Cairo e abasteço as famílias mais ricas. Às vezes me chamam de "o Alquimista", porque, segundo uma lenda, antigamente, os homens do meu clã sabiam transformar o cobre em ouro. Mas isso não passa de lenda... No entanto, ainda conseguimos fabricar maravilhas. Olhe, por favor.

Continuavam a zombar dele. O menino o tomara por trouxa e o levara a um membro da sua família que tentaria vender-lhe, a um alto preço, o máximo possível de objetos inúteis.

— O que acha desta bandeja de cobre cinzelado? Não parece um sol que ilumina a noite daqueles que estão em busca da verdade? Sem dúvida, não é suficiente. Tenho outras melhores no depósito da loja.

---

[1] Mameluco: membro da milícia turco-egípcia, originariamente formada por escravos e que, posteriormente, conseguiu grande poder político no Egito. (N. T.)

— Sinto muito, não me interessa.

— Está errado, senhor Wilder. Não fuja de si mesmo, estaria perdido para sempre.

Surpreso e quase contra a vontade, o americano seguiu os passos do caldeireiro, que afastou uma cortina e o introduziu numa sala comprida, cheia de bandejas de cobre, de taças e panelas.

No fundo desse depósito estava Ateya, usando um colete branco e um vestido vermelho. Suavemente iluminado pela luz de um candelabro, o seu rosto era sublime.

Mark ficou mudo.

— Não me reconhece? — perguntou ela, intrigada.

— Sim, claro que sim! Mas tantas precauções...

— São necessárias. A polícia de Faruk o considera uma pessoa interessante, senhor Wilder, e tivemos que despistá-la. Vamos esperar alguns minutos, para ter certeza de que ela não segue o seu rastro.

Ficar junto de Ateya, na penumbra, era um grande privilégio, quase um momento de graça.

— Por que a polícia se interessaria por mim?

— Sem dúvida, devido à sua posição social. Uma pessoa ilustre, da sua magnitude, não passa despercebida e merece atenção. Faruk quer saber tudo sobre os ricos estrangeiros que passam pelo seu território e que lhe possam ser úteis.

— Finalmente vai me levar à pessoa que me escreveu?

Ela sorriu, e Mark percebeu que, pela primeira vez na vida, estava perdidamente apaixonado.

Essa descoberta lhe tirava todo o senso crítico, varria as suas certezas de solteirão, destruía as barreiras construídas ao longo dos anos.

Era ela e pronto.

E ele a seguiria aos confins do mundo para sentir melhor a sua presença, desfrutar os seus mistérios e compartilhar dos seus pensamentos.

A cortina foi erguida e o caldeireiro reapareceu.

— Nenhum perigo. Podem partir.

Ateya e Mark saíram pela portinha dos fundos da loja que dava para uma ruela cheia de transeuntes.

Ela andou num passo rápido até a saída do *souk,* onde um pequeno Fiat, vigiado por um jovem copta, a aguardava. Ele lhe deu a chave e Ateya se instalou ao volante.

— Entre, senhor Wilder. Eu o levarei ao encontro mais importante da sua vida. Finalmente vai saber quem é realmente.

8

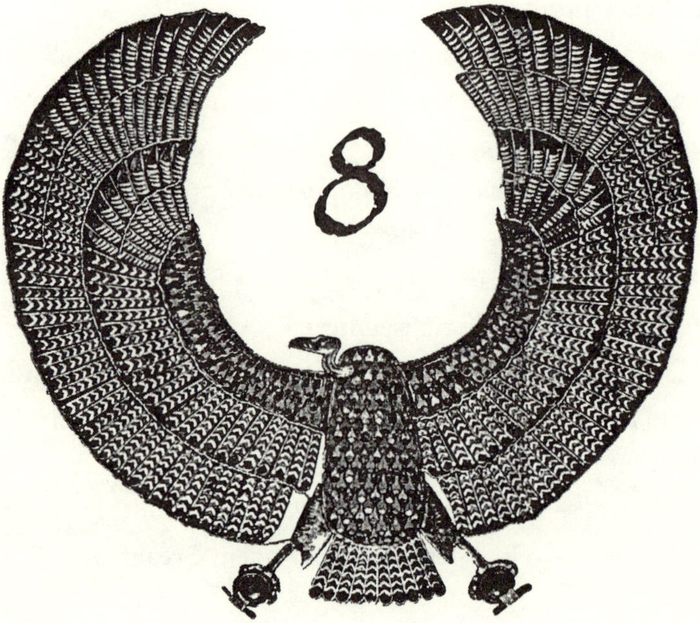

Mesmo sendo mulher, Ateya não se deixava intimidar pelos motoristas masculinos e, assumindo riscos razoáveis, forçou várias vezes a passagem para continuar a sua própria trajetória. Depois de seguir pela avenida Al-Azhar, ela chegou à praça Midan el-Tahrir, próxima ao Museu Egípcio, e bifurcou em direção ao sul do Cairo.

Mark continuava estranhamente calmo.

— Não quer saber aonde vamos? — surpreendeu-se a jovem copta.

— Destino é destino.

— Está parecendo um egípcio!

— Já que não entendo nada do que me está acontecendo, é melhor confiar em você.

— Voltamos ao Cairo Antigo — revelou ela. — O episódio do bazar foi só para confundir eventuais curiosos.

— De novo à igreja de São Sérgio?

— Não, à Suspensa.

— Não compreendo.

— A antiquíssima igreja Al-Moallaqa é assim chamada porque as extremidades oriental e ocidental do edifício se apoiam em duas torres que datam da época romana. Portanto, a nave é suspensa acima da passagem que vai de uma torre à outra e que, hoje em dia, tem uma entrada que leva ao interior da igreja. Do século XI ao XIV, ela foi a residência dos patriarcas coptas de Alexandria. Por isso, conserva um trono episcopal e ainda é um local muito venerado.

— Você não vai me levar ao encontro do bom Deus, vai?

— Quem sabe?

— Por que tem todo esse trabalho, Ateya?

— Fico feliz em cumprir a tarefa que me foi confiada.

Ela parou o carro na velha entrada do Cairo Antigo, delimitado por um muro romano. Imediatamente, um sujeito de ombros largos surgiu não se sabe de onde para abrir a porta, receber a chave de ignição e vigiar o carro.

Por um momento, Mark hesitou.

E se não fosse uma brincadeira? E se descobrisse uma verdade que não queria saber?

— Está com medo? — perguntou a jovem.

— Um pouco.

— Ainda dá tempo de desistir. Depois que entrar na Suspensa, será tarde demais.

— Vou atrás de você.

Conhecendo na perfeição o dédalo de ruelas, Ateya guiou o visitante sem hesitar na direção a seguir. Concentrado, Mark nem via os transeuntes. Tinha a sensação de voltar no tempo, de partir em busca de uma fonte cuja água se tornara indispensável para ele.

Ao lado do museu copta, a igreja Suspensa havia sido construída da maneira tradicional, com duas filas de colunas de mármore, ornamentadas com capitéis coríntios. Ateya e Mark se dirigiram para a iconóstase do século XIII, que separava a nave, onde ficavam os fiéis, do santuário onde o sacerdote celebrava o rito em segredo.

Um homem idoso contemplava os painéis de ébano incrustados de marfim e que marcavam a fronteira entre os dois mundos. Sete ícones ornamentavam a capela central, dominada pela imagem do Cristo Glorioso, sentado no trono.

— Sua ressurreição traduz a vitória da luz sobre a morte — declarou o velho com voz suave. — Os humanos são escravos, inconscientes do peso das suas correntes. No entanto, podem se livrar delas, desde que não fiquem olhando para si mesmos e elevem os olhos para o céu. Está preparado para encarar a verdade, senhor Wilder?

O americano sobressaltou-se.

— Foi o senhor quem me escreveu?

— Eu mesmo.

Vestido com uma sotaina preta que o fazia parecer um pároco copta comum, o religioso tinha um belo rosto, mas olhos de águia.

A intensidade do seu olhar deixou Mark assustado.

— Essa carta é... séria?

— Ainda duvida?

— Ponha-se no meu lugar! É tão inesperado, tão...

— Pode acompanhar-me ao jardim desta igreja ou então voltar para o hotel e ignorar para sempre o essencial. O senhor escolhe.

— Tenho escolha, realmente?

— Todo indivíduo, ao menos uma vez na vida, se encontra numa encruzilhada. Para o senhor, chegou esse momento. A decisão é sua.

Decidir era o cotidiano de Mark. No entanto, agora, sentia-se desesperadamente só e despreparado.

Ateya continuava em silêncio, como se a situação não lhe dissesse respeito.

— Um pouco de ar fresco me fará bem — disse ele, categoricamente.

O velho levou-o a um pátio interno ornamentado com alguns arbustos e um jardinzinho. Ateya se afastou para ficar de vigia.

— Sente-se à minha esquerda — exigiu o copta, tomando assento num banco. — Aqui, senhor Wilder, três árvores alimentaram a Sagrada Família. E a Virgem apareceu ao patriarca Efrém, um homem santo do século X, depois de três dias de jejum e orações. Ele a viu ao lado de uma coluna antiga que ligava o céu à Terra e compreendeu que o poder da mente podia mover montanhas, como a do Mokattam, a leste do Cairo. Ali, na Antiguidade, a luz destruiu o demônio e o abandonou à própria sorte, afogado no seu sangue.

— Bela lenda.

— *Lenda* significa "o que deve ser lido e conhecido", senhor Wilder. Hoje em dia, as pessoas desprezam os ensinamentos dos

Antigos e se empanturram de fatos irrelevantes e inúteis que degradam o pensamento e levam a humanidade de volta para o infantilismo. Desprezar as lendas significa escolher o caminho sem saída da ignorância.

— Posso saber quem é o senhor?

— Sou o abade Pacômio, simples servo de Deus e da comunidade cristã, ameaçada de extinção num país majoritariamente muçulmano. No entanto, nós, os coptas, somos os autênticos descendentes dos antigos egípcios. Em 641, quando os árabes invadiram o país e impuseram o islamismo, não soubemos resistir. Atualmente, somos tolerados, mas por quanto tempo? Meus irmãos são ourives, farmacêuticos, contadores, tintureiros, agrimensores, mas dia a dia em menor número, e nossa influência, menor com o passar do tempo, definha. Temo que a violência do mundo não nos poupe.

— Sinto muito — observou Mark —, mas vamos voltar à sua carta?

— O senhor tem um belo nome. Sabia que o apóstolo Marcos foi o fundador da Igreja copta no ano 40? Os venezianos roubaram os seus restos mortais em 828 e levaram para a cidade dos doges, onde servem de proteção para a famosa basílica de São Marcos. De certa forma, o senhor não volta à terra do seu ancestral?

Mark acabou compreendendo! O velho sacerdote buscava subsídios para manter a sua comunidade, que estava na maior miséria. Como qualquer um, simplesmente precisava de dinheiro e enviara centenas de cartas enigmáticas a pessoas ricas e influentes, a fim de atraí-las para o Egito e conseguir os fundos de que precisava.

— Tenho horror a que me obriguem a fazer qualquer coisa, senhor abade, e eu mesmo escolho a quem ajudar, tomando o cuidado de verificar se não estou sendo enganado. Sem querer ofendê-lo, não gosto do seu procedimento.

— Está equivocado, senhor Wilder. Minha conduta não tem nenhum objetivo financeiro e só concerne ao senhor, exclusivamente ao senhor. A minha maneira de proceder o trouxe aqui.

A calma e a firmeza da voz surpreenderam o advogado. O velho abade, de impressionante dignidade, não parecia um farsante nem um trapaceiro.

— Pois bem, então fale, por favor!

— Não é tão simples — observou Pacômio. — Alterar completamente a vida de um indivíduo é um ato grave, ainda mais que a revelação da verdade deverá ser acompanhada de um compromisso da sua parte e de um pacto que deverá assinar. Está disposto a isso?

9

A situação estava ficando complicada.

Como homem da lei, Mark Wilder não tinha o hábito de assinar um documento antes de tê-lo lido e relido!

— Está fora de cogitação assumir um compromisso levianamente. Quero explicações claras.

O abade Pacômio fechou os olhos por alguns instantes, como se buscasse no fundo de si mesmo as palavras que ia pronunciar.

— Vamos por etapas — decretou. — O seu nome é mesmo Mark Wilder?

— Sem sombra de dúvida.

— Aí está o seu erro principal.

O advogado franziu o sobrolho.

— O que quer dizer?

— O senhor me compreendeu muito bem.

— Acho que não!

— Sei o nome do seu pai verdadeiro e da sua mãe verdadeira, duas pessoas excepcionais envolvidas numa tormenta que os impediu de criá-lo. Jurei manter segredo até o dia em que grandes perigos ameaçassem o Egito e, além dele, o precário equilíbrio do nosso mundo. Como esse dia chegou, devo respeitar as últimas vontades do seu pai e lhe confiar a missão que ele queria vê-lo realizar.

Atônito, Mark ficou em silêncio por um longo tempo.

— Isso é um completo absurdo!

— O seu pai oficial não se chamava Antony, era advogado empresarial e originário de Nova York?

— Realmente.

— E sua mãe oficial não se chamava Maria Fontana del Vecchio, nascida em Nápoles?

— Exato.

— Antony era rígido e autoritário; Maria, doce e delicada. Eles gostavam realmente um do outro e ela nunca o deixava, mesmo quando ele viajava a negócios.

— Como sabe?

— Eu os conheci — afirmou o abade Pacômio.

Mark não acreditava no que ouvia.

— Conheceu... Onde?

— Aqui, no Cairo.

— Os meus pais nunca vieram ao Egito!

— Eles lhe omitiram essa viagem, conforme a promessa que fizeram.

— Promessa...

— Antony e Maria juraram aos seus pais verdadeiros que nunca lhe revelariam que o senhor era filho deles e que havia nascido no Cairo. Eles mantiveram a palavra.

Por um instante, os arbustos do jardim da Suspensa começaram a girar.

Isso era puro delírio!

— Com todo o respeito, abade, está dizendo bobagens!

— Por que eu inventaria uma história dessas? Volto a repetir, o segredo foi bem guardado e o senhor nunca ficaria sabendo de nada se não estivéssemos às vésperas de graves acontecimentos. Como o senhor é o herdeiro espiritual de um casal extraordinário, talvez consiga mudar o curso do destino.

— Eu amava os meus pais e eles me amavam! — protestou Mark. — Infelizmente o meu pai era amante de carros velozes, e a minha mãe não desaprovava essa paixão. Eles morreram num acidente de automóvel quando eu tinha quinze anos. Em vez de entrar em desespero, decidi seguir os passos do meu pai e mostrar do que eu era capaz para honrar a sua memória. Quanto à minha mãe, ela desejava que eu seguisse a carreira política a serviço do país. Esse desejo estou prestes a satisfazer.

— A sua verdadeira missão me parece bem mais importante, senhor Wilder.

— Não quero ouvir nem mais uma palavra!

— Ao contrário, agora o senhor quer saber toda a verdade.

— Está enganado, abade! Eu já conheço toda a verdade sobre os meus pais!

— Seu pai escolheu um homem e uma mulher honrados e ele não se enganou. Sua mãe também confiava neles. Saber que o senhor era feliz, que estava bem de saúde, bem-cuidado e com um belo futuro pela frente consolou-a um pouco por ser obrigada a abandoná-lo. Ela não tinha escolha e ninguém poderia condená-la.

— Por que faz tanta questão de me contar essas mentiras estúpidas?

— O senhor já fez uma parte da viagem. Agora, é preciso ir até o fim, sabendo que toda a sua vida será modificada. Ficar em cima do muro só vai lhe trazer angústia e insatisfação, e não vai esquecer esta conversa. Não fuja de si mesmo.

Mark se levantou.

— Peço desculpas pela minha indelicadeza, mas realmente não fiquei feliz em conhecê-lo.

— E se se desse ao trabalho de verificar o que digo?

O advogado foi encostado na parede.

— De que maneira?

— Os seus pais adotivos foram obrigados a regularizar a sua situação para torná-lo um autêntico americano. Guardei na memória uma indicação dada por Antony Wilder: Nova York, seção 303, anexo B, a chave dos seus problemas administrativos. Além disso, o nome de um médico: doutor Jonathan Gatwick. Não sei se ainda está vivo.

— Senhor abade, não tenho a intenção de verificar o que quer que seja. Tive a sorte de ter pais maravilhosos, uma infância e uma adolescência felizes, e não permitirei que ninguém macule esses momentos de felicidade.

— Não fizemos nada além de nos aproximar da verdade, senhor Wilder, e estou longe de lhe transmitir o essencial.

— Essa foi a nossa primeira e última conversa, abade!

— Meditarei aqui todos os dias à mesma hora, durante um mês, e esperarei pelo senhor. Depois disso, os meus deveres me chamam para outros lugares. Se não vier, nunca saberá quem é realmente.

— Acho que já sei demais! Adeus.

Ateya se aproximou do americano.

— Vamos sair do Cairo Antigo por outro caminho — anunciou ela.

— Como queira — retorquiu Mark, com os nervos à flor da pele.

— Parece contrariado.

— Contrariado não, furioso!

— Em geral, o abade Pacômio apazigua as almas.

— Se é que me sobrou alguma, ela parece um vulcão em erupção! Detesto que zombem de mim.

— Conheço o abade há muito tempo e ele nunca zombou de ninguém. Não duvide da palavra dele, vai se arrepender.

— É uma ameaça?

— Um simples conselho. Pacômio só luta contra os demônios.

O advogado deu de ombros. Só faltava a magia para apimentar a história! Decididamente, os Estados Unidos e os seus processos tinham as suas vantagens. Não se devia nunca sair de Nova York.

No acesso principal ao Cairo Antigo, entre as duas torres romanas, um Peugeot verde esperava-o com o motor ligado.

— Este táxi o levará de volta ao Mena House — explicou a jovem.

— Não vai me acompanhar?

— A minha missão terminou.

— Antes de pegar o avião, gostaria de convidá-la para jantar.

— Volto a repetir, senhor Wilder: a minha missão terminou.

10

Mark correu para o bar do Mena House e pediu um uísque triplo. Estava com a garganta seca e, de bom grado, socaria um *punching-ball* por um longo tempo. Ainda muito irritado, decidiu tomar ar percorrendo o planalto de Gizé.

Depois que a noite caía, famílias se agrupavam ao pé da grande pirâmide para saborear bolos e desfrutar a tepidez do ar. Contavam-se boas histórias, riam, gozavam o momento presente. Alguns policiais indulgentes perambulavam por ali, queixando-se do magro salário.

Mark sentiu a energia que subia do solo. Eliminando o cansaço, ela tornava as pernas fortes e lhes dava a capacidade de andar até o infinito.

Caminhar em volta dos gigantes de pedra era uma estranha experiência. A pessoa tinha a impressão de ultrapassar o muro que separava a sua época da dos construtores e de comungar, por menos que fosse, com as almas dos mestres-de-obras.

Cada palavra da conversa com o abade Pacômio ressoava dentro dele como um trovão. O velho, que tinha um brilho inegável, não era um farsante! É claro que estava enganado ao repetir rumores infundados e sem sentido. Mas como teriam chegado até ele?

Mark se lembrou dos tempos extraordinários da sua infância e da sua adolescência ao lado de um pai rigoroso e de uma mãe que lhe fazia todas as vontades. Era preciso dar duro na escola, tentar conquistar o primeiro lugar e sofrer as repreensões em caso de fracasso. Mas também haviam as partidas de basquete com o grupo de amigos, os lanches pantagruélicos e as férias na praia e na montanha. Quando o pai o repreendia com muita severidade, a mãe o protegia. E o homenzinho se criava dia a dia, unindo esforços e alegria de viver.

Quem poderia sonhar com pais melhores? No entanto, o abade Pacômio havia semeado uma dúvida insuportável. E já que o desafiara a verificar a sua inacreditável teoria, Mark não recuaria.

De volta ao quarto, onde havia sido colocada uma cesta de frutas e um buquê de rosas, ele conseguiu falar com Dutsy Malone, graças à eficiência de uma telefonista.

— Como vão as pirâmides?

— Indestrutíveis.

— Quando você volta?

— Quero aproveitar um pouco mais a paisagem. Mas preciso de informações.

— Então é isso — avaliou Dutsy —, você está trabalhando num caso!

— Se quiser chamar assim... Encontre o mais rápido possível o paradeiro de um tal doutor Jonathan Gatwick. Se ele ainda estiver vivo, use de todos os meios para fazer com que ele conte tudo o que sabe sobre os meus pais e o meu nascimento.

— Está falando sério?

— Seríssimo. Ameace-o, se for preciso, mas ele tem de falar!

— O que mais?

— Informe-se sobre uma certa seção 303, anexo B, que deve ter existido em Nova York há uns quarenta anos.

— Em que setor administrativo?

— Não tenho a menor ideia.

— Acha que sou o Super-Homem?

— Você é muito mais forte do que ele e é pago para isso.

— O que está acontecendo, Mark? Você está com uma voz estranha.

— Bebi um pouco demais.

— Isso não é do seu feitio. Está com problemas?

— Vai depender das informações que conseguir.

— Conte-me mais, droga!

— Ainda é muito cedo, Dutsy, e não quero influenciá-lo. Entregue os casos iniciados para os seus assistentes e entre em ação. Tenho muita pressa.

— Entendido, chefe. De qualquer modo, evite cometer imprudências!

— Não é do meu estilo. Dê um beijo por mim na sua mulher e nas crianças.

Ao desligar, Mark se arrependeu de ter tomado essa providência ridícula que provavelmente não daria em nada. Ao menos, tiraria isso a limpo e poderia voltar para Nova York tranquilo.

*
* *

Apesar da hora tardia, a estação de Pont-Limoun ainda estava cheia de viajantes que aguardavam um trem retardatário e de ociosos que vinham fumar um cigarro enquanto lembravam os pequenos acontecimentos do dia e se queixavam do governo de Faruk, incapaz de resolver os problemas cotidianos, cada vez mais difíceis de suportar. Os ricos enriqueciam, os pobres empobreciam. E a infinita paciência do povo tinha limites. Mas será que existia um único homem bastante honesto e corajoso para interromper o curso do destino?

Hosni localizou Mahmud, que lia o jornal do Partido Wafd.

Trocando em palavras, policiais à paisana rondavam naquele setor.

Com o seu passo pesado, seu porte grandalhão, Hosni se dirigiu para um guichê, entrou na fila e comprou uma passagem para o subúrbio. Mahmud havia dobrado o jornal e acendera um cigarro.

Não havia mais perigo.

Ele poderia fazer o seu relatório para o emissário dos Oficiais Livres.

— O que foi feito de Mark Wilder?

— Eu não estava enganado — afirmou Hosni. — Trata-se mesmo de um agente americano de primeira, acostumado a escapar da vigilância. Um dos meus homens o vigiava e o viu sair a pé do Mena House na direção do Cairo, comportamento anormal para um turista. Ele o seguiu, mas, alguns minutos depois, um carro parou ao lado do americano, que se atirou no interior. Ele arrancou a toda velocidade.

Mahmud meneou a cabeça.

De fato, a estratégia de Wilder não dava margem a dúvidas quanto às suas verdadeiras atividades.

— Anotou o número da placa?

— Evidentemente, e pedi ao setor encarregado que identificasse o motorista. Trabalho perdido, nenhuma ligação.

— Além de tudo, uma placa falsa... Wilder voltou ao Mena House?

— Na mesma noite.

— Sabe quem o levou?

— Infelizmente não. Um dos empregados da recepção me avisou da volta do americano, mas ele não viu o carro que o trouxe. Não vai ser fácil seguir a pista desse homem. Quer que eu reforce a minha equipe de vigilância?

— Não, ele perceberia e tomaria medidas radicais para escapar por entre os nossos dedos. Esse tipo de homem sabe se virar em meios hostis e não lhe faltam contatos eficientes.

Nervoso, Mahmud apagou o cigarro com o salto do sapato.

— Como devo proceder? — preocupou-se Hosni.

— Dispositivo disfarçado e discreto, nenhuma intervenção direta. Em contrapartida, se ele sair do hotel com as malas, trate de não o perder de vista e me avise imediatamente.

No fundo, Hosni dera excelentes notícias a Mahmud. Pela primeira vez depois de muito tempo, este último tinha esperança de sair da ratoeira em que se sentia preso.

No entanto, teria de agir com extrema prudência.

11

Com uma forte ressaca, Mark Wilder passou a manhã cochilando no quarto e tomando café. De vez em quando, lamentava ter telefonado para Dutsy. Mas, no fim das contas, não seria melhor tirar tudo a limpo?

Finalmente, o telefone tocou.

Era da recepção. Um amigo desejava vê-lo.

A enxaqueca começava a desaparecer, o advogado conseguiu manter-se de pé.

Muito elegante no seu terno branco-gelo, John exibiu um sorriso gozador.

— Você está com cara de papel machê, meu chapa! As noites do Oriente começam a arruinar a sua saúde.

— Não é nada do que você está pensando.

— Problemas?

— Nada sério.

— Se estiver livre, eu o levo para almoçar.

— Estava pensando em fazer uma pequena dieta e...

— Tudo bem, ficamos por aqui. Você poderá tomar uma sopa de legumes com arroz.

— Como queira.

Confortavelmente instalados e protegidos por um amplo guarda-sol, os dois amigos conversaram sob o olhar da grande pirâmide de Quéops. Antigamente, o seu revestimento de calcário branco refletia os raios de sol e produzia uma luz deslumbrante que iluminava toda a região. Agora, apesar das mutilações, a gigante continuava a irradiar a eternidade inscrita nas suas pedras.

— Tenho um convite para lhe entregar — declarou John. — Diante da sua notoriedade, você está entre as personalidades estrangeiras convidadas a assistir ao maior acontecimento do ano, o segundo casamento do rei Faruk. Um espetáculo que não se deve perder, acredite, mesmo que os egípcios sintam falta da primeira esposa do monarca, Safi Naz, "Rosa Pura", que se apaixonou por ele aos quinze anos. Ele a chamava de Farida, "a perfeita, a pura, a única", mas, apesar de tudo, foi o primeiro rei do Egito a repudiar a companheira, há três anos. O povo a adorava e esse comportamento não melhorou a medíocre popularidade de Faruk.

— Sabe, casamentos, eu...

— Impossível perder esse — decretou John. — Precisa aprender a conhecer Faruk, as pessoas que o cercam e o funcionamento da corte para compreender a crise que o Egito atravessa. Embora tenha nascido no Cairo, em 11 de fevereiro de 1920, Faruk não é considerado um filho do país e sim o representante de uma dinastia turca. Ele tem até sangue francês nas veias, o que não ajuda muito! Do lado da mãe, a princesa Nazli, ele descende de um tal Joseph Sève, filho de um chapeleiro nascido em Lyon em 1788 e que se tornou general sob as ordens de Mehemet-Ali! Faruk fala sete línguas e é criticado por preferir o inglês e o francês ao árabe. A esperança nascida quando ele subiu ao trono, em 28 de abril de 1936, foi embora! Os vinte e dois milhões de súditos acreditavam num grande reinado, em mais justiça social e na realização de três grandes projetos: a federação dos Estados árabes, a anexação do Sudão e a expulsão dos ingleses da zona do canal de Suez. Fracasso total. E o comportamento dele na Segunda Guerra Mundial não foi dos mais brilhantes. Pró-nazista, como o grande mufti[1] do Cairo, que colaborou com a Alemanha, Faruk foi bruscamente chamado à ordem pelos ingleses. No ano passado, por ocasião das eleições livres, ele foi obrigado a ver o antigo Partido Wafd obter uma larga maioria na Câmara dos Deputados e a proclamar o eterno slogan: "O Egito para os egípcios!" Mas o partido é tão corrompido quanto o próprio Faruk e os seus membros só pensam em enriquecer. Agora, o rei se esquece de governar o país e se dedica aos negócios lucrativos e aos prazeres do sexo, da mesa e do jogo. Quando lhe apetece, troca os ministros e nomeia novos oficiais para manter o exército a seus pés. Os títulos honoríficos de bei[2] e de paxá são negociados a preços de

[1] Jurisconsulto supremo e intérprete do Alcorão. (N. T.)

[2] Título atribuído a oficiais superiores do exército otomano, aos altos funcionários administrativos e aos príncipes vassalos do sultão. (N. T.).

ouro e quem faz parte do círculo do monarca tem a fortuna garantida. E a população não fecha mais os olhos.

No gramado do Mena House, uma gralha de bico largo saltitava para atingir o seu objetivo, um regador cheio d'água. Mark se perguntou se ele também não se tornara uma espécie de alvo para o seu interlocutor.

— Por que me conta tudo isso, John? Não passo de um simples turista.

— A Inglaterra e a França, duas grandes potências coloniais, estão em declínio. Elas estão perdendo a Ásia e o Oriente Médio. A União Soviética e os Estados Unidos da América estão tomando o lugar delas. Nós, americanos, não podemos perder a conquista do Egito. E isso depende de um perfeito conhecimento da situação.

Mark não dissimulou o seu espanto.

— Parece que estamos bem longe dos seus simples problemas com o algodão.

— Não vou brincar por mais tempo de gato e rato — declarou John com seriedade. — O nosso encontro no aeroporto não foi por acaso. Eu sabia que você ia pegar o avião para o Cairo e eu o esperava.

— Explique-se!

— Pertenço a um serviço de informação criado recentemente por ordem do presidente Truman, a Central Intelligence Agency, e há um ano trabalho no Egito, considerado uma importante zona estratégica. E você é meu amigo e, ao mesmo tempo, um advogado influente e uma futura personalidade política de primeira ordem.

— A CIA... Então não é um simples boato, ela existe de fato. Está tentando me recrutar?

— Claro que não! Mas já que você se prepara para servir o país e está num local fervilhante e num momento crucial, peço apenas que abra os olhos e os ouvidos. Quando nos encontrarmos, você me fará um relatório oral e eu farei uma triagem. Mesmo sem perceber, você pode colher alguma informação essencial para o futuro do país e da política americana. Se recusar, ninguém irá censurá-lo. Mas, se aceitar me ajudar um pouco, poderá facilitar a sua carreira política. Não haverá nenhum documento e dou a minha palavra de amigo que o seu nome nunca será citado.

— Você não corre grandes riscos?

— Faz parte da profissão. A minha rede está bem implantada e é invisível. Mas as informações nunca são suficientes para se tomar decisões importantes.

— Derrubar Faruk, por exemplo?

— Ainda não chegamos lá, Mark! Mas gostaria muito da sua opinião sobre esse personagem. O rei repudiou a primeira mulher porque ela não lhe deu um herdeiro do sexo masculino. Se a nova esposa conseguir cumprir essa tarefa, talvez a sorte do Egito seja modificada. A não ser que seja tarde demais.

John terminou a cerveja gelada, e Mark, o seu copo d'água.

— Pronto, meu caro, eu disse tudo. Aja como achar melhor.

— Obrigado pela franqueza.

— Até breve, espero.

John deixou sobre a mesa o convite formal para o casamento de Faruk.

No início da sua estada, Mark teria deixado a sua fúria explodir por ser assim manipulado. Mas havia sido envolvido num turbilhão no qual perdera todas as referências. Além do mais, começava a apreciar o charme tão particular desse país, sem dúvida porque se apaixonara por Ateya e não partiria sem revê-la.

Uma verdadeira atitude irrefletida de adolescente! Mas quantas vezes na vida tínhamos esse tipo de encontros?

A água começava a ficar realmente sem graça; Mark pediu um bloody mary bem apimentado. Depois tiraria uma longa sesta com a esperança, totalmente vã, de acordar com a mente clara.

12

Quando o telefone tocou, a noite tinha caído havia muito tempo.

Acordando sobressaltado, Mark procurou o fone às cegas e conseguiu tirá-lo do gancho.

— Nova York na linha — anunciou a telefonista.

O advogado olhou o relógio: 21h45.

— Sou eu, Dutsy — disse ele com uma voz estranhamente sombria. — Está me ouvindo, Mark?

— Muito bem, Dutsy.

— Terminei as investigações que me pediu. Precisei usar de todos os meios de que dispunha, mas consegui resultados.

— Tenho a impressão de que está aborrecido!

— Aborrecido, aborrecido... Digamos estarrecido.

— O que soube de extraordinário?

— Extraordinário, essa é a palavra certa.

Mark sentiu a garganta se fechar. Ele queria um relatório estimulante de um Dutsy Malone brincalhão, anunciando que as "afirmações" do abade Pacômio eram brincadeiras de um velho senil.

A realidade parecia diferente.

— Encontrou o paradeiro do doutor Gatwick?

— Sem problema. Ele exerceu a medicina em Nova York durante toda a sua carreira e vive uma aposentadoria tranquila num apartamento de luxo. Dizem que foi um dos melhores obstetras da sua geração e homem de grande coração. Ele passava as férias no Egito para ensinar aos colegas locais as técnicas eficientes em casos de parto difícil.

— No Egito...

— As ricas famílias do Cairo apelaram para ele muitas vezes. Ele se lembra muito bem dos seus pais, pessoas encantadoras que residiam numa vila em Heliópolis.

— Os meus pais nunca vieram ao Egito!

— Eles esqueceram de lhe contar, Mark. A sua mãe passou aí semanas fabulosas, enquanto o seu pai tratava de negócios. Eles acolheram uma jovem que precisava esconder a gravidez dos parentes, sob pena das piores sevícias. Ela pôs no mundo um magnífico menininho, se restabeleceu e sumiu.

Mark começou a tremer.

— Qual o nome dela?

— O doutor Gatwick nunca soube o nome dela.

— E o pai?

— Desconhecido.

— O que aconteceu com a criança?

— A sua mãe ficou no sétimo céu e cuidou do bebê como se fosse dela.

— Depois do meu nascimento, a quem ela o entregou?

Dutsy hesitou em responder. O advogado acendeu a luz.

— O doutor Gatwick afirmou que a sua mãe não podia ter filhos.

Povoado de milhares de estrelas num fundo de lápis-lazúli, o céu desabou na cabeça de Mark.

— O médico está caduco! Ele misturou o caso de vários pacientes.

— É possível.

— E a seção 303, anexo B?

— Os meus amigos da prefeitura não tiveram nenhuma dificuldade para descobrir a pista. Ela foi extinta há uns dez anos, depois de uma reorganização administrativa. Na época do seu nascimento, essa seção cuidava da naturalização de crianças adotadas no Oriente Médio.

— No Oriente Médio — repetiu Mark, desconcertado. — O que houve com os arquivos?

— Foram transferidos para um novo órgão, exceto os relativos ao ano do seu nascimento, que se queimaram num incêndio acidental.

Um longo silêncio se seguiu a essas revelações.

— Ainda está aí, Mark?

— Claro... Você fez um trabalho fantástico, Dutsy.

— Depende do ponto de vista. Que trapalhada é essa?

— Ainda não possuo todos os dados. Graças a você, espero esclarecer.

— Tenho a impressão de que você está entrando num maldito túnel! E se pegasse o primeiro avião para Nova York?

— Eu tinha a intenção de fazer isso, mas já não é possível. Preciso ficar no Egito algum tempo, Dutsy, para deslindar a situação.

— Isso é realmente necessário? Você é um grande patrão, admirado e estimado, vai se tornar um homem de Estado, uma ampla estrada se abre à sua frente... Esqueça essas cretinices, Mark, e volte para casa.

— Da casa, cuida você, Dutsy. Preciso compreender o que está acontecendo comigo.

— OK, *boss*. Mas não demore.

Como um animal na jaula, Mark ficou andando de um lado para outro no quarto. Em seguida, tomou um banho pelando, por uns bons quinze minutos. Quando a água parou de correr, o enigma não havia desaparecido.

Se o doutor Gatwick não tivesse mentido, a sua mãe não era a sua mãe e sim a mulher misteriosa que o dera à luz na vila cairota dos seus pais adotivos e cujo nome o abade Pacômio dizia saber, inclusive o do seu verdadeiro pai.

Os Wilder eram suficientemente ricos para adotá-lo, conseguir os documentos com a máxima urgência e fazer com que o dossiê desaparecesse para que o filho nunca pudesse descobrir a sua verdadeira origem.

Ele se debatia no meio da loucura!

No entanto...

Era muito tarde para ir à igreja Suspensa e interrogar o abade Pacômio. No dia seguinte, o advogado o submeteria a um rigoroso interrogatório e, finalmente, saberia a verdade.

Alguém bateu na porta.

— Uma encomenda do palácio de Sua Majestade — anunciou orgulhosamente o entregador.

Mark o gratificou com uma boa gorjeta e se deparou com um smoking digno das recepções nova-iorquinas mais badaladas.

Ele vinha acompanhado de um pequeno bilhete: "Sua Majestade, o rei Faruk, está feliz em poder contar com o senhor entre os seus convidados para a celebração do seu casamento, amanhã, 6 de maio, no palácio de Abdine. Um carro oficial passará para pegá-lo."

Escrito à mão, o texto era assinado por Antonio Pulli, braço direito do monarca.

13

O Cairo estava fervendo. Nessa cidade os belos casamentos eram apreciados e Faruk havia exagerado. Uma imensa multidão assistiria à chegada da noiva, coberta de joias e usando um vestido criado em Paris, que havia custado uma fortuna. Quatro mil soldados formariam uma ala de honra, cadetes do exército e uma fanfarra reunida precederiam o cortejo a caminho do palácio real, invadido de presentes. Cem tiros de canhão anunciariam a união do rei Faruk e de Narriman Sadek, uma bela mulher de cabelo castanho com algumas mechas louras.

Oficialmente, o monarca e a tímida jovem se haviam encontrado por acaso e o amor inflamara os seus corações. Na verdade, Faruk a havia notado antes do seu divórcio e decidiu que ela seria sua. Uma pequena dificuldade: Narriman já estava noiva de um economista egípcio, diplomado em Harvard. Mas como se opor à vontade do rei? Brutalmente excluído do jogo, o ex-noivo ficou furioso. Narriman, por sua vez, se sentiu orgulhosa e feliz de se casar com o homem mais poderoso do país.

Por ordem do seu mestre e senhor, ela passara algum tempo em Roma para se educar, aprender boas maneiras e as quatro línguas que Faruk julgava indispensáveis: inglês, alemão, francês e italiano. Um professor de ginástica a ajudara a moldar o corpo perfeito e uma cantora a ensinara a cantarolar árias de óperas. Faruk queria uma rainha instruída, elegante e sofisticada.

O povo sentia falta da primeira esposa do rei, muito apreciada, mas um dia de festividades era sempre bom. Por algumas horas, esqueceriam as dificuldades do cotidiano.

O Cadillac no qual Mark estava confortavelmente instalado passou pela praça do teatro da Ópera, seguiu pela rua Ibrahim-Pacha e chegou ao palácio de Abdine, pesada construção em estilo barroco que datava do século XIX. A impressionante fachada e os amplos salões semeados de colunas de mármore se deviam a um arquiteto italiano, Verucci Bey, chamado de "velho sinistro" devido ao seu caráter e à austeridade das suas construções.

Policiais em uniforme de gala organizavam o balé dos carros oficiais que traziam os convidados. Eles eram recebidos por vários mordomos.

O americano entregou o convite a um deles.

— Por favor, me acompanhe, senhor Wilder.

Eles subiram uma escada monumental, sob o olhar dos lanceiros da guarda, e Mark foi introduzido no salão do canal de Suez, decorado com grandes quadros dos navios que usavam essa passagem.

Um exército de serviçais oferecia bolos e bebidas aos convidados. Todos tagarelavam, comiam, bebiam e se orgulhavam por se exibirem usando um smoking elegante e vestidos da última moda. Era exatamente o tipo de recepção que Mark detestava e que evitava ao máximo.

Um homem nervoso, de uns quarenta anos, caminhou na direção dele.

— Estou feliz em conhecê-lo, senhor Wilder! Eu me chamo Antonio Pulli e tenho a honra de servir Sua Majestade da melhor maneira possível.

Os dois homens apertaram as mãos.

— Que dia magnífico, não acha? Estou convencido de que este casamento ficará na memória dos egípcios. Venha, vamos procurar um lugar mais tranquilo.

Vestido na última moda europeia, rápido e decidido, sem ostentação, Pulli conduziu o advogado a um salão um pouco menor onde outro exército de serviçais organizava a montanha de presentes oferecidos aos recém-casados.

— Sou originário de Nápoles — explicou Pulli —, e meu pai era responsável pelo bom funcionamento da rede elétrica deste imenso palácio. Um trabalho de grande precisão, acredite! Ele me ensinou a profissão e, muito jovem, tive a possibilidade de consertar os brinquedos do futuro rei Faruk. Ele me honrou com a sua confiança, depois com a sua amizade, e me concedeu o título de bei ao me nomear secretário dos seus negócios particulares. Uma tarefa que exige muito e não me dá um instante de descanso! Mas me orgulho de servir um grande monarca e aliviá-lo do peso dos problemas materiais. Está gostando da sua estada no Egito, senhor Wilder?

— Estou gostando muito.

— É a primeira vez?

— De fato.

— Devido à localização ao pé das pirâmides, o Mena House é um hotel incomparável. Seriam necessários vários anos para se conhecer todas as riquezas do Egito! Não há nada além de passado e arqueologia, senhor Wilder. Este país extraordinário precisa entrar na era da modernidade e do progresso, e essa é a constante preocupação do rei. Muitos ocidentais, sobretudo franceses e ingleses, ainda não compreendem o desejo de independência do nosso povo. Para um americano, é diferente: vocês não têm o sentido inato da liberdade?

— É o que se supõe.

— Vai se limitar a fazer turismo — perguntou Antonio Pulli — ou, caso surja a ocasião, pensa em participar do mundo dos negócios?

— Meu principal objetivo é mudar de ares e descansar, mas quem sabe? A vida, às vezes, nos reserva surpresas e estou aberto a tudo.

— O Egito apresenta fantásticas ocasiões que se deve aproveitar — afirmou o secretário particular de Faruk —, e Sua Majestade faz questão do desenvolvimento econômico. Só ele poderá pôr fim à miséria que ainda atinge o nosso povo. Um advogado da sua envergadura poderia nos prestar grandes serviços, o direito empresarial é muito complicado.

— Por que não? — arriscou Mark, prudentemente.

— Gostaria de conversar longamente com o senhor, mas hoje é um dia especial e ainda preciso organizar alguns detalhes para que o cerimonial transcorra na perfeição. Sua Majestade quer que o povo participe da sua felicidade e que não haja o menor incidente. Até breve, espero.

— Eu também.

Mark ficou sério. Ao lhe conceder essa conversa particular num momento como esse, Antonio Pulli demonstrava a importância que atribuía à pessoa do americano. E a sua oferta era explícita. Aonde levaria?

De repente, o rumor aumentou: a noiva não tardaria a chegar! Não se ouvia a fanfarra nupcial? E todos se rejubilavam com a pomposa cerimônia, com os banquetes, os fogos de artifício e a grande quantidade de falucas iluminadas no Nilo. Nessa noite, ninguém dormiria.

Para Mark era o momento de desaparecer.

Um europeu distinto lhe deu uma informação crucial: o endereço de uma loja de roupas, onde ele trocou o smoking por uma indumentária menos chamativa, mediante uma complementação em dinheiro um pouco excessiva. Mas era um dia de festa e não se dava desconto.

Com a ajuda de um mapa detalhado do Cairo, com o qual tivera o cuidado de se munir, o advogado explorou o centro da cidade, visivelmente feliz por receber a nova rainha.

Ao não voltar para o Mena House e ao se misturar com os transeuntes, Mark tinha a certeza de que escaparia de eventuais seguidores e de que não os levaria ao abade Pacômio, que tanto tinha a lhe dizer. Desta vez, tinha de dissipar o mistério e obter explicações claras. Não seria muito barulho por nada? Não, pois a investigação feita por Dutsy havia chegado a resultados incríveis!

O abade Pacômio sabia.

Por que esperara tanto tempo para escrever para Mark e, finalmente, revelar a verdade? O clima de tensão que invadia o país havia influenciado a sua decisão? Sem dúvida, o casamento de Faruk e o nascimento de um herdeiro da dinastia melhorariam a situação.

Mark pensava em Ateya. Sentia falta dela. Queria conversar com a moça, olhá-la, admirar o seu sorriso e a sua natural elegância. Não concebia mais a vida sem a presença dela. No entanto, nem tinha certeza se iria revê-la!

Sim, voltaria a vê-la.

À custa de tenacidade, sempre conseguia o que desejava. Certamente o abade sabia o endereço da jovem. Mark explicaria a ela que não era um Dom Juan que sucumbira ao charme oriental, pediria que o escutasse com atenção e não pronunciasse palavras definitivas antes de se conhecerem melhor.

E se Ateya já tivesse um homem na sua vida? Talvez fosse apenas uma ligação passageira, fácil de ser rompida. Ela, uma egípcia, ele, um americano: não se deixava levar por um sonho irrealizável?

Com a cabeça fervilhando, ele tomou a direção do Cairo Antigo. O sol se punha e as festividades continuavam. Naquela noite quente de maio, os cairotas iam cantar e dançar e não se esqueceriam de beber à saúde do rei e da rainha. Até os piedosos muçulmanos tomariam um pouco de cerveja e aguardente.

Mark percorreu as ruelas até a hora do encontro. Graças à boa memória visual, encontrou sem dificuldade o caminho para a Suspensa e se dirigiu ao jardim.

Sentado num banco, o abade Pacômio meditava.

14

Mark sentou-se à esquerda do abade.

— O senhor tinha razão — declarou com voz nervosa. — Os Wilder são meus pais adotivos e me esconderam a verdade.

— Eles mantiveram a palavra, Deus lhes será reconhecido. Deseja conhecer a verdade com todas as consequências que ela implica?

— A minha presença é uma prova disso.

— Temo que se trate apenas de uma simples curiosidade — arriscou Pacômio. — Pensou bastante sobre a importância da sua atitude?

— Pensei com toda a calma necessária. Enquanto o Cairo festejava o casamento de Faruk, perambulei pelas ruas para fazer um balanço desses últimos dias e cheguei a uma conclusão. Agora, eu quero saber. Saber tudo.

— Não tenho a intenção de prejudicá-lo, senhor Wilder, mas as revelações mudarão a sua vida e o levarão por caminhos perigosos. Aparentemente todo traçado, o seu destino será modificado e não sei se suportará esse peso. Por isso, antes de lhe dizer o nome do seu verdadeiro pai e o da sua verdadeira mãe, tenho de exigir do senhor o juramento de que cumprirá, sem desistir, a missão que eles lhe confiaram do outro lado da morte.

— Em outras palavras, devo me comprometer sem saber no que estou me metendo!

— Cabe ao senhor decidir. Já não lhe dei bastantes indícios?

— Por que decidiu me contatar?

— O céu se turva e os infernos se agitam, senhor Wilder. E se resta uma pequena possibilidade de ver a luz triunfar sobre as trevas, é o senhor que a encarna. Uma imensa responsabilidade que pode se recusar a assumir. Ninguém irá censurá-lo.

— Não tenho o hábito de recuar diante de um obstáculo.

— O tamanho desse obstáculo não se compara com os que já enfrentou.

— Está querendo me assustar?

— É evidente. Diante das forças de destruição, o medo é a primeira etapa a vencer. Sem ele, nos mantemos na inconsciência e na estupidez.

— E se, na verdade, o senhor não souber de nada? E se toda essa história não passar de uma cortina de fumaça para me levar sei lá aonde?

— A sua pesquisa não lhe provou o contrário? No entanto, o senhor se indaga sobre a minha modesta pessoa e a autenticidade da minha mensagem. Saiba, senhor Wilder, que eu pertenço a uma linhagem muito especial, sem muita relação com o cristianismo e o islamismo nascidos nesta região e que querem dominar o mundo se impondo pela força, se necessário. Quando a escrita copta apareceu, no século II antes do nascimento de Jesus, os antigos egípcios tinham consciência de que não tardariam a desaparecer e que, dali em diante, deveriam transmitir a sua sabedoria em linguagem codificada. Os iniciados foram obrigados a se vestir com hábitos cristãos e a aderir à nova crença para sobreviver depois do fechamento dos templos e do massacre dos últimos resistentes. Alimentada pelo ensinamento dos sacerdotes egípcios, a Igreja copta separou-se de Roma e realizou um milagre: coabitar com o islamismo. Porém, milagres não duram e a nossa situação se degrada cada dia mais. Para nós, o Egito não é a "casa dos escravos" de que fala o Antigo Testamento, no Livro do Êxodo, não é a morada do diabo e o lugar da ignorância, e sim, ao contrário, a morada celeste, o céu na Terra e o templo do mundo inteiro. Em 1945, em Chenoboskion, perto de Nag Hammadi, no Alto Egito, os arqueólogos descobriram uma das bibliotecas dos meus ancestrais, composta de textos que a Igreja romana recusou incluir na Bíblia, como o *Evangelho dos Egípcios*, os dois *Apocalipses de Tiago* e o *Verbo Autêntico*. Pouquíssimas pessoas foram consideradas dignas de consultar esses escritos, dos quais uma boa parte ainda é secreta. O mesmo ocorreu com as suas verdadeiras fontes, os textos redigidos pelos grandes sábios do Egito faraônico, que continuam a ser o meu alimento cotidiano.

Mark tinha a impressão de que ouvia um homem de um outro mundo.

— Eis aonde vai levá-lo o seu juramento — prosseguiu Pacômio —, se as forças de destruição não o vencerem antes que consiga cumprir a sua missão: preservar um tesouro sem o qual a humanidade perderá a cabeça e afundará no caos.

O americano estava perplexo.

— Não tenho o poder de salvar o planeta sozinho! Isso é privilégio dos heróis de filmes de aventuras.

— Não se subestime — recomendou o abade Pacômio, cujo rosto se enfeitou com um ligeiro sorriso. — Às vezes, basta uma única pessoa para modificar o futuro.

— Sou um advogado empresarial, não um sacerdote copta especialista em textos esotéricos!

— Também é filho de um pai excepcional, que, diga-se de passagem, encontrou o meio de fazer a luz triunfar, mas não teve a possibilidade de usá-lo. Ao filho dele, cabe essa tarefa. Quer continuar a sua obra e levá-la até o fim?

— O senhor não seria mais qualificado do que eu?

— Em primeiro lugar, na minha idade, não tenho mais a capacidade de ação necessária; depois, só a sua magia pessoal, idêntica à do seu pai, permite antever um sucesso. Se não, eu o teria deixado dormir tranquilo.

Mark já não enfrentava uma tempestade, mas um verdadeiro tornado.

— Vamos à minha casa — propôs o abade Pacômio. — Antes de tomar a sua decisão, devo realizar um ritual de proteção.

O velho homem tinha dificuldade para andar e precisava da ajuda de uma bengala. Mark tentava recuperar-se, enquanto pensava na importância da palavra dada, tão desdenhada no mundo moderno, onde a mentira se tornara uma arma indispensável.

Ele nunca tivera de enfrentar a si mesmo e nunca se vira diante de responsabilidades cujo peso imaginava, sem conhecer realmente a sua natureza.

Situada numa ruela onde só moravam coptas, a casa do abade Pacômio parecia uma vasta biblioteca, composta de manuscritos, pergaminhos e livros antigos.

— Espere-me um instante, senhor Wilder.

Quando reapareceu, o abade Pacômio usava uma túnica branca e segurava uma ampola da cor do ouro.

— Ela contém um óleo santo, o óleo da alegria, destinado a proteger os viajantes do espírito, afastando os demônios do seu caminho. Ajoelhe-se, por favor.

Havia muito tempo o americano não realizava esse gesto! Desajeitadamente, ele obedeceu.

O abade recitou textos que evocavam as forças temíveis existentes nos mil e um tipos de fogo que devoravam as pessoas. Um a um, eles os acalmou antes de ungir a fronte, as sobrancelhas, o coração e as mãos de Mark, que foi invadido por uma incomparável sensação de bem-estar.

O tornado se acalmava, os pensamentos foram para o devido lugar como os elementos de um jogo de construção, e Mark teve a impressão de que, finalmente, era senhor da situação e encontrara a melhor solução depois de um estudo profundo de um complexo processo.

Sentado numa poltrona de espaldar alto, ele viu o abade Pacômio lhe oferecer um copo cheio de um licor cor de âmbar.

— É um excelente conhaque, que o seu pai apreciava. Esta bebida lhe dava forças nos momentos difíceis.

Mark saboreou o néctar.

— Tomou uma decisão? — perguntou o abade.

— Diga-me a verdade e cumprirei a missão que o meu pai me confiou além da morte.

— Por várias semanas — afirmou Pacômio — você estará protegido do ataque das forças do mal. Depois, terei de intervir novamente. O seu juramento deflagra um processo irreversível, com um fim incerto.

— Quem eram os meus pais?

— Não estamos no lugar certo para que possa perceber toda a importância dessa revelação. O Museu do Cairo me parece mais adequado.

— O museu? Mas estamos em plena noite!

Pacômio sorriu.

— Várias horas se passaram durante o nosso ritual, senhor Wilder. O sol já nasceu há muito tempo.

15

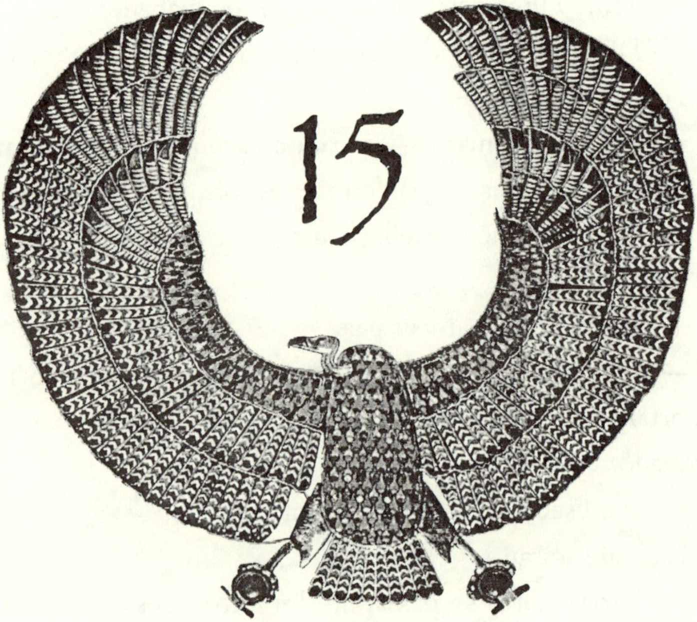

Assim que entrou no Museu do Cairo, que alguns arqueólogos comparavam à caverna do Ali Babá, o abade Pacômio adquiriu uma segunda juventude e começou a se locomover com mais facilidade. A visão do número incrível de obras-primas acumuladas ali lhe devolvia a energia, como uma comunhão natural entre ele e a alma imortal das estátuas.

Pacômio levou Mark até as galerias onde estavam expostos inúmeros tesouros provenientes da tumba de Tutancâmon.

Foi um deslumbramento.

Sem fôlego, com o olhar estupefato e sem saber onde pousá-lo, Mark se deparou com as capelas de ouro, os leitos de madeira dourada, as arcas, as estátuas, os tronos, as joias e ficou boquiaberto diante da máscara de ouro que expressava uma vida, incrivelmente intensa.

O abade deixou que se estabelecesse um profundo contato entre o americano e o faraó. Sem perceber, Mark atravessava um limiar e entrava num novo universo.

Em seguida, Pacômio puxou o convidado de lado.

— A sua mãe era egípcia, muito bonita, e se chamava Raifa — declarou. — O seu pai se chamava Howard Carter, o maior arqueólogo de todos os tempos, que descobriu a tumba de Tutancâmon depois de longos anos de pesquisas e de provações. Está admirando as maravilhas que ele desenterrou e, assim, o senhor participa da Busca e do que era mais importante na vida dele.

Lentamente, os dois homens percorreram as salas, parando diante de uma estatueta, de um par de sandálias ou de um colar.

— O seu pai nasceu no dia 9 de maio de 1874[1], em Londres, e passou a infância em Swaffham, no condado de Norfolk, de onde os pais dele eram originários. O pai de Howard, Samuel John Carter, trabalhava para uma revista famosa, a *Illustrated London News*, que publicava os seus desenhos de animais e de cenas da vida rural. O pequeno Howard seguiu os passos do pai e também se revelava um excelente desenhista e aquarelista. Foi então que o destino modificou radicalmente a sua carreira. Em 1890, o professor Percy E. Newberry trouxe o jovem Howard, na ocasião com dezesseis anos, ao Egito e o encarregou de reproduzir cenas das tumbas egípcias.

[1] E não em 1873, conforme a inscrição errônea da tumba.

Assim, o seu pai se tornou o membro mais jovem do Egypt Exploration Fund, uma associação científica e particular, voltada para as escavações "para um melhor conhecimento da história e das artes do Antigo Egito, e a ilustração dos relatos do Antigo Testamento". Mais tarde, o senhor vai constatar a importância dessa especificação. O seu pai se apaixonou pela terra dos faraós e, aqui mesmo, se especializou na profissão de egiptólogo, sobretudo ao se tornar assistente do grande patrão da época, sir William Flinders Petrie, que impunha métodos rigorosos de trabalho. Ele também foi auxiliar de um suíço, sir Édouard Naville, que descobriu o templo da rainha-faraó Hatchepsut, na margem oeste de Tebas. Em 1899, o francês Gaston Maspero, que gostava muito de Howard Carter, nomeou-o inspetor dos monumentos do Alto Egito e da Núbia. Um belo sucesso para um rapaz de vinte e cinco anos, a quem sempre criticavam por não ter saído de uma universidade e não poder exibir diplomas. Mas ninguém conhecia os sítios antigos e a população atual melhor do que ele. Em Luxor, ele encontrou uma professora, Raifa, uma jovem moderna, que queria se libertar do jugo das tradições. Ao longo das suas conversas, cada vez mais íntimas, nasceu um grande amor. Apesar de tudo o que os separava, eles acabaram admitindo esse amor. Obviamente, a ligação deveria permanecer absolutamente secreta para não provocar um enorme escândalo. No outono de 1904, Howard Carter foi nomeado inspetor-chefe do Baixo Egito e cuidou da imensa necrópole de Saqqara, onde, no dia 8 de janeiro de 1905, alguns franceses embriagados se envolveram numa discussão com os guardas. O seu pai interveio em favor dos guardas, e os franceses apresentaram queixa contra ele. Apesar da insistência de Maspero, que havia sido pressionado pelas autoridades, Howard Carter se recusou obstinadamente a apresentar desculpas ao bando de insolentes. Ele foi despedido, a sua carreira oficial foi interrompida e ele se viu no olho da rua. Apaixonado por Raifa, permaneceu no Egito e conseguiu sobreviver pintando quadros e se lançando no comércio de antiguidades. Embora os ingleses não o admirassem, o mesmo não acontecia com os americanos e com alguns especialistas do Metropolitan Museum, de Nova York.

— Nova York — repetiu Mark, que via a teia se tecer e tomar corpo.

— Em 1907 — prosseguiu o abade Pacômio —, Howard Carter se instalou em Luxor. Ele tinha uma ideia fixa na cabeça há muito tempo: fazer escavações no Vale dos Reis e ali descobrir a tumba de um faraó, Tutancâmon, presente nas listas dos reis, mas desaparecido da história. Como nunca havia circulado um objeto no nome dele, Carter deduziu, com razão, que a tumba deveria estar intacta e conter maravilhas. Uma tumba de faraó intacta... Que utopia! No entanto, a sorte sorriu novamente para Carter quando ele encontrou lorde Carnarvon, que viera ao Egito por motivo de saúde. Inteligente, muito curioso, Carnarvon decidiu ocupar o tempo com a arqueologia e contratou um especialista recomendado por Maspero, ou seja, Howard Carter. O horizonte se abria de novo e o objetivo foi fixado: obter a concessão das escavações no Vale dos Reis, onde trabalhava um rico amador americano, Theodore Davis. Em dezembro de 1911, Raifa deu à luz um menino no Cairo, no maior segredo. Graças a um amigo do seu pai que tinha ligações com o Metropolitan Museum, ela foi acolhida pelos Wilders e tratada por um especialista. Então, ocorreu um fato inesperado. Como não podiam ter filhos, os Wilders manifestaram o desejo de adotá-lo, prometeram dar-lhe uma excelente educação e assegurar-lhe um futuro brilhante. Nem Raifa nem Howard podiam reconhecê-lo como filho. Ela teria sérios problemas, correndo o risco de ser morta pela própria família, e os sonhos do egiptólogo, menosprezado, teriam sido definitivamente destruídos. Mesmo que essa solução lhes partisse o coração, eles não tinham escolha. Não creio que se possa qualificá-los de covardes. Eles pensaram na sua felicidade e no seu futuro, não no deles, e juraram nunca revelar nada. Os Wilders, por sua vez, cuidariam das formalidades e, daquele dia em diante, o considerariam como verdadeiro filho.

— E o senhor — surpreendeu-se Mark — está desrespeitando o juramento de silêncio!

— A necessidade faz a lei — retorquiu o abade Pacômio. — Em junho de 1914, aos setenta e sete anos de idade e doente, Davis entregou o Vale dos Reis a Carnarvon. Howard Carter se lançou em buscas titânicas que, em 26 de novembro de 1922, por ocasião da última temporada programada de escavações, terminaram na descoberta dos degraus da escada que levava à tumba de Tutancâmon. Infelizmente, Raifa já havia partido deste mundo e não pôde assistir ao triunfo de Howard. Um triunfo acompanhado de múltiplas provações, injustiças e dez anos de esforços, às vezes sobre-humanos, para retirar os tesouros da tumba. Em 1933, o seu pai caiu doente e seus últimos anos de vida não foram nada alegres. A Inglaterra não lhe concedeu nem honras nem condecorações, como se ele fosse um pária, e Carter não fez nenhuma outra escavação. A vida e a alma dele permaneceram ligadas a Tutancâmon e só a ele.

— Ele voltou ao Egito?

— Ele amava tanto este país que continuou a passar algum tempo na casa que havia construído, na entrada do Vale dos Reis. Ali, conversamos por longas horas. Ele também gostava de tomar uma bebida no Winter Palace, sozinho, e olhar as brincadeiras dos pássaros, que ele sabia desenhar tão bem. Sempre vestido com esmero, um tanto vaidoso, Carter mantinha uma impressionante dignidade. Revivia a extraordinária aventura através do pensamento e não se cansava de contemplar a margem do Ocidente onde a deusa do outro mundo acolhia os "justos de voz".

— Onde e quando ele morreu?

— O seu pai morreu em Londres, no dia 2 de março de 1939, e foi enterrado no cemitério de Putney Vale, ao sul da capital. Mas esse fim terrestre não pôs um término na busca dos tesouros de Tutancâmon e no conhecimento dos mistérios que ele nos transmitiu. Por isso, fui obrigado a romper o silêncio.

16

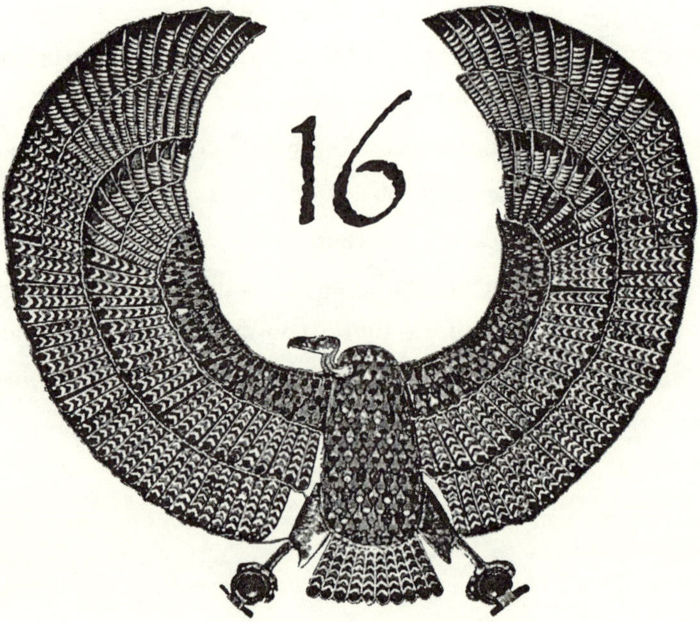

O abade Pacômio e Mark Wilder pararam diante de um dos leitos de ressurreição de Tutancâmon, em forma de hipopótamo. Ele encarnava a misteriosa deusa Ipet, matriz do universo e encarregada de contar os seres capazes de vencer a prova da morte.

— Uma das tarefas mais importantes do seu pai, quando explorou essa tumba fabulosa, consistia em descobrir alguns papiros. Esperava-se que eles fornecessem o máximo de informações não só sobre o próprio rei, como também sobre Akhenaton e seu reinado conturbado, sobre os hebreus e a estada deles no Egito, sobre o

Êxodo e outros episódios da Bíblia. Diante da enorme quantidade de objetos e de esconderijos possíveis, provavelmente seria preciso muito tempo e paciência antes de pôr as mãos nesses documentos inestimáveis.

— Eles foram encontrados? — perguntou Mark.

— Oficialmente não. Mas, por ocasião da sua última viagem ao Egito, Howard Carter me falou sobre eles. "Se achar que o Egito corre graves perigos", declarou ele, "revele ao meu filho a sua verdadeira identidade e peça para que ele entre em ação. Em função da lei de Maat e da lei do sangue, só ele poderá usar os papiros de maneira justa." Pedi a Carter que me indicasse onde esses preciosos textos haviam sido guardados, mas ele achou melhor adiar essa confidência, julgando que ainda não era o momento certo. Diante do caráter dele era inútil insistir. E foi um grave erro, pois ele morreu antes de me transmitir o segredo. Atualmente, o Egito corre, de fato, um grande perigo. Trágicas perturbações vão ocorrer, tanto no campo político quanto no espiritual. Não é preciso ser adivinho para anunciar um conflito entre Israel e o mundo árabe, sem falar no aumento da intolerância e do fanatismo. Partindo do Egito, eles desabarão sobre o mundo, e nós, coptas, seremos varridos da Terra. A não ser que você encontre esses papiros e que a magia do conteúdo deles esclareça e pacifique os espíritos.

— "A lei de Maat e a do sangue..." O que isso significa?

— Filho carnal e filho espiritual de Howard Carter, só o senhor pode ser o servo do seu *ka*, a força vital indestrutível. Ao reanimá-la pela sua fidelidade à memória dele e a sua busca da verdade, contribuirá para criar a imortalidade do seu pai. Esse é o compromisso solene que assumiu, Mark: encontrar os papiros de Tutancâmon. Se desistir, as trevas triunfarão.

Os dois homens se afastaram para fugir de um grupo de turistas barulhentos e escolheram um local menos frequentado, na frente das admiráveis estatuetas, os "Respondentes", capazes de ouvir a voz do ressuscitado, de lhe obedecer e realizar, para ele, os indispensáveis trabalhos no outro mundo.

— O senhor me anunciou que as suas revelações mudariam a minha vida — lembrou o advogado — e não mentiu. E eu não volto atrás na palavra dada. Cumprirei a missão que meu pai me confiou do outro lado da morte.

O abade Pacômio disfarçou a emoção. Se o filho fosse dotado da mesma obstinação do pai, nada estava perdido.

— Onde e como procurar? — perguntou Mark.

— Howard Carter era um homem muito reservado e tinha poucos amigos. No entanto, será que havia compartilhado a descoberta dos papiros com um deles ou fizera alguma confidência? Arthur Callender, apelidado de "Pecky", foi, sem dúvida, seu colaborador mais íntimo. Ex-gerente da ferrovia egípcia, arquiteto e engenheiro, esse bom gigante, de uma placidez inalterável, desfrutava uma calma aposentadoria em Armant, ao sul de Luxor, quando Carter lhe pediu que o ajudasse a escavar a tumba de Tutancâmon. Como Callender sabia fazer de tudo e não torcia o nariz diante de nenhum trabalho, quer se tratasse de uma instalação elétrica ou de fabricar uma caixa, ele foi o auxiliar mais precioso do seu pai. Ele deve ter visto os papiros! Infelizmente, Callender morreu assim que o trabalho terminou, e mesmo a data da morte, provavelmente 1937, continua incerta. O químico Alfred Lucas, que morreu em 1945, e o egiptólogo Newberry, em 1949, não sabiam de nada. Eles ajudaram Carter, que os estimava, é verdade, mas não os considerava amigos íntimos. Quando eu soube que Carter estava à beira da morte, parti para Londres, aonde, infelizmente, cheguei tarde demais. No entanto, assisti ao enterro no cemitério de Putney Vale. Poucos compareceram e poucas pessoas eram capazes de me ajudar, com exceção de duas mulheres que tiveram muita importância na vida do seu pai. A primeira, a sobrinha, Phyllis Walker, que foi de uma dedicação admirável na última parte da vida dele. Foi ela quem me avisou sobre a gravidade do estado de Carter e presenciou o seu último suspiro. Ela havia viajado com ele para Luxor e encontrei-a várias vezes. Em Londres, ela me jurou que nunca o ouvira falar sobre os papiros de Tutancâmon e não duvido da palavra dela. O caso da segunda mulher, lady Evelyn, é mais ambíguo. Filha de lorde Carnarvon, ela admirava o seu pai e foi a primeira a entrar, em completo segredo, na câmara funerária, antes da abertura oficial. Essa bela jovem, inteligente e fascinante, viveu momentos extraordinários ao lado de Howard Carter. Mas ele não passava de um plebeu e ela era uma aristocrata. Conversei longamente com ela em Londres: a moça não se lembrava de ter visto os papiros, mas não negou totalmente a existência deles. Essa seria uma das pistas a seguir, Mark. Trate de falar com ela e conseguir mais informações. Não podemos esquecer que lorde Carnarvon era um colecionador e que teria ficado com uma parte do tesouro de Tutancâmon se o governo egípcio não houvesse modificado a lei sobre a posse das antiguidades. O extraordinário castelo da família, de Highclere, será um dos seus objetivos.

— Meu pai não possuía a sua própria coleção de antiguidades egípcias?

— Sim, mas era bem modesta. Os dois objetos mais extraordinários eram uma esfinge de faiança do faraó Amenhotep III e um "Respondente" oriundo da tumba de Tutancâmon. Todos os seus bens foram dispersados por ocasião de uma venda pública e não havia nenhum papiro. No entanto, a pista inglesa não deve ser desprezada por outras razões. Em primeiro lugar, os documentos pessoais de Carter estão num museu em Oxford; depois, o egiptólogo Gardiner, especialista em hieróglifos que trabalhou com Carter e decifrou as inscrições da tumba, talvez tenha informações essenciais.

— Em outras palavras, uma viagem à Inglaterra se impõe.

— Realmente, aconselho que comece por lá. Existem duas outras pistas, igualmente importantes. Falecido em 1928, o egiptólogo Arthur Mace foi um dos principais colaboradores do seu pai. Ele pertencia ao Metropolitan Museum, como o fotógrafo Harry Burton, executor testamentário de Howard Carter, que, aliás, legou para ele 250 libras esterlinas. Burton teve o privilégio de fotografar os objetos da tumba em cada etapa da exploração.

— Ele ainda faz parte deste mundo?

— Infelizmente, deixou-o em 1940. Um terceiro personagem, Herbert Winlock, era amigo do seu pai e uma das cabeças pensantes do mesmo Metropolitan Museum, que adquiriu magníficos objetos da coleção Carnarvon. A coleção incluía obras-primas provenientes da tumba de Tutancâmon. E Carter chegou a dispor de um escritório provisório nesse museu, que desempenhou um papel determinante ao longo da sua história de arqueólogo.

— Não me diga que esse Winlock também morreu!

— Ele morreu em 25 de janeiro de 1950. Sem dúvida, o Metropolitan Museum de Nova York possui documentos inéditos que pertenciam a Carter, quem sabe até mesmo... os papiros! Não podemos esquecer que ele lhe legou a sua casa tão amada de Luxor com tudo o que ela continha. Alguns indícios mais insignificantes poderiam orientar para outros museus americanos. Eu lhe entregarei um dossiê completo; terá de verificar cada hipótese.

— Se compreendi bem, tenho uma grande chance de encontrar os papiros de Tutancâmon na Inglaterra ou nos Estados Unidos.

— Essa é a minha opinião. E conto com você para manter a sua promessa e me entregar esses documentos vitais o mais rápido possível. Depois, conversaremos longamente sobre Carter e a mensagem secreta de Tutancâmon.

Mark esperava uma tarefa mais difícil. Porém, seria ela tão fácil quanto ele supunha?

— Diga-me, padre... Essa viagem está livre de qualquer perigo?

— Claro que não, meu filho.

17

Em Luxor, pequena cidade de província situada a seiscentos e trinta quilômetros do Cairo, o casamento de Faruk não tivera a mesma repercussão que na capital. Ali, depois do fim da estação turística, que durava de novembro a março, vivia-se na calma sob o sol do Alto Egito. Os templos de Karnak e de Luxor, na margem leste, recebiam um número pequeno de visitantes e os grandes sítios arqueológicos da margem oeste, sobretudo o Vale dos Reis, aos poucos recuperavam o silêncio.

No entanto, o Professor ainda não havia saído do Egito. Em geral, no início do forte calor, ele tomava a direção de Paris, de

Londres, de Roma, de Berlim ou de Nova York para encontrar os colegas, dar conferências ou receber novas honrarias. Há algumas noites ele dormia mal e revivia estranhas lembranças, como se um longínquo passado voltasse à tona. Por isso, o Professor decidira adiar a partida com o pretexto de terminar tarefas administrativas.

Naquela manhã, ele despachou uma boa quantidade de pessoas que o solicitavam, entre elas uma egiptóloga francesa baixinha, tão agitada quanto ambiciosa, que sabia tudo e merecia a medalha de ouro nos Jogos Olímpicos da vaidade. O Professor almoçou com oficiais egípcios lisonjeados com o convite, depois mostrou-lhes as obras de escavação em andamento cujas atividades só recomeçariam no outono.

De volta ao escritório, classificou a documentação.

De repente, a tocha se acendeu sozinha.

Uma tocha antiga, descoberta no povoado de Deir el-Medineh, habitado pelos artesãos que haviam construído e decorado as moradas eternas do Vale dos Reis, inclusive a de Tutancâmon. O Professor deveria ter doado a tocha para o Museu do Cairo, mas há muito tempo ela lhe servia de alarme, graças ao qual podia prever os ataques dos inimigos.

Dessa vez, a chama apareceu especialmente viva e forte.

Em outras palavras, um duro combate em vista.

Agora, o Professor compreendia a razão do seu mal-estar e se felicitava por ter dado ouvidos ao seu instinto. Restava descobrir a identidade do adversário. Como sempre, um mensageiro bateria à porta para lhe dizer.

*

* *

O velho se levantou com dificuldade. Os anos que passara trabalhando nas obras de escavação haviam maltratado o seu corpo, mas ele não se arrependia dessa vida laboriosa, pois ela lhe dera inúmeras alegrias, permitindo que construísse uma casa onde moravam os filhos e os netos. Vários quartos, uma cozinha com um forno no canto, uma magnífica bateria de utensílios de barro, uma sala de visitas equipada com bancos, um cercado para o gado e um porão que faria sonhar qualquer arqueólogo. Na realidade, tratava-se de uma tumba do Novo Império cujos baixos-relevos, parcialmente intactos, estavam cobertos de fuligem. E o poço das múmias permanecia inviolado.

O velho lembrou daquela incrível manhã de novembro de 1922 em que havia desobstruído o primeiro degrau de uma escada antiga que talvez levasse à entrada de uma sepultura. O seu patrão, Howard Carter, chegara correndo. Há muitos anos procurava, em vão, a última morada de um faraó misterioso, Tutancâmon!

E se, finalmente, fosse ele?

O velho gostava muito de Howard Carter. Ele falava árabe, tratava os operários com respeito e não hesitava em arregaçar as mangas. Diferentemente de tantos outros cientistas pretensiosos e distantes, ele trabalhava na escavação, conhecia bem o país e os seus habitantes.

E era mesmo Tutancâmon!

Howard Carter pertencia à categoria de pessoas excepcionais que realizam os seus sonhos vencendo todos os obstáculos e nunca se desviando do seu caminho.

Então, quando o velho bebia uma xícara de chá preto bem quente, uma de suas filhas, usando um vestido preto, entrou correndo na casa.

— É grave, muito grave!

— O que houve?

— O seu terceiro neto...

A voz estava estrangulada de emoção.

— Fale!

— Ele morreu.

— Um acidente?

— Muito pior! Foi o Salawa.

— O Salawa de volta? Impossível!

— O xeique e o imame confirmaram. Toda a margem oeste já foi informada.

Segundo o costume, os mortos eram enterrados no mesmo dia. Já se podia ouvir os lamentos das carpideiras da família e da vizinhança.

O velho ficou petrificado.

Fazia muito tempo que o Salawa não aparecia em Luxor! Alguns diziam que ele era a reencarnação do temível deus com cabeça de chacal, Anúbis, guardião das necrópoles. Ele devorava a alma das crianças para punir as famílias acusadas de delitos.

E ele havia atingido a família de um homem velho, um colaborador ligado a Howard Carter que havia perturbado o repouso do faraó Tutancâmon e revelado segredos que seria melhor enterrar para sempre.

O terrível castigo infligido pelo Salawa era um aviso.

O velho deveria manter silêncio absoluto e não contar a ninguém as confidências de Carter. Se não, o Salawa faria a lei do terror reinar novamente.

*
* *

John Hopkins havia passado uma noite deliciosa nos braços apaixonados de uma bela secretária que trabalhava no palácio de Abdine. Adepta do progresso à ocidental, a jovem estava feliz por servir ao rei, por receber um bom salário, poder vestir-se de acordo com o seu gosto e andar na rua com a cabeça descoberta. No verão, em Alexandria, ela se pavoneava nas praias de maiô. Para completar, sem más intenções, ela dava informações ao amante sobre o funcionamento do palácio de Faruk e os hábitos do monarca.

A campainha do telefone acordou o agente da CIA, que, finalmente sozinho e em casa, esperava aproveitar para dormir até tarde.

O agente disse apenas uma palavra: “Darling.”

— O sol se levanta sobre as pirâmides — respondeu John, usando o código da semana.

— Ele partiu.

— De quem está falando?

— De Mark Wilder. Acabou de pegar o avião para Londres.

— Londres? Tem certeza?

— Absoluta!

— Acompanhado?

— Sozinho.

— Contatos no aeroporto?

— Aparentemente nenhum.

Evidentemente, John avisaria o seu agente londrino. Não era o momento para perder a pista do amigo Mark, principalmente se ele tentava conspirar com os primos britânicos. Mas por que trairia os Estados Unidos?

*
* *

Mahmud estava escrevendo uma síntese para o general Naguib quando recebeu uma informação desoladora: o advogado Mark Wilder acabara de deixar o Cairo. Ou seja, a missão dele no Egito havia terminado.

O destino surpreendera o agente de ligação dos Oficiais Livres: Londres. O que o espião americano ia fazer na Inglaterra? Pelo visto, comunicar aos seus homólogos britânicos o que havia descoberto no Egito. Informá-los... ou desinformá-los?

Sobre a questão egípcia, e particularmente sobre o delicado assunto do controle do canal de Suez, Mahmud estava em condições de saber que americanos e ingleses não concordavam. Os últimos queriam continuar a reinar como senhores absolutos.

Qual seria o jogo de Wilder? Certamente Mahmud nunca saberia. Decepcionado, ele esperava usar o americano para sair da ratoeira em que estava preso.

Restava uma tênue esperança: que o advogado voltasse ao Egito.

Então, Mahmud agiria.

*
* *

Durante quase toda a missa, Ateya não havia pensado em Deus e sim em Mark Wilder. Sentindo-se culpada por essa distração, ela comungou com fervor, mas foi obrigada a reconhecer que sentia saudades do americano. Ela gostava da sua maneira de ser, do seu tom de voz, da energia que o animava. Arauto de um outro mundo, ele lhe abria novos horizontes.

Por sorte, a separação não era definitiva. Segundo o abade Pacômio, Mark Wilder não tardaria a voltar.

*

* *

Alguém bateu à porta do Professor.

— Entre.

Era o chefe dos empregados, um bom pai de família gorducho e afável. Ele lhe trazia o chá.

As mãos dele tremiam, a fisionomia estava transtornada.

— Sente alguma dor?

— Não, Professor, não...

— Problemas?

— Não ouso lhe dizer...

— Diga, por favor.

— Não vai acreditar!

— Diga mesmo assim!

— O Salawa... O Salawa voltou e já matou uma criança!

O Professor meneou a cabeça. A situação era mais séria do que imaginava. Estava fora de cogitação sair de Luxor.

18

Antes de partir para Londres, Mark havia conversado longamente ao telefone com o amigo Dutsy Malone e lhe pedira para marcar as entrevistas e conseguir informações sobre as pessoas com quem ia encontrar-se. Como Dutsy era a eficiência personificada, o advogado viajaria tranquilo.

Na manhã da partida, um dos jornais do Cairo publicou um artigo surpreendente, intitulado “Quem é ele?”, dando os traços de caráter da pessoa incriminada: “É inteligente? É um idiota? Ninguém sabe, pois, às vezes, ele demonstra inteligência, em seguida age como um louco. O seu rosto tem reflexos de inocência e, em seguida, um olhar de criminoso. É bom? É um covarde? Ele tem os olhos furiosos de um tigre, mas foge como um rato. Ele vê e, no entanto, parece cego. Ele vive e, às vezes, achamos que está morto. Ele é céu e inferno a um só tempo. Ele ganhou tudo e, depois, perdeu tudo. O que ele tem não o interessa mais. Só se interessa pelo que ainda não possui. Ele quer tudo. Quer tirar dos homens até a última camisa. A sua volúpia é roubar dos outros o que eles têm, quer se trate de bens de valor ou ordinários. Ele rouba por roubar, rouba todo mundo, até os amigos, até a família. Essa é a sua volúpia, esse é o seu vício. Ele acha que ninguém percebe, pois crê estar cercado de ladrões. Se ele se olha, o espelho aumenta e deforma as sucessivas imagens que vê de si mesmo: grande nacionalista, homem glorioso, ladrão, chefe do bando. Ao menos são esses os papéis que atribui a si mesmo. Ele nunca hesita entre a virtude e o pecado, pois o pecado o atrai irresistivelmente e lhe dá mais prazer do que a virtude. Os amigos ficam desolados com isso. Para tentar desculpá-lo, eles dizem: 'É um doente.' Mas o povo não se engana e diz: 'É o maior dos ladrões.' Aliás, ninguém pode enganar-se a respeito desse homem, pois todos, de uma maneira ou de outra, foram suas vítimas[1]."

Lendo o mesmo artigo, dois egípcios, homens de negócios, sentados atrás de Mark, caíram na gargalhada.

— Que belo retrato de Faruk! — exclamou um deles. — Só ele não vai se reconhecer e enviará ao jornal um dos seus secretários para perguntar ao diretor a identidade do monstro descrito com tanta perfeição.

---

[1] Texto citado por J. Bernard-Derosne, *Farouk*, pp. 147-149.

"Nada agradável para o futuro do rei", pensou Mark, que, durante o voo, tentava assimilar as revelações do abade Pacômio. Mark sempre se sentia relaxado num avião e o seu pensamento evoluía em total liberdade, como se ele próprio fosse um pássaro superando as contingências terrestres.

Ele, filho de Raifa, a egípcia, e de Howard Carter, o descobridor da tumba de Tutancâmon... Sonho ou realidade? O abade Pacômio tinha razão: saber quem era na verdade havia transtornado a sua vida e o obrigado a cumprir uma missão para a qual não estava preparado.

A tarefa não o assustava. Ao contrário, o fascinava. Talvez tivesse chegado ao fim dos artifícios técnicos da sua profissão de advogado, sem dúvida desejava conhecer outras dimensões da vida. No fundo, o abade Pacômio lhe dera um fabuloso presente! Ao entrar num mundo desconhecido, Mark se sentia movido por uma nova energia e por uma vontade de vencer. Sim, encontraria os papiros de Tutancâmon e, desse modo, participaria, além do tempo e da morte, da extraordinária aventura do seu pai.

O advogado conhecia bem Londres, uma cidade agradável de se viver, onde ninguém jamais se aborrecia. Trabalhar com os colegas ingleses não era fácil, mas com pessoas de mente aberta sempre acabava se entendendo. E como esquecer que sem a Inglaterra a Europa teria sucumbido ao nazismo? Com coragem e solidariedade exemplares, os ingleses haviam enfrentado os monstros hitleristas, além do imaginável.

Um funcionário do Connaught, preciosidade da hotelaria londrina, esperava-o no aeroporto. Cuidou das malas e conduziu Mark ao Bentley, onde lhe foi servido um desses uísques escoceses envelhecidos, capazes de fazer desaparecer o cansaço de qualquer viagem.

De prontidão no desembarque, o agente da CIA foi passado para trás. Enquanto pegava o seu carro, o Bentley sumiu no trânsito.

Ele acabaria encontrando o advogado, mas corria o risco de levar uma bela descompostura.

*

* *

Um delicioso perfume da época vitoriana flutuava na suíte do Connaught, onde Mark gostava de ficar nas suas viagens a Londres. Mobiliário antigo, tapetes persas autênticos, cama macia, poltronas fundas propícias à reflexão, um verdadeiro sherry que sobressaía no meio de canapés de salmão e de pepino, preservação da cultura da velha Inglaterra que não saía de moda, longe dos modernismos intransigentes... Mark concedeu a si mesmo alguns minutos de repouso antes de telefonar para Dutsy, cuja voz firme demonstrava a habitual determinação.

— Bem instalado, chefe?

— O Connaught continua fiel à sua reputação. Como vão os negócios?

— O excesso normal de trabalho. Preciso da sua opinião sobre alguns pontos delicados.

Mark resolveu tudo rapidamente e Dutsy sentiu-se aliviado. Tomar a decisão final não era a sua especialidade.

— Conseguiu marcar os meus encontros?

— Afirmativo — respondeu Dutsy —, mas não foi fácil! Parece que o seu Gardiner não é nada divertido. Almoço com ele amanhã no Ritz, às 12h30 em ponto. Terno e gravata.

— O que conseguiu saber sobre ele?

— Alan Henderson Gardiner nasceu em 1879. Está muito bem para os setenta e dois anos; os egiptólogos o consideram o melhor especialista em leitura de hieróglifos. Ele é autor de uma *Gramática Egípcia*[1], obra de referência no assunto e usada por todos os estudantes. O homem nasceu em berço de ouro e a bela fortuna lhe deu total independência financeira. Ele se acha importante, tem a língua afiada e sentido para negócios. E foi justamente por causa de um dos contatos que fiz em Londres que consegui uma reunião com um dos mais famosos advogados nova-iorquinos. Gardiner não recusa encontros com altas personalidades e acha que você vai falar sobre finanças internacionais.

— Excelente, Dutsy.

— Os adversários dizem que ele se comporta como um político e que ninguém consegue atravessar a sua carapaça. Mas diga-me... Por que fez toda essa viagem para se encontrar com um velho erudito ranzinza?

— Para tentar descobrir a verdade.

— Então, acha realmente que os Wilders eram seus pais adotivos?

— Você não me forneceu os argumentos decisivos? A carta proveniente do Cairo não era um brincadeira.

Dutsy ficou em silêncio por alguns momentos.

— Sente-se realmente bem, chefe?

— Fique tranquilo, eu estou muito bem.

— Em que aventura está se metendo?

— Ainda não está muito claro, mas estou progredindo.

— Não fique passeando demais! Aqui, temos muito trabalho.

---

[1] *Egyptian Grammar*, 1ª edição, publicada em 1927.

— E o meu outro encontro?

— Com lady Beauchamp, nenhum problema. Ela o receberá na próxima segunda-feira, à hora do chá. A propósito... Em relação a Gardiner, não se esqueça de chamá-lo de "sir Alan". Ele faz muita questão disso.

19

No Ritz, estabelecimento onde reinavam o bom gosto e o respeito às tradições, o maître conduziu sir Alan, que usava um terno clássico azul de três peças, feito sob medida, à tranquila mesa na qual Mark o aguardava. Ele cumprimentou o egiptólogo sem lhe apertar a mão, como convinha.

— É uma grande honra conhecer um erudito da sua importância.

— Vamos sentar, caro senhor. Suponho que não tenha vindo dos Estados Unidos para discutir um problema de filologia egípcia. Vamos pedir, está bem? Em seguida, o senhor me explicará os motivos desse encontro.

Massa folhada com cogumelos e linguado de Douvres, acompanhados de um vinho branco francês, constituía uma refeição aceitável.

Depois de falar sobre as atividades do seu escritório, como um estudante num exame oral diante de um professor muito severo, Mark decidiu abandonar a estratégia de contornar o assunto, visivelmente destinada ao fracasso, e entrou no tema principal.

O risco que corria era ver Gardiner se fechar, talvez até se levantar da mesa.

— Sir Alan, vim conversar sobre Carter.

— Carter... Howard Carter?

— O descobridor da tumba de Tutancâmon.

O olhar do egiptólogo se perdeu no vazio por um instante, depois ele retomou o seu sangue-frio habitual.

— Creio que eram amigos.

— Não vamos exagerar — corrigiu Gardiner secamente. — Eu tinha grande consideração por lorde Carnarvon, o mecenas que possibilitou que ele fizesse escavações no Vale dos Reis. Carter dizia de mim: "Quanto mais o conheço, menos eu gosto dele." E esse sentimento era recíproco. No outono de 1934, nos desentendemos definitivamente.

— Qual a razão, sir Alan?

— Carter me pôs numa situação desagradável, eu diria até odiosa, e o comportamento dele foi indesculpável. Ele me entregou um amuleto de faiança que representava a pata de um bovídeo, signo hieroglífico que se lê *uhem* e que significa "repetir, renovar". Evidentemente, ele me garantiu que esse objeto frágil não procedia do tesouro de Tutancâmon, propriedade do Egito. O curador-chefe do Museu do Cairo, Rex Engelbach, que detestava Carter, afirmou o contrário! Tratava-se de roubo e eu podia ser acusado de receptação. Devolvi o amuleto e demonstrei a minha inocência, provando a culpa de Carter. Mas este teimou, afirmando que o amuleto não pertencia a Tutancâmon, e criticou a minha atitude. Já bem mornas, nossas relações se tornaram glaciais. Decidi não mais colaborar com um arqueólogo tão pouco rigoroso, além do mais não diplomado, e não lhe dar nenhuma ajuda filológica.

Gardiner bebeu um gole de vinho.

— No fundo, não tenho mais nenhum ressentimento contra Carter, a quem o próprio caráter custou muito caro, e lamento que só tenha publicado uma obra destinada ao grande público e não um estudo científico. A fim de honrar a memória dele, entrei em contato com as autoridades egípcias para arquitetar uma maravilhosa publicação que fizesse justiça ao trabalho de Carter, a saber, um relatório em seis volumes sobre a tumba de Tutancâmon.

— Ele descobriu algum papiro? — perguntou Mark, num tom de voz o mais indiferente possível.

Gardiner não hesitou.

— Descobriu, e de grande importância histórica, pois os hebreus são mencionados.

O advogado conseguiu manter a calma.

Então, a sua primeira providência havia sido a certa! Bastava interrogar um especialista e, depois, convencê-lo a lhe entregar os documentos.

— E... o senhor os leu?

— É claro, como qualquer egiptólogo digno desse nome. A publicação científica[1], a despeito das imperfeições, permitiu que os eruditos tomassem conhecimento desses papiros aramaicos, redigi-

[1] A. H. Sayce e A. E. Cowley, *Aramaic Papyri discovered at Assuan*, Londres, 1906.

dos na língua original da Bíblia. Eles demonstram que, na segunda ocupação persa do Egito, entre 343 e 332 antes de Cristo, os hebreus estavam presentes na região de Assuã e ali praticavam o seu culto.

— Mas essa não é a época de Tutancâmon — surpreendeu-se Mark.

— Certamente não — indignou-se sir Alan. — E quem falou de Tutancâmon?

— Esse papiros não são provenientes da tumba dele?

— Claro que não! Carter os descobriu em 1904 e eles foram publicados em 1906.

A decepção foi imensa. Mas ainda restava uma chance.

— Na tumba de Tutancâmon havia papiros, não havia?

Desta vez, Gardiner hesitou.

— Carter estava convencido disso, mas se enganou. No entanto, quando abriu a arca nº 43, ele pensou ter encontrado uma bela coleção de textos. Mas não passavam de rolos de linho.

— Lá não havia um número considerável de caixas e de arcas?

— De fato, mas nenhuma continha papiros.

— Todas foram abertas? — perguntou Mark.

— Evidente! E encontraram roupas, sandálias, joias e vários outros objetos, mais ou menos preciosos. Mas nada de papiros, para grande desapontamento do mundo científico.

— A Inglaterra possui os arquivos de Carter?

— Eles estão guardados em Oxford. Em 1945, a sobrinha dele, Phyllis Walker, entregou ao Griffith Institute vários documentos, entre eles desenhos que reproduzem as festas evocadas nas paredes do templo de Luxor, executados a meu pedido.

— Posso consultar esses arquivos?

— Quer uma carta de apresentação para o curador do Ashmolean Museum?

— Seria muita amabilidade sua, sir Alan.

— Nada mais fácil. E esqueça os papiros de Tutancâmon. Eles nunca existiram.

*

* *

Em Oxford, graças ao bilhete de Gardiner, Mark teve todo o tempo do mundo para examinar os arquivos de Carter, que os egiptólogos usavam para prosseguir com os estudos dos tesouros descobertos na tumba de Tutancâmon. Ali também estavam os desenhos sobre o templo de Deir el-Bahari e anotações relativas aos trabalhos arqueológicos de Carter em Tebas e no Delta.

Mas nenhum vestígio dos papiros de Tutancâmon e nem uma linha do egiptólogo sobre eles.

No entanto, Mark não se desencorajou. Nem sempre se vencia na primeira tentativa.

20

Filha de lorde Carnarvon, a mecenas e amiga de Howard Carter, lady Evelyn Beauchamp, recebeu Mark na hora do chá, numa sala decorada com quadros campestres. Assim que terminou de servir o chá, o mordomo desapareceu.

Lady Evelyn era uma belíssima mulher, de rara distinção e voz suave. A idade não a afetara, como se a sua paixão pelas maravilhas de Tutancâmon tivesse conseguido parar o tempo.

— Posso saber o motivo da sua visita, senhor Wilder?

— Não tem nada de profissional. Gostaria que me falasse sobre os últimos anos da vida de Howard Carter.

— Howard Carter — repetiu ela, como se esse nome trouxesse à tona lembranças ardentes, há muito tempo enterradas.

Mark deixou o devaneio se apoderar da elegante lady e evitou interromper o fluxo de imagens que surgiam do passado.

— Howard estava doente — declarou ela — e dividia o tempo entre o Egito e a Inglaterra. Nos meses de inverno, ele ficava na sua querida casa de Luxor, que os autóctones chamavam de "o castelo Carter". Ele era fascinado pelo espetáculo do deserto e da margem ocidental de Tebas, e dizem que havia feito amizade com um chacal, encarnação do deus Anúbis, que ia visitá-lo depois que a noite caía. No verão, Howard passava algumas semanas no hotel Kulm, em Saint-Moritz, cujo diretor vivera dezesseis anos no Egito. Em 1932, Howard se mudou para o número 49 da Albert Court, um apartamento espaçoso e confortável, num belo prédio vitoriano. Levava uma vida solitária, jantava constantemente em restaurantes e mantinha relações superficiais com um número restrito de pessoas, sem se abrir com ninguém. Carter não convivia com nenhum egiptólogo e, sem dúvida, se refugiava na recordação dos anos exaltantes durante os quais havia buscado, encontrado e examinado a tumba de Tutancâmon. Ele, o autodidata e o apaixonado, havia entrado em conflito com tantas pessoas medíocres e invejosas que as autoridades se mostraram de uma ingratidão inqualificável para com ele. Que ousadia se tornar o maior arqueólogo de todos os tempos sem ter frequentado uma universidade, desafiando todos os trabalhos oficiais e os governos! Ele não queria saber de diplomacia e de comprometimento, detestava os cientistas de coração duro e os políticos hipócritas. Mas Carter ressuscitou Tutancâmon e o brilho dos seus tesouros ilumina o mundo com uma nova luz.

A emoção de lady Evelyn era contagiante. Mark poderia ouvi-la durante horas.

— Perdoe-me por desabafar assim... Eu deveria ter perguntado antes por que se interessa por Howard Carter.

— Quer saber a verdade, lady Evelyn?

— Ela é tão assustadora assim?

— Digamos... surpreendente.

— Conte se quiser, senhor Wilder.

— Talvez só a verdade faça com que me ajude. Suponho que o abade Pacômio, um religioso copta, não lhe seja desconhecido.

— Sim, eu o conheci.

— Esse abade ouviu as confidências de Howard Carter e me revelou um segredo até o momento bem guardado: segundo Pacômio, eu sou filho de Howard Carter e de uma egípcia.

O olhar de lady Evelyn não vacilou.

— Tem provas?

— Apenas presunções e a palavra do abade Pacômio.

— Por que ele mentiria? O senhor é tão indomável, selvagem, apaixonado e teimoso como o seu pai?

— Pode ser.

— Nesse caso, o que quer de mim?

— Recebi a missão de encontrar os papiros de Tutancâmon. Segundo Gardiner, autoridade incontestável, eles nunca existiram. Howard Carter lhe falou sobre esses documentos?

Lady Evelyn refletiu por um longo tempo.

— Eles existem — afirmou ela.

— Sabe onde estão escondidos?

— Não sei, mas uma hipótese me passa pela cabeça. Em memória à lembrança de Howard, vou tentar explorá-la. Deixe com o meu mordomo um telefone onde eu possa encontrá-lo. Obrigada por ter permitido que eu me deleitasse com um passado exaltante, senhor Wilder... ou deveria dizer, senhor Carter?

*
* *

Mark passou longas horas no British Museum, rico em antiguidades egípcias de grande importância. Estátuas, sarcófagos e estelas começavam a se tornar familiares, como se ele estudasse há muito tempo essa arte luminosa e serena. A experiência e o trabalho obstinado do seu pai não o estariam alimentando sem que ele percebesse?

No fim da tarde, quando tomava uma taça de champanhe no Connaught, Mark foi chamado ao telefone.

Era lady Evelyn.

— Vá depois de amanhã ao castelo de Highclere, às 14h30 em ponto. Robert Taylor estará esperando pelo senhor. Ele recebeu instruções.

— Como posso lhe agradecer, eu...

— Boa sorte, e que Howard Carter o proteja.

*
* *

Highclere, o castelo dos Carnarvon, era uma construção impressionante, de estilo neogótico, situado no centro de um imenso parque, onde os mais belos florões, os cedros-do-líbano, enfeitavam os gramados admiravelmente conservados. Ali repousavam o mecenas de Carter e a sua cadela, a fox terrier Suzy, que morreu no mesmo instante em que o dono fechava os olhos num hospital do Cairo. Além de uma notável biblioteca, Highclere se vangloriava de possuir a escrivaninha e a poltrona que o tirano Napoleão, derrotado pela Inglaterra, usara na ilha de Elba.

Um personagem austero, de idade indeterminada e uma distinção a toda prova, recebeu o visitante.

— Senhor Mark Wilder, presumo. Lady Evelyn o recomendou. Sou Robert Taylor, o *butler* desta honorável morada. Por favor, siga-me...

O americano sabia que um autêntico *butler* era muito mais do que um mordomo ou o chefe deles. Participando da própria alma do castelo e da linhagem familiar, ele preservava as tradições contra ventos e marés e sabia guardar segredos esmagadores.

— Estou a serviço dos Carnarvons desde 1936 — revelou Robert Taylor —, e a família me honra com a sua plena e inteira confiança. Garantindo que o senhor era um homem honrado, lady Evelyn ordenou-me que lhe mostrasse o tesouro oculto nesta morada, ficando claro que o senhor continuará a ignorar que ele existe.

— Tem a minha palavra.

O *butler* meneou a cabeça e conduziu o visitante até um armário dissimulado na parede que separava o *fumoir* da biblioteca.

— Estou a par da vida de aventuras do finado lorde Carnarvon, sexto do nome, e de sua amizade com o arqueólogo Howard Carter — explicou Robert Taylor. — Na época, e antes do conflito com as autoridades egípcias, os felizes escavadores tinham o direito de conservar alguns dos seus achados.

Os olhos de Mark brilharam de excitação.

Em outras palavras, uma parte do tesouro de Tutancâmon estava ali, em Highclere, respeitosamente preservado depois de tantos anos! E naquele depósito secreto, os papiros...

— Vou abrir este armário — anunciou o *butler* — e deixá-lo contemplar o seu conteúdo. Em seguida, o senhor sairá de Highclere e esquecerá o que viu.

— Reitero a minha promessa.

— A promessa de um homem honrado vale por qualquer assinatura.

Muito lentamente, o *butler* abriu as portas.

Ali havia perto de trezentos objetos que constituíam uma pequena coleção de antiguidades egípcias[1] totalmente fascinante: estatuetas, vasos de alabastro, bronzes, joias e uma cabeça esculpida em madeira do faraó Amenhotep III, pai do célebre Akhenaton. Esses objetos eram provenientes das escavações dirigidas por Carter em Tebas e no Delta, quando estava a serviço de lorde Carnarvon.

O exame de Mark foi longo e minucioso. O *butler* não manifestou nenhum sinal de impaciência.

Finalmente, o advogado teve de admitir a sua decepção: nenhum papiro, por menor que fosse.

— Obrigada pela sua confiança, senhor Taylor.

O *butler* fechou hermeticamente as portas do armário.

---

[1] Essa coleção foi oficialmente revelada em 1988. Consultar N. Reeves, "The Search for Tutankhamon, The Final Chapter", *Aramaico World*, Washington DC 39, nº 6, 6-13, e *Le Figaro Magazine,* de 6 de dezembro de 1988, pp. 90-93.

21

O agente da CIA sentiu-se aliviado ao ver o avião de Mark Wilder decolar em direção a Nova York. Finalmente, estava livre desse personagem incômodo, cuja pista, lamentavelmente, só reencontrara no aeroporto de Londres.

Portanto, o seu relatório seria dos mais sucintos, uma vez que ignorava como o advogado havia ocupado o tempo durante a sua permanência, aonde tinha ido e quem contatara. John não ia gostar, mas não se pode exigir o impossível. Esse Wilder se revelara um maldito espertalhão e a estrutura da CIA em Londres não possuía pessoal suficiente para executar as várias tarefas. No final das contas, esse compatriota certamente não ameaçava a segurança dos Estados Unidos!

Já que ele estava voltando ao seu país, os outros se ocupariam do caso.

*

* *

— Já não é sem tempo! — exclamou Dutsy ao ver Mark passar pela porta do escritório. — Estamos com um caso dos diabos que nos dará uma enxurrada de dólares e precisamos do olho do dono. Puxa vida, chefe, você nunca tirou férias tão longas!

— E ainda não acabaram.

Dutsy Malone acendeu um enorme charuto cubano.

— E que tal esclarecer esse rolo para que eu não morra na ignorância?

— Um abade copta revelou-me a identidade dos meus pais. A minha mãe era egípcia e o meu pai, inglês, Howard Carter, descobridor da tumba de Tutancâmon.

— Você não deixa por menos! Vindo de você, isso não me surpreende. O seu abade forneceu provas irrefutáveis?

— Só tenho a palavra dele e alguns indícios desconcertantes, sobretudo os que você conseguiu.

— Mesmo para um advogado genial do seu estilo, trata-se de um dossiê insignificante!

— Não se esqueça da convicção íntima.

Dutsy Malone soltou uma enorme baforada.

— E... você a tem?

— Ela vem se formando aos poucos.

— Por que foi a Londres?

— Sempre segundo o abade Pacômio, o meu pai teria me confiado uma missão: encontrar os papiros de Tutancâmon, cujo conteúdo seria explosivo. Ninguém sabe onde estão guardados e só eu posso encontrar a pista certa, que parecia levar à Inglaterra. Fracasso total.

Dutsy Malone não acreditava no que ouvia.

— Está me contando uma lenda oriental, chefe! Será que estou sonhando?

— Segundo testemunhos confiáveis, esses papiros existem mesmo. E a pista passa pelo Metropolitan Museum, ao qual Howard Carter esteve ligado de várias maneiras. Portanto, vamos fazer uma investigação profunda antes que eu converse com um diretor qualificado.

— Está... está falando sério?

— Seríssimo.

— E o meu processo... Vai estudá-lo?

— É claro.

Dutsy ficou aliviado. Mark não havia perdido completamente a cabeça.

*

* *

Na ocasião em que era concluído o prédio das Nações Unidas, mais uma "máquina" destinada à impotência, e que a comissão de investigação, presidida pelo senador McCarthy, perseguia os comunistas, o Metropolitan Museum continuava a ser o santuário de valores antigos e imutáveis.

O diretor era um homem austero e formal. Consciente da importância da sua função, ele a executava com a máxima seriedade, considerando-se um guardião das esplêndidas antiguidades egípcias do Metropolitan Museum. Por isso, o seu tempo lhe parecia infinitamente precioso e ele só atendia pessoas importantes.

O grande advogado Mark Wilder estava entre elas.

— Acabei de visitar a seção egípcia — especificou este último. — Uma verdadeira maravilha.

O diretor empinou o nariz.

— A procedência de alguns objetos não causa sérios problemas jurídicos? — perguntou o advogado.

— Claro que não — respondeu secamente o diretor.

— Tem certeza?

— Absoluta.

Mark consultou as suas anotações.

— Dois anéis de pasta de vidro com o nome de Tutancâmon e um cachorro de bronze procedente da antecâmara da sua tumba, uma taça com unguento, fragmentos de tecido e de esteira, dois pregos de ouro e mais dois de prata retirados dos sarcófagos do faraó... Devo continuar?

— Conheço essa lista tão bem quanto o senhor — afirmou o diretor.

— Segundo a lei egípcia adotada na época da descoberta da tumba de Tutancâmon, esses objetos não deveriam ter saído do país.

— Nós os adquirimos em condições totalmente corretas.

— Eu sei. De Howard Carter, de lorde Carnarvon, dos herdeiros deles entre 1926 e 1940. Porém, o comportamento das autoridades administrativas do museu não foi um pouco... leviano?

— O Louvre e o British Museum estão cheios de objetos roubados — lembrou o diretor. — Nós os negociamos. E o senhor é americano, doutor! Ver esses modestos fragmentos preservados, e que são tão poucos perto das obras-primas expostas no Cairo, deveria alegrá-lo.

— Existe outra lista de uma dezena de objetos, entre eles um anel de ouro maciço, que não são formalmente atribuídos a Tutancâmon, segundo o arquivo do museu, mas cuja procedência não dá margem a dúvidas. E esse anel foi doado ao museu ou por Carnarvon ou por Carter, para agradecer a indispensável e eficiente ajuda.

— Como pode estar tão bem informado?

— É o meu trabalho.

— O que quer exatamente? — preocupou-se o diretor.

— Ter acesso aos depósitos do museu e a todos os objetos comprados de Carter, de Carnarvon e dos herdeiros.

— Procura... alguma coisa específica?

— Estou com pressa. Entre pessoas bem-educadas sempre acaba havendo um entendimento. Se me conceder agora essa autorização, tudo ficará bem. E o que quer que ocorra, serei absolutamente discreto. O senhor e eu não fazemos questão da ilibada reputação do Metropolitan?

— Um dos meus assistentes irá acompanhá-lo.

As portas se abriram.

Ao se deparar com uma paleta de escriba, um estojo de marfim e pincéis procedentes da sucessão de Carter, Mark achou que se aproximava do objetivo. O seu pai não teria entregue esse material de escrita e os papiros ao museu americano para ter a certeza de que estariam em segurança?

Ele contemplou outras pequenas obras-primas que, provavelmente, pertenceram a Tutancâmon, como potes de unguento e um frasco de perfume, preparou um inventário completo, examinou arquivos, anotações e relatórios.

Nenhuma pista dos papiros.

22

Uma tempestade se desencadeou sobre Nova York e o avião de Mark Wilder foi fortemente sacudido. Indiferente aos gritos dos passageiros, o advogado pensava no seu infrutífero périplo americano. Depois de explorar todos os recantos do Metropolitan Museum e consultar os arquivos, ele fora ao Brooklyn Museum que, no início dos anos quarenta, havia comprado alguns objetos de um antiquário londrino, conseguidos com a sucessão de Carter. Uma estatueta de mulher, um colar, uma colher para unguentos, um vaso em miniatura, um gafanhoto de marfim... Pequenas maravilhas extraídas do tesouro de Tutancâmon, é verdade, mas nenhum papiro.

Usando o dossiê fornecido pelo abade Pacômio e os resultados da investigação feita por Dutsy, Mark se voltara para outros museus[1] que poderiam ter adquirido objetos saídos da tumba do rei.

Em primeiro lugar, a William Rockhill Nelson Art Gallery, em Kansas City, que conservava em seu poder peças de ouro destacadas de um colar de Tutancâmon, entregue pessoalmente por Howard Carter ao seu médico, que as vendeu a um antiquário londrino, fornecedor do museu. O médico, um homem de confiança, também poderia ter recebido os papiros!

Mais uma decepção.

Em seguida, o Museu de Arte de Cincinnati, proprietário de uma obra excepcional, uma pantera de bronze. Ela estaria incluída entre as maravilhas colocadas na tumba, mas não havia nenhum papiro. O curador aconselhou a Mark que fosse ao Museu de Arte de Cleveland que, de acordo com alguns boatos, possuía, no mínimo, um amuleto suspeito.

Trabalho perdido.

Restava o Instituto da Universidade de Chicago, fundado por James Henry Breasted, falecido em 1935. O egiptólogo americano havia sido convidado para trabalhar na tumba de Tutancâmon, para cuidar, sobretudo, das inscrições. Apesar da acolhida simpática, Mark não conseguira nenhuma informação digna de interesse.

Ele voltou a Nova York, onde o avião acabou pousando apesar da turbulência. Uma salva de palmas saudou a habilidade do piloto e os sobreviventes nunca apreciaram tanto a chuva abundante.

O agente da CIA encarregado de estudar as ações e os gestos de Mark Wilder avisou os chefes que o advogado havia voltado para casa.

---

[1] Para saber todas as informações sobre os museus americanos, consultar T. Hoving, Tout-Ankh-Amon, histoire secrète d'une découverte, Paris, 1979, p. 296 sq.

*

* *

Dutsy Malone devorou uma enorme entrecôte coberta de molho de tomate acompanhada de batatas fritas gigantes e tomou o segundo caneco de cerveja irlandesa. Mark se contentara com uma salada, uma costela de cordeiro e um copo de vinho.

– Não se deixe abater, chefe! As melhores piadas não são as mais curtas? Esqueça essa história de louco e se volte para o essencial. Tenho excelentes notícias sobre a sua carreira política. Segundo a pesquisa de opinião mais recente, você agrada muito às mulheres e tem aprovação em todas as camadas da população, inclusive entre os políticos. Ou seja, a sua candidatura vai muito bem e não existe nenhum adversário à altura. No entanto, é preciso desconfiar! Não faltarão os golpes sujos. Como você não tem nada a esconder, os golpes se voltarão contra os seus autores. Cabe a você segurar o leme e não ceder nenhuma polegada do terreno. Está me ouvindo, chefe?

– Estou, é claro...

– Ainda está pensando em Howard Carter e nos papiros de Tutancâmon?

– É difícil não pensar, não acha?

– Trata-se de uma bela lenda, que lhe lavou a alma, mas as férias acabaram. Esqueça o passado, qualquer que ele seja, e só pense no futuro, no seu futuro. Palavra de Dutsy, ele se anuncia extremamente brilhante! Todas as portas se abrem à sua frente e não tem o direito de desistir por causa de um fantasma oriental.

– Trata-se do meu pai, Dutsy, e de uma promessa que preciso cumprir.

– Não misture as coisas! Primeiro, seria preciso ter certeza de que Howard Carter é mesmo o seu pai, e nunca conseguirá essa prova. Depois, será que o seu padre egípcio não inventou essa missão? Finalmente, é evidente que esses papiros, se é que existiram, já desapareceram. Supondo que contivessem algumas informações importantes, quem sabe até mesmo incômodas, existiria melhor solução para o proprietário do que destruí-los? Encare esse caso por qualquer um dos aspectos e chegará ao mesmo resultado: ele está terminado e você vai perder tempo se se ocupar com fantasmas. Como a sua fama só aumenta, casos enormes chegam ao escritório e você não pode dar o menor passo em falso ao preparar a campanha eleitoral. Eu garanto, chefe: suas férias terminaram.

*

* *

O outono estava chegando a Nova York, e Mark nem vira o verão passar. O afluxo de trabalho o obrigara a contratar vários colaboradores de alto nível com a anuência de Dutsy, fantástico chefe de equipe. Inúmeros políticos influentes aprovavam abertamente a candidatura do advogado e ele teve de multiplicar o número de jantares e conversas confidenciais.

Por ocasião de um passeio solitário no Central Park, ele viu o obelisco de Tutmés III.

Os hieróglifos lhe saltaram aos olhos como línguas de fogo dissipando a couraça de trevas e ilusões com a qual se havia coberto.

Os negócios, a política, a ambição, a carreira... Devia desligar-se de tudo isso e cumprir a palavra dada ao abade Pacômio, honrar a memória do pai e rever Ateya. Era impossível esquecer a jovem e viver sem ela. Talvez o amor fosse isso, a necessidade absoluta de unir dois destinos e realizar uma viagem em direção ao mesmo horizonte.

E se Ateya o houvesse esquecido?

Quando Mark sentou à sua mesa para assinar um fabuloso contrato, Dutsy Malone sentiu imediatamente que alguma coisa não ia bem.

– Parece cansado, chefe.

– Tem razão, preciso descansar um pouco. Esse verão muito atarefado me deixou exausto.

– Um rápido fim de semana na Califórnia o deixará em forma.

– Não é suficiente.

– Espero que não esteja pensando em voltar ao Egito!

– Dizem que o mês de outubro lá é um dos mais agradáveis.

– Uma viagem rápida, certo?

– Por que se eternizaria?

Sabendo que seria impossível segurar o patrão, Dutsy Malone não insistiu, preferindo passar a limpo os processos que ele consultaria antes de partir.

Pensativo, Mark havia chegado a uma conclusão: o abade Pacômio sabia que os papiros de Tutancâmon não estavam na Inglaterra, nem nos Estados Unidos.

Ao obrigá-lo a fazer esse périplo e realizar buscas infrutíferas, o abade queria pô-lo à prova e saber se o filho de Howard Carter era digno do pai e da sua missão.

Se ele se desencorajasse depois desse fracasso e não compreendesse o seu motivo, Pacômio teria tido razão em não lhe revelar toda a verdade. Em compensação, se superasse a decepção e voltasse ao Egito, então o abade o poria na pista certa.

23

— Olá, Mark! Que bom vê-lo de volta ao Egito — disse John, efusivo. — Fez boa viagem?

— Excelente.

— Quer que o leve ao Mena House?

— Seria ótimo.

O agente da CIA havia trocado de carro. Dois carregadores puseram a bagagem do advogado no porta-malas do Cadillac, que se enfiou no trânsito anárquico do Cairo.

— Você me esperava ou passava lá por acaso?

— Já sabe a resposta, Mark. Fui avisado assim que o seu nome apareceu na lista de passageiros. A sua ausência me pareceu bem longa.

— Tinha certeza de que eu voltaria?

— Sempre voltamos ao Egito! Uma única visita não é suficiente. Deve ter ficado muito ocupado no verão.

— Não tive um minuto para mim.

— Os negócios e a política... Parece que está ficando cada vez mais importante.

— Não vamos exagerar, John. Vou levando o barco e o percurso se mostra favorável. Mas os ventos podem virar.

— Não se deprecie! Você chegará ao ápice e vai desempenhar um papel de destaque. O que eu não compreendo bem é a razão da sua viagem à Inglaterra.

— Estou sendo permanentemente espionado?

— Espionado não, protegido. Eu já lhe contei, altas personalidades contam com você e zelamos pela sua segurança.

— Mesmo na Inglaterra e nos Estados Unidos?

— Os meus contatos executam ordens. Em Londres, você os despistou como um profissional.

Mark caiu na gargalhada.

— Longe de mim essa intenção! Eu nem havia notado os seus anjos da guarda.

— Falha técnica da parte deles ou simples conjunto de circunstâncias.... Isso pode ocorrer. O que foi fazer na Inglaterra?

— Sou obrigado a responder?

— Claro que não! Mas não é melhor manter um clima de confiança entre nós?

— Queria concluir um caso delicado fazendo um contato pessoal e rever alguns amigos.

— Espero que esses amigos não sejam agentes do Serviço Secreto britânico!

— Claro que não!

— Como vê, Mark, nem sempre somos aliados, sobretudo no que se refere ao Egito e ao canal de Suez. Frequentar as pessoas erradas poderia lhe causar sérios problemas. Você só tem uma carta para ser jogada: a dos Estados Unidos.

— Estou totalmente convencido disso.

— Nesse caso, não há problema. Aqui, em compensação, as coisas não melhoraram. Faruk fez uma viagem de núpcias estrondosa e gastou uma fortuna por dia em palácios nos quais se empanturrou mais do que de costume. Um hoteleiro italiano até declarou: "Clientes que paguem essa tarifa... isso não vai durar." A população egípcia não se limita a detestar o rei e começa a desprezá-lo. E só ele não percebe. A situação política está ficando doentia. Pensa em ficar aqui por muito tempo?

— O tempo necessário.

— Se as autoridades entrarem em contato com você, avise-me sem demora. Todas as informações que me fornecer, por menores que sejam, poderão me ser úteis para evitar um desastre e preservar os interesses do nosso país.

A grande pirâmide de Quéops apareceu ao longe. Sem dar muita atenção ao que John dizia, Mark só tinha olhos para ela.

Finalmente, estava em casa.

A proximidade do deserto, a pureza do ar, a luminosidade do sol poente, a suavidade de uma noite de outubro traziam tanta felicidade que deixavam a alma leve, apta a comungar com o mistério que impregnava essa terra divinizada.

Mark atravessava uma nova fronteira. Passava do mundo comum, tão pesado, tão sufocante, para o das pessoas capazes de criar raios de luz para atingir o topo do céu.

O Cadillac parou em frente aos degraus da entrada do Mena House. Imediatamente, dois empregados usando um tarbuche foram receber o hóspede.

— Boa-noite, Mark. Não cometa imprudências.

O advogado concordou com um meneio de cabeça.

Com um pé-direito difícil de calcular, o seu amplo quarto era digno de um palácio. Sentando-se na beira da cama monumental, o advogado tentou encontrar uma espécie de estabilidade. Ele conhecia tão pouco o país e já o amava loucamente, como se sempre houvesse vivido ali.

Alguém bateu na porta. Ele a abriu.

Ela.

Era ela, sublime no seu vestido vermelho. Era a elegância, o charme e a magia.

— Você está... Você está maravilhosa!

— Estou incomodando?

— Entre, por favor.

Ele fechou lentamente a porta do quarto, para não quebrar o encanto do momento. Ainda inacessível, Ateya estava perto dele.

— Esperava que voltasse — disse ela com uma voz que o fez estremecer. — As semanas se passaram e comecei a duvidar. Depois, um dos empregados da recepção, um copta, me avisou que você havia chegado.

— Tive muito trabalho, Ateya, e precisei verificar cada um dos elementos que o abade Pacômio me forneceu, tanto na Inglaterra quanto nos Estados Unidos.

— Ainda confia nele?

— Mais do que nunca!

— Ele quer lhe falar o mais rápido possível. Um táxi o espera.

— Você me acompanha?

— Não, eu tinha apenas que lhe transmitir as instruções.

— Quando nos veremos novamente, Ateya?

— Não sei. Apresse-se.

Ela desapareceu.

Contrariado, Mark lavou o rosto e aspergiu-se com água-de-colônia. Em seguida, saiu do hotel.

Em frente à escada havia um táxi verde. O motorista parecia simpático.

— O senhor chegou de Nova York?

— Exato.

— Se eu lhe disser "abade", o que responde?

— Pacômio.

— Vamos, senhor Wilder.

O homem era muito hábil. Conseguiu ultrapassar uns caminhões bem carregados, evitou pedestres suicidas e passou rente a alguns burros que puxavam carretas cheias de tijolos.

— Estamos sendo seguidos — anunciou ele. — Um profissional. E não consigo despistá-lo. Portanto, aplicaremos o plano previsto. Vou deixá-lo em frente à Ópera, dê meia-volta e entre num Peugeot preto que vai parar ao seu lado.

A manobra foi prontamente executada.

Pego desprevenido, o perseguidor tentou reagir, mas o fluxo do trânsito impediu-o de mudar de direção e o Peugeot preto escapou.

O motorista era um homenzinho nervoso. Sem ter pronunciado uma única palavra, ele deixou Mark nas proximidades do Cairo Antigo. Um adolescente lhe mostrou a cruz copta tatuada no punho e guiou-o até a Suspensa.

O advogado foi direto para o jardim.

Um religioso de sotaina preta estava sentado no banco e lia um texto antigo escrito em copta.

Mas não era o abade Pacômio.

24

Mark hesitou.

Deveria dirigir a palavra ao religioso ou sair dali rapidamente? Não lhe estariam armando uma cilada depois de silenciar Pacômio?

O sacerdote se ergueu e foi na sua direção.

— Siga-me, meu filho.

O advogado foi atrás dele.

Não estaria cometendo uma imprudência fatal ao confiar assim num desconhecido? O sacerdote guiou-o até uma ruela, menos movimentada do que as artérias do Cairo Antigo, e indicou-lhe uma antiga porta cravejada de pregos.

— Bata três vezes e a porta lhe será aberta.

Mark obedeceu.

A porta se abriu e o abade Pacômio apareceu.

— Entre, Mark.

O advogado encontrou uma imensa biblioteca; todas as prateleiras estavam cheias de livros antigos cuidadosamente encadernados.

— Uma das memórias do povo copta — revelou Pacômio. — Conservo aqui textos hieroglíficos, gregos, aramaicos e coptas. Muitos deles ainda não foram traduzidos. Conseguiu os papiros de Tutancâmon?

— Sabe muito bem que não. O senhor me fez passar por um teste para saber se eu queria e, ao mesmo tempo, se era capaz de fazer essa busca.

— Os encontros não foram interessantes?

— Só lady Evelyn acredita na existência desses papiros, mas ela se enganou ao pensar que estavam escondidos em Highclere. Quanto aos egiptólogos, eles nunca viram esses documentos. Os museus americanos só possuem alguns poucos objetos que pertenceram ao tesouro de Tutancâmon, e não papiros. Os arquivos de Carter, guardados em Oxford, não fazem alusão a eles. Tudo isso o senhor já sabia!

— É verdade — reconheceu Pacômio. — No entanto, você tinha de passar por esse caminho para perceber as primeiras dificuldades. Está decidido a continuar, Mark?

— A minha presença aqui não é uma resposta?

— Vamos nos sentar na sala. Tenho um excelente armagnac[1] envelhecido para lhe oferecer que o fará recuperar-se das emoções.

---

[1] Aguardente de uva, fabricada na região de Armagnac. (N. T.)

Acompanhada de doces locais, a bebida regeneradora merecia ser experimentada.

— Cheguei a uma conclusão — declarou Mark —, se é que eles existem, os papiros de Tutancâmon só podem estar no Egito.

— Não duvide da existência deles e esteja certo de que ao continuar a busca na terra dos faraós provocaremos forças hostis, determinadas a nos destruir e a nos impedir de revelar a verdade. Não me faltam armas para combatê-las, mas a vitória está longe de ser conseguida. De um lado, eu lhe prometo perigos e duros confrontos; do outro, está a sua carreira brilhante.

— Parece-me que o tempo de escolher já passou, uma vez que lhe dei a minha palavra.

— Você é mesmo o digno filho de Howard Carter — avaliou o abade Pacômio. — Diferentemente da maioria dos egiptólogos, o seu pai havia percebido a amplidão da espiritualidade dos antigos egípcios, considerados pagãos pelos eruditos modernos, cegos pelas superstições. Segundo Carter, ao contrário, eles eram modelos de fé e de fidelidade a um ideal, inconcebível hoje em dia no nosso mundo de materialismo cínico. "A sombra dos deuses antigos continua a imperar sobre nós", confiou-me ele. Um estudo superficial da mitologia e da religião dos antigos egípcios poderia induzir a pensar que progredimos em relação a eles. Mas, se formos capazes de perceber o pensamento dos antigos egípcios, renunciaremos a qualquer sentimento de superioridade. Nenhuma pessoa dotada de inteligência e de sensibilidade negará que a arte faraônica corporificou o essencial, ou seja, a vivificação da matéria pelo espírito e a irradiação da luz da primeira manhã. Apesar dos progressos técnicos, perdemos esse sentido. O seu pai passou muitas horas contemplando o teto astrológico da câmara de ressurreição do faraó Sethi I, no Vale dos Reis. Ali está representado o corpo imenso da deusa do Céu, Nut, mulher com a dimensão do cosmo. Ela faz nascer todos os corpos celestes que se movem no seu seio e influenciam as múltiplas formas de vida. "Não se trata, como sugeriram alguns imbecis", declarou Carter, "de trabalhos de cérebros desequilibrados e sim de símbolos com um significado oculto e de grande importância, cuja chave só os antigos colégios de sacerdotes poderiam fornecer[1]."

— E essa chave seria fornecida pelos papiros de Tutancâmon? — arriscou Mark.

— Isso é certeza. E alguns espíritos destruidores não querem que ela seja usada.

— Perdoe-me esta observação, padre: como a sua apologia da espiritualidade dos antigos egípcios se coaduna com a sua fé cristã? Ao ouvi-lo relatar as opiniões de Carter, tive a sensação de que concordava com elas e de que era o herdeiro desses colégios de sacerdotes capazes de decifrar os mistérios.

— Voltaremos a falar sobre isso mais tarde — decretou o abade Pacômio, enchendo os copos novamente. — Chegou o momento de retomar a sua Busca, desta vez no próprio Egito, usando os indícios que o seu pai nos deixou. O primeiro deles se refere a três mensageiros que ele encontrou quando procurava a tumba de Akhenaton e Nefertiti, no Médio Egito, uma região magnífica onde ele viveu algumas da mais belas horas da sua vida. Esses três homens pertenciam a uma tribo de difícil acesso, à qual Howard Carter pode ter entregue os papiros.

---

[1] Evidentemente, as palavras e os pensamentos de Carter relatados aqui são autênticos.

— Se o chefe deles estiver com os papiros, como posso convencê-lo a me entregar?

— Você não irá sozinho, Mark. Uma pessoa que conhece bem a história dos três mensageiros e o chefe da tribo irá acompanhá-lo. Você só precisa provar a sua capacidade, e não duvido nem um minuto dos seus talentos de advogado.

— Trata-se de mais um teste ou realmente não sabe onde estão os papiros? — perguntou bruscamente Mark.

— Realmente não sei e os verdadeiros testes começam agora. Em breve, a sua Busca será do conhecimento de todos, e os perigos surgirão.

— A fauna nova-iorquina me parece igualmente perigosa, quer se trate de negócios ou de política!

— Aqui, podemos acrescentar os demônios surgidos das trevas.

— Não consegue destruí-los, padre?

— Farei todo o possível.

— Quando devo partir?

— No início da próxima semana. O material está pronto e você será considerado um dos raros turistas a querer admirar os locais pouco frequentados, apesar das riquezas arqueológicas.

— E quando serei contatado pelo meu acompanhante?

— Na véspera da partida. Oficialmente, você vai fazer uma bela excursão.

— Posso saber o nome dele?

— Trata-se de um dos melhores guias do Egito, uma jovem copta que você já conhece: Ateya.

25

Na manhã ensolarada de 7 de outubro de 1951, quando Mark Wilder voltava de um longo passeio no planalto das pirâmides, o gerente do Mena House lhe entregou um envelope procedente do palácio real.

Tratava-se de um convite assinado por Antonio Pulli, secretário particular do rei Faruk. Ele convidava o advogado para jantar, no dia seguinte, às 23 horas, no Escaravelho. Sua Majestade desejava conhecer o visitante excepcional.

Imediatamente, Mark ligou para John.

— Problemas em perspectivas.

— Não me diga mais nada ao telefone. Vamos nos encontrar às 17 horas no cinema Metro.

Mark almoçou sozinho nos jardins do Mena House, de frente para a grande pirâmide de Quéops. Jantar com Faruk não lhe agradava nem um pouco e preferia sonhar com a próxima viagem ao Médio Egito, na companhia de Ateya. Finalmente, teriam tempo de conversar! E talvez voltassem com os papiros de Tutancâmon.

Por precaução, o advogado foi ao Museu do Cairo, passou ali uma meia hora, em seguida pegou um táxi que o deixou no cinema Metro, um famoso lugar de distração dos cairotas. Muito moderna, a sala possuía ar-condicionado, responsável por resfriados e anginas.

John comprou uma entrada, Mark imitou-o. Foi atrás dele e sentou-se ao lado de John, na última fila. Àquela hora havia muitos lugares vazios. Passavam um filme americano de aventuras com legendas em francês. Numa pequena tela lateral, havia legendas em árabe e em grego.

— Faruk me convidou para jantar no Escaravelho — revelou Mark, em voz baixa.

— Não pode recusar — afirmou John, no mesmo tom. — Suponho que o convite esteja assinado por Pulli.

— Exato.

— É a grande ofensiva! Certamente, vão propor alguns negócios e você entrará para o círculo de privilegiados da sua pouco graciosa Majestade. O lugar escolhido não é inofensivo: o Escaravelho é o clube privado mais famoso do Cairo. Possui uma sala de jogos, uma pista de dança e um restaurante onde Faruk se empanturra depois de perder fortunas no pôquer. No café-da-manhã, ele devora uns trinta ovos, e o menu do último jantar revoltou até os que lhe são fiéis: bouchées à la reine[1], linguado à meunière[2], costeletas de cordeiro, frango assado, pavé de boeuf[3], lagosta, arroz de vitela, purê de batatas, alcachofras, arroz, ervilhas, queijos, sem contar as várias sobremesas. E nem me referi aos trinta litros de bebidas doces que toma ao longo do dia. Ele está tão pesado que cadeiras especiais, capazes de suportar o seu volume, precisaram ser fabricadas. O rei tem dificuldade em se locomover, mas isso não diminuiu a sua voracidade sexual. Se tiver uma amante, não a leve com você. Se, por acaso, ela agradar ao rei, acabará na cama dele na mesma noite. No palácio de Abdine, tudo é organizado para satisfazer as fantasias do ogro, inclusive a instalação de câmeras destinadas a filmar os folguedos de Sua Real Majestade com as suas conquistas. Quando Faruk aparece numa boate, os maridos e os amantes tremem. Que mulher ele escolherá para despertar-lhe o desejo, cada vez mais prejudicado?

— E a rainha Farida?

— Ela está a par de tudo — explicou John —, mas tem de ficar calada. Oficialmente, o casal vive uma felicidade sem nuvens. Como Faruk pode acreditar que essa comédia engana alguém? O que ele quer da esposa é um filho que perpetue a dinastia e feche a boca dos oponentes. Em seguida, sem dúvida, ele se livrará de Farida. Os quilos de gordura não tornam Sua Majestade menos perigosa, Mark. Segundo um boato persistente, o rei teria dado um tiro num médico militar que o surpreendera na cama com a esposa. O caso foi abafado

---

[1] Salgadinhos de massa folhada recheados com aves, cogumelos ou rins e molho cremoso. (N. T.)

[2] Filé de peixe passado na farinha e frito, guarnecido com molho de manteiga, salsinha e suco de limão. (N. T.)

[3] Pedaço grosso de carne de boi. (N. T.)

e Faruk entregou ao general Sirri Amer a tarefa de eliminar os inconvenientes. Evite entrar para essa categoria.

— Meu senso de diplomacia tem limites, John.

— Uma desgraça acabou de acontecer — revelou o agente da CIA — e as consequências são difíceis de calcular, mas a ação do primeiro-ministro Nahas, por ordem de Faruk, certamente causará distúrbios. Ontem, ele fez um longo discurso no Parlamento, lembrando as circunstâncias que o levaram a assinar, em 1936, um tratado com os ingleses, permitindo, sobretudo, que continuassem a controlar a zona do canal de Suez, com um exército de dez mil homens, sem contar os pilotos da Royal Air Force. No fim da apresentação, Nahas se exaltou: "Hoje, pelo Egito, eu revogo esse tratado. Os ingleses devem levantar acampamento sem demora!" E o Parlamento aclamou-o.

— Acredita num confronto entre ingleses e egípcios?

— O exército egípcio não é capaz de resistir aos britânicos. Segundo as minhas informações, estes últimos tentarão acalmar a situação. No entanto, o povo fará manifestações, sobretudo porque a imprensa acabou de publicar os efetivos reais do ocupante: não são dez mil soldados e sim sessenta mil violando o famoso tratado. Faruk faz uma jogada arriscada para ser adulado e considerado o campeão da independência do Egito, mas é só para deitar poeira nos olhos. Embora ele deteste os ingleses, não pode dispensá-los. Sem dúvida, um cortejo de nacionalistas inflamados exigirá a evacuação definitiva das tropas britânicas e depois a exaltação diminuirá.

— E se não diminuir?

John refletiu por um longo tempo. Na tela, o herói se desvencilhava de uma dezena de agressores facínoras e libertava a sua noiva antes que ela fosse violentada.

— Os ingleses não vão desistir, Mark. Nem Hitler conseguiu dobrá-los. Se o Egito teimar em exigir a independência, insuportável aos olhos deles, haverá um banho de sangue.

— E os Estados Unidos sairão vitoriosos?

John abaixou a cabeça.

— Você já é um político temível! Eu me limito a obedecer às ordens.

— Ou seja?

— Observar, não tomar iniciativas irracionais e colher o máximo de informações possíveis para permitir que os nossos dirigentes escolham o melhor caminho. Eis por que o seu papel pode ser determinante. Eu sei que, em breve, você será um personagem importante e que não deve correr nenhum risco. Se Faruk tentar prendê-lo numa armadilha, pule no primeiro avião para Nova York. Em contrapartida, saiba avaliar a situação. Aqui, no Oriente Médio, e sobretudo no Egito, se prepara o mundo de amanhã. Aliás, o destino do Ocidente não foi muitas vezes decidido na terra dos faraós?

— Em matéria de espionagem, as palavras "sinceridade" e "honestidade" evidentemente não têm nenhum sentido. No entanto, ainda sou bastante ingênuo para acreditar na verdade que se impõe pelo olhar, de homem para homem. Então, John, diga-me a verdade: você está encarregado de preparar uma intervenção violenta contra Faruk e impor um novo regime?

— Absolutamente não, Mark. O rei segura as rédeas com força, a polícia dele controla o país, e o exército, apesar de descontente, se mantém tranquilo. No entanto, a tampa da panela pode estourar a qualquer momento. Por isso, temos de estar prontos para intervir e escolher a melhor solução. Não saia da sala antes do fim do filme. A vitória do herói é sempre o melhor momento.

John se levantou, Mark olhou para a tela.

Ele não conseguia confiar totalmente no velho amigo, tão persuasivo. Será que ele não manipulava os indivíduos conforme a sua vontade, como peças num tabuleiro? Mark esperava que o amigo desejasse a vitória da liberdade e não a de uma facção prestes a cometer uma loucura qualquer.

O herói venceu o bandido e pôde, enfim, abraçar calmamente a heroína. A aventura terminava bem e o público parecia feliz.

Mark não notou um homenzinho insignificante que o seguia desde que saíra do Mena House. Graças à sua moto em perfeito estado, não havia perdido o americano de vista, cujo comportamento era típico de um agente secreto.

Por isso, o homenzinho escreveria um relatório edificante dirigido a Mahmud, chefe da sua seção.

26

Mark Wilder tinha o hábito de chegar sempre antes nos encontros com as altas personalidades. Isso lhe permitia se concentrar, mesmo no meio do burburinho, e se preparar para um confronto do qual deveria tentar sair vencedor.

Conhecer Faruk não prometia ser um divertimento e o advogado levava a sério as advertências de John. Certas pessoas se regozijavam de serem notadas pelo rei, outras o lamentavam amargamente.

A clientela do Escaravelho[1] era de alta categoria. Como havia conseguido autorização, por decreto real, de vender bebidas alco-

[1] Todos os pormenores referentes a O Escaravelho são fornecidos por G. Sinoué em *Le Colonel et l'Enfant-roi,* cujo pai foi gerente do estabelecimento.

ólicas e de abrir uma sala de jogos, o estabelecimento atraía os dignitários do regime com títulos de bei e de paxá, oficiais ingleses com uniformes rutilantes, coptas ricos, proprietários de terras, comerciantes judeus, italianos, gregos, turcos, libaneses e outros amantes de emoções fortes. Ali fumava-se muito, sobretudo grandes charutos e cigarros de luxo. Uma orquestra italiana tocava músicas lentas permitindo que os pretendentes, de smoking, seduzissem as belas damas de vestido comprido e cobertas de joias.

Mark foi gentilmente recebido por um maître de gravata-borboleta, paletó branco e calça preta.

— Meu sobrenome é Wilder. Sua Majestade, o rei Faruk, me convidou para jantar.

— Sua Majestade ainda não chegou. Vou conduzi-lo à sua mesa.

Usando caftã branco com uma faixa vermelha na cintura, os empregados núbios, com um porte de rara dignidade, realizavam um verdadeiro balé para satisfazer os menores desejos dos frequentadores do Escaravelho.

Como em todos os outros estabelecimentos aonde Faruk ia jogar, beber, comer e procurar uma mulher, a sua mesa estava permanentemente reservada e coberta de sucos de frutas, que sobressaíam no meio de aperitivos. O maître ofereceu uma cadeira a Mark e imediatamente mandou que lhe servissem uma taça de champanhe.

A atmosfera era descontraída e alegre, e a clientela, despreocupada.

De repente, o perfeito funcionamento dos empregados emperrou e os comensais pararam de comer.

— O rei chegou — murmurou um comerciante albanês no ouvido da companheira de uma noite.

Maurice, o proprietário e gerente do Escaravelho, recebeu o enorme Faruk, acompanhado de Antonio Pulli, e o levou à grande mesa redonda, sob os olhares espantados e ao mesmo tempo preocupados dos alegres clientes. As mulheres mais bonitas gostariam de estar em outro lugar.

Mark se levantou.

Todos olhavam para aquele convidado excepcional do senhor do Egito, se perguntando se, em breve, ele faria parte do círculo do rei e se obteria, a preço de ouro, um título honorífico.

— Majestade — disse Antonio Pulli —, eu lhe apresento o advogado americano Mark Wilder. Ele possui um dos maiores escritórios de Nova York e cuida de processos no mundo inteiro. A carreira política do senhor Wilder promete ser extremamente brilhante.

— Que ótimo — respondeu Faruk, sentando-se. — Gosto muito dos Estados Unidos e também gosto de me divertir.

Imediatamente, um empregado pôs na mesa uma tigela que continha bolas de papel colorido. Uma a uma, o obeso atirou-as em cima dos dançarinos, um pouco embaraçados. Todas as vezes que atingia o alvo, o riso boçal obrigava os assistentes a manifestarem a sua satisfação.

— Chega — decidiu ele. — Agora, estou com fome.

Prevenido por John sobre a enormidade do menu, Mark tomou o cuidado de beliscar para poder aguentar até o fim e não ofender o monarca ao recusar um dos pratos.

— Sua Majestade está cansada depois de um longo dia de trabalho a serviço do país — explicou Pulli —; no entanto, fez questão de conhecê-lo. O Egito se sente honrado em receber um personagem da sua importância, senhor Wilder, e esperamos que aprecie os seus encantos.

— Estou fascinado.

— Como transcorre a sua hospedagem no Mena House?

— Tudo perfeito.

Esfomeado, o rei devorava bolinhos de carne. Quando parou para respirar, fixou o convidado com um olhar duro.

— O Egito rompeu o tratado de 1936 com os ingleses. Quero devolver o Egito aos egípcios. O senhor concorda?

— Quem não o faria, Majestade?

— Justamente os ingleses! Eles sempre querem tudo! Eles já me humilharam e pensam que tenho a memória curta. Estão enganados.

— Os americanos não são os ingleses. Eles querem a liberdade e a autonomia dos povos.

— Ainda bem, senhor Wilder, ainda bem!

Faruk atacou um magnífico linguado à meunière.

— Os ingleses não entendem nada do meu país e do meu povo. Como ousaram insultar a mim, um rei? Os alemães foram mais inteligentes.

— Por sorte — lembrou Mark — os nazistas perderam a guerra.

A atmosfera ficou tensa. A orquestra continuou a tocar uma música suave e os comensais do Escaravelho continuaram a se divertir.

Quando serviram o primeiro prato de carne, Faruk esvaziou um litro de suco de frutas e, para grande alívio de Pulli, retomou a conversa.

— A história não pode ser refeita — reconheceu o monarca. — Mas saiba de uma coisa, o senhor e os Estados Unidos: só eu governo o Egito, só eu decido e ninguém se atravessará no meu caminho.

— Não se sente em perigo, Majestade?

O riso boçal de Faruk ressoou mais uma vez.

— Eu, em perigo? Eu controlo tudo, senhor Wilder! O Egito é um país seguro, totalmente seguro, os egípcios me temem e me veneram. Por ocasião do meu segundo casamento, eles me aclamaram. O que eles aguardam é o filho que me sucederá. Todos estão convencidos, e com razão, de que a minha dinastia reinará por muito tempo neste país. Portanto, o senhor pode investir aqui com total segurança.

Com o olhar, Faruk fez Pulli compreender que era a sua vez de jogar.

— Conhecemos a merecida reputação do seu escritório, senhor Wilder — afirmou o secretário particular do rei —, e estamos impressionados com o seu sucesso no mundo inteiro. O Egito se moderniza e se enriquece, mas a conjuntura jurídica de certas negociações merecia ser melhorada. Aceitaria examinar alguns processos que lhe submeterei, respeitando a total confidencialidade?

— Fique tranquilo, essa é a regra.

— Além disso — continuou Pulli —, queremos desenvolver algumas empresas, e não apenas no ramo do algodão. A experiência dos homens de negócios americanos que o senhor conhece bem poderia ser muito preciosa para nós. Aceita facilitar os contatos com os altos responsáveis do nosso governo, sendo que essas providências seriam, evidentemente, remuneradas?

— É bem possível.

No terceiro prato de carne, Faruk continuava a comer com a mesma vontade e parecia especialmente alegre.

Ele bateu no braço do secretário.

— A morena alta com o vestido grená e colar de pérolas.

— Majestade — objetou Pulli —, ela é uma cantora conhecida!

— Perfeito, perfeito... Traga-a para mim.

Mark se ergueu.

— Não quero importunar Vossa Majestade e impedir que aproveite a noite.

Faruk sorriu.

— Gosto realmente dos americanos. Vocês têm intuição e tomam as iniciativas certas. Pulli voltará a entrar em contato, senhor Wilder, e faremos excelentes negócios. Ninguém jamais se arrependeu de trabalhar comigo e de gozar da minha proteção.

27

Na suave noite de 10 de outubro de 1951, Mahmud tinha uma tarefa particularmente delicada: reunir, em total segredo, as cabeças pensantes dos Oficiais Livres e permitir que designassem, em total segurança, o líder que os levaria ao poder.

Segundo a análise desses oficiais à beira da revolta, o povo não suportava mais Faruk nem os ocupantes ingleses. Ao se livrar desses parasitas que se consideravam intocáveis, o Egito recuperaria a sua dignidade maculada havia muito tempo.

Porém, essa atitude ousada não seria utópica? Eficiência era o que não faltava à polícia de Faruk e nada garantia que o exército, controlado por generais fiéis ao rei, participaria de uma revolução.

No entanto, apesar da arrogância de Faruk e das certezas das pessoas que o cercavam, convencidas de que possuíam todas as chaves do país, a situação tornava-se explosiva. Na Universidade do Cairo e mesmo em algumas escolas, professores mais ou menos exaltados incitavam funcionários e alunos a lutar contra um regime corrupto, indiferente à miséria do povo. Vários imames[1] retransmitiam as mensagens e, nas mesquitas, pediam aos fiéis que se revoltassem contra a injustiça e as atitudes arbitrárias.

Os incidentes se multiplicavam, os jovens insultavam e provocavam os ingleses de uniforme nas ruas da capital. Até o momento as repressões haviam sido severas; o rei não toleraria nenhum excesso. Mas conseguiria extinguir a fúria das massas?

Os mais moderados tinham de reconhecer que a administração britânica não se interessava pelas horríveis condições de vida da maioria da população. Escolas não eram abertas, casas populares não eram construídas, crianças pequenas morriam, as doenças não eram combatidas, mas eram feitos negócios rendosos com os aduladores de Faruk.

Em todos os lugares, tanto na cidade quanto no campo, o sentimento nacionalista tomava corpo e o ódio contra o colonialismo britânico aumentava. Na Bolsa de algodão, os escândalos se acumulavam. Com a ajuda da família real, os especuladores enriqueciam à custa dos camponeses.

Faruk... A esperança de todo um povo, herdeiro dos grandes reis, monarca que conduziria o país pelo caminho do progresso e da

---

[1] Muçulmano responsável por dirigir as preces nas mesquitas. (N. T.)

prosperidade! Agora, um paquiderme covarde e cruel, agarrado aos privilégios e à fortuna. A extensão do desapontamento explicava a amplitude da raiva.

Mahmud inspecionou os arredores pela décima vez. Uma boa dezena de vigias controlava a modesta casa onde, logo, se reuniriam os Oficiais Livres. Se a polícia política houvesse sido informada, a revolução estaria acabada.

Dois dias antes, em 8 de outubro de 1951, o Parlamento do Cairo havia aprovado por unanimidade uma decisão de importância capital: daquele dia em diante, os soldados britânicos que controlavam a zona do canal de Suez seriam considerados ocupantes ilegais. Um grande movimento patriótico inflamou os adeptos da expulsão dos invasores.

Jovens revolucionários já provocavam distúrbios, desafiando os colonizadores, que, imediatamente, haviam reforçado as medidas de segurança e ameaçado reagir duramente se a guerrilha se organizasse. As autoridades britânicas, com fleuma e firmeza, recebiam os pedidos insensatos do governo egípcio como uma queixa improcedente. Faruk e seus ministros deveriam renunciar aos sonhos de autonomia.

Essa não era a opinião do povo. E já eram tomadas iniciativas para dificultar a vida dos ocupantes. Por exemplo, os aduaneiros retinham os objetos e produtos alimentares que os ingleses mandavam vir da pátria mãe, e os empregados egípcios do exército britânico preparavam greves rotativas, começando pelos maquinistas, que, assim, atrapalhariam o transporte das tropas e a entrega de equipamentos.

Um profundo movimento de contestação nascia e os Oficiais Livres desempenhavam apenas um papel menor, até mesmo insignificante. Desta vez, precisavam assumir a responsabilidade, aproveitar a maré montante, derrubar o governo corrupto e mostrar aos ingleses que os independentistas não recuariam.

No início do seu reinado, Faruk havia tentado tornar-se o chefe espiritual e temporal de um Estado decidido a conquistar a sua liberdade. Desistindo rapidamente desse ideal, agora ele fazia um jogo duplo e se limitava a assumir poses de valentão, enganando o povo sem desagradar demais o ocupante. Diante da deficiência do exército egípcio, o que poderia temer a Inglaterra?

Todos os líderes dos Oficiais Livres haviam chegado.

Nenhum vestígio da presença policial, salvo os habituais informantes do bairro, colocados sob grande vigilância. Tranquilo, Mahmud atravessou o limiar da casinha onde a verdadeira revolução finalmente ia concretizar-se.

Eles falaram sobre a ajuda que precisavam dar aos guerrilheiros que pressionavam as tropas inglesas, sobre a escolha dos canais seguros para a entrega de armas em bom estado e passaram à designação do chefe supremo, suficientemente representativo aos olhos do povo egípcio e capaz de levar os revolucionários à vitória.

Um nome se impôs: o do general Naguib, herói da guerra contra Israel, cuja integridade já estava comprovada. Sob o pseudônimo de "Soldado Desconhecido", ele não assinava artigos violentos estigmatizando a corrupção do regime? Restava saber se o corajoso e simpático Mohamed Naguib aceitaria essa carga pesada. Caberia aos Oficiais Livres convencê-lo.

Os conjurados se dispersaram.

A ausência de incidentes provava a seriedade da organização, fundamentada no segredo e na compartimentalização. Pensativo,

Mahmud foi a um café do Cairo Antigo onde a polícia de Faruk não tinha vez. Qualquer delator seria imediatamente identificado.

O homem encarregado de seguir Mark Wilder nos últimos dias bebericava um café turco e fumava um narguilê.

Mahmud sentou-se na frente dele, o proprietário lhe trouxe uma xícara de chá preto e biscoitos. A falta destes últimos significaria perigo.

— Não é fácil seguir o americano — confessou o homem que fumava cachimbo. — Ele sabe que é vigiado e usa de várias técnicas para escapar. Até o momento, neutralizei todas elas.

— O que descobriu de interessante?

— Ele teve dois encontros, um público e outro secreto. O primeiro foi um jantar com Faruk e Pulli, no Escaravelho.

"Nada surpreendente", pensou Mahmud. "O rei tenta usar todas as personalidades estrangeiras que possam, de alguma maneira, ajudá-lo a aumentar a fortuna."

— E o segundo?

— O americano foi ao cinema Metro. No fundo da sala, conversou longamente com um homem que não consegui identificar e que não sou nem capaz de descrever. O cara se volatilizou. Sem dúvida trata-se de um profissional e é o chefe do americano no Egito.

— Excelente trabalho, meu amigo. Continue assim. Se achar que foi notado, eu o substituirei.

Com a sua gratificação, o fumante de cachimbo compraria haxixe e esqueceria as incertezas do futuro. Mahmud saiu do café e se misturou à multidão.

Esse tal de Mark Wilder era mesmo um espião que voltara ao Egito para cumprir uma missão. Mas por que passara pela Inglaterra e quem seriam os seus verdadeiros chefes?

O tempo urgia, ninguém sabia como nem para onde a situação caminharia. Graves acontecimentos poderiam mergulhar o Egito numa tormenta sangrenta. Talvez Mark Wilder fosse o homem de que Mahmud precisava para evitar esse desastre.

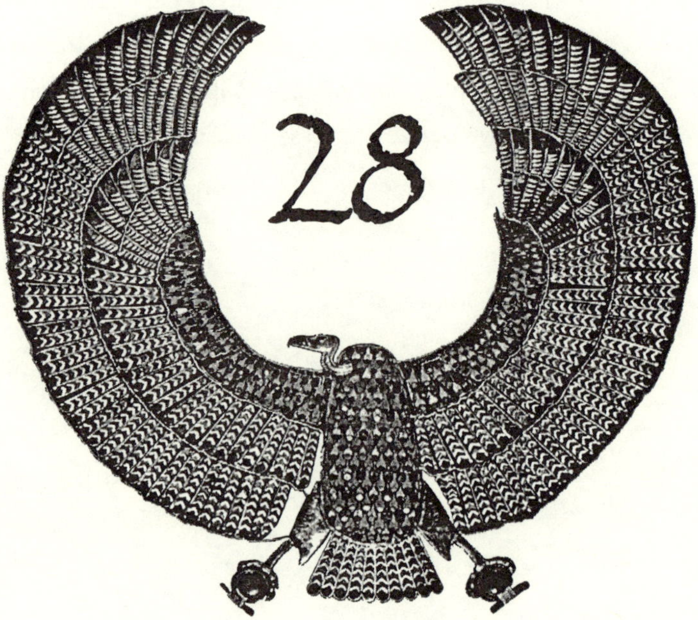

28

O mês de novembro no Médio Egito estava deslumbrante. Ateya e Mark viajavam num veículo off-road, equipado com o material necessário em caso de pane e dirigido por um motorista experiente e cauteloso. Os acidentes mortais eram frequentes, pois as ultrapassagens eram feitas a torto e a direito em estradas perigosas e ninguém dava passagem ao outro.

Mark esqueceu os riscos e aproveitou o conhecimento da guia para se iniciar na história e na civilização faraônicas. Durante horas, ela respondeu às muitas perguntas, feliz por vê-lo impregnar-se com a cultura milenar.

Sem maquiagem, Ateya estava vestida com um corpete e uma calça de linho branco. O cabelo preto brilhava e o olhar era dominado por uma luz que fascinava Mark. No sítio arqueológico de Beni-Hassan, o americano viveu um momento inesquecível. Abaixo das tumbas escavadas no alto de uma escarpa por dignitários do Médio Império, descortinava-se uma paisagem esplêndida e serena. À beira do Nilo, semeado de ilhotas cobertas de relva e povoadas de pássaros, pequenos jardins exibiam inúmeras nuanças de verde que combinavam com o azul do rio. O ar era suave e puro, o tempo havia sido eliminado.

Se Mark ousasse, teria pegado na mão da jovem. Mas ele não quis interromper a meditação de Ateya, a tal ponto a beleza do local a absorvia.

Sentados lado a lado numa mureta, compartilharam esse momento abençoado.

— Este foi o primeiro sítio antigo descoberto por Howard Carter — revelou ela. — Ele ainda não tinha dezoito anos quando começou a trabalhar aqui, sob as ordens de Newberry. Carter morava nas capelas das moradas eternas e desenhava as mais belas cenas, sobretudo a magia dos pássaros.

— Você sabe qual foi a missão que o abade Pacômio me confiou?

— É você quem deve me dizer, se quiser e se puder.

— Tenho de encontrar os papiros que pertenciam ao tesouro de Tutancâmon. Talvez Carter os tenha posto em segurança, talvez tenham sido roubados. Sem sucesso, fiz longas investigações na Inglaterra e nos Estados Unidos. Na realidade, tratava-se de um teste, pois Pacômio sabia que os papiros não haviam saído do Egito.

Ele acha que os três mensageiros podem me levar ao lugar certo. De quem se trata, Ateya?

— São três beduínos que pertenciam a uma tribo nômade. Carter os encontrou em dezembro de 1891, quando procurava as tumbas de Akhenaton e Nefertiti. Eles lhe falaram de uma sepultura no deserto com inscrições e pinturas. Oficialmente, ao seguir as indicações, Carter só descobriu uma pedreira de alabastro que datava do Antigo Império.

— Por que "oficialmente"?

— Ao longo da sua carreira, Howard Carter se mostrou muito pouco prolixo sobre a extensão das suas várias descobertas. É raro uma pessoa manter tanto segredo. Os três mensageiros que pertenciam a essa tribo selvagem podem ter exigido segredo quando conduziram Carter à última morada do faraó místico.

— E esse clã pode saber onde estão escondidos os papiros... A menos que estejam com eles, caso Howard Carter lhes tenha entregado pessoalmente! Essa é a hipótese do abade Pacômio. Mas como encontrar esses mensageiros ou os seus descendentes?

— Um dos membros da minha família é originário desta região — revelou a jovem — e conhece bem a tribo dos mensageiros. Eis que ele vem na nossa direção.

Um homem idoso, usando uma *galabieh* azul, a túnica tradicional sem colarinho nem faixa na cintura, subia lentamente a encosta que levava às sepulturas.

Ateya foi ao encontro dele e lhe deu o braço para ajudá-lo a vencer os últimos metros.

Um longa conversa em árabe foi travada entre o velho e a jovem. Em seguida, ele desceu de volta ao povoado.

— A situação não é muito boa — confessou ela. — A polícia procura alguns membros da tribo dos mensageiros, acusados de roubo. Atualmente, eles se deslocam todo o tempo e desconfiam das autoridades. No entanto, um dos guardas do sítio arqueológico de El-Bercheh, não longe daqui, talvez concorde em nos ajudar.

*

* *

A necrópole de El-Bercheh, lugar de inumação dos grandes sacerdotes de Toth, o deus do conhecimento, havia sido devastada pelos saqueadores. Os turistas eram raros, e a população, desconfiada.

Ateya e Mark subiram ao topo da colina onde tronava o túmulo de Djehuty-Hotep[1], um dos únicos que não haviam sido inteiramente destruídos. Quando o guarda consentia em abrir a pesada grade de ferro tinha-se acesso a uma capela e se podia contemplar uma cena surpreendente: um verdadeiro exército de homens robustos puxava um colosso que representava um faraó majestosamente sentado. A enorme estátua deslizava por um caminho de limo constantemente regado com leite. E as fórmulas mágicas permitiam levá-lo até o templo.

O guarda concordou conversar em voz baixa com Ateya, longe do alcance da visão dos moradores do povoado. A negociação pareceu interminável para Mark.

Finalmente, Ateya voltou para perto dele.

— Ele sabe onde a tribo dos mensageiros está acampada atualmente e concordou em nos guiar, em troca de uma alta remuneração.

---

[1] "Toth [Djehuty é o nome egípcio do deus] está em plenitude."

— Não tem problema.

— Partimos agora.

O trio saiu dos domínios dos sacerdotes de Toth e seguiu pelo leito seco de um uádi que havia cavado o seu curso entre duas colinas. Ao trocar o vale pelo deserto, Mark sentiu uma verdadeira angústia. O lugar era inquietante, pedras escuras absorviam a luz e pareciam hostis a qualquer presença humana.

Durante a marcha contínua, o guia não disse uma palavra. Então, quando o sol começou a se pôr e a temperatura caiu, ele parou perto de um casebre de pedra seca. No interior havia esteiras e um fogareiro.

— Vamos tomar um chá e dormir aqui — anunciou Ateya.

Enquanto o guia esquentava a água, a egípcia e o americano assistiram ao desaparecimento do astro avermelhado.

— Não saia do casebre de jeito nenhum — recomendou ela. — O lugar é infestado de serpentes, que rondam durante a noite. Esse espetáculo é magnífico, não acha? Mas eu sempre me pergunto se o sol vai ressuscitar depois de enfrentar os demônios do império dos mortos.

— A sua religião não inclui a esperança?

— É ateu, senhor Wilder?

— Até o momento, sim. Mas, desde que pus os pés no Egito, tenho a impressão de que o invisível não está menos vivo do que o visível.

— E certamente não chegou ao fim das suas descobertas! Trate de dormir, a próxima jornada deve ser exaustiva.

Mark pensou no pai que, aos dezoito anos, havia passado tantos meses naquela região. Em El-Bercheh, vivendo longe do célebre arqueólogo Petrie, ele preparava as próprias refeições e as comia na simples moradia que ele mesmo construíra. Já apaixonado pela época de Tutancâmon, percorria o deserto em busca do túmulo onde Akhenaton, o herege, repousava, talvez ao lado da bela Nefertiti. Caminhando em sonhos com o infatigável Carter, Mark adormeceu.

*

* *

— Acorde — murmurou Ateya. — O nosso guia desapareceu.

O advogado se ergueu bruscamente.

— Talvez nos aguarde do lado de fora.

Mal ele abriu a porta, diversos fuzis o ameaçaram. Apesar de velhas, as armas pareciam funcionar.

Uns vinte homens ameaçadores cercavam o casebre.

Ateya apareceu e falou com eles energicamente, sem demonstrar o menor medo. A réplica foi agressiva.

— Ou nós os seguimos — traduziu ela — ou eles nos matam e abandonam os nossos cadáveres aos animais selvagens. Eles não parecem brincar. Exigi que nos levem ao chefe deles.

— Então, a caminho.

Eles se embrenharam ainda mais no deserto. Nem Ateya nem Mark aceitaram subir no lombo de um burro. Preferiram andar, cercados pelos homens portadores de fuzis que não desviavam os olhos deles.

O grupo chegou a um acampamento de tendas, vigiado por várias sentinelas. Dois deles empurraram os prisioneiros para dentro da tenda maior onde estava um octogenário de barba branca, cercado pelos seus auxiliares.

— Sou o chefe desta tribo — declarou ele. — Querem comer e beber?

— Que a sua hospitalidade se perpetue — respondeu Ateya. — Tenho ligações com a sua tribo e lhe trouxe um amigo americano, que quer consultá-lo.

— Que a sua vida se perpetue — desejou o chefe, encarando o visitante.

Duas mulheres serviram chá preto, leite de cabra e um prato de arroz guarnecido de cebolas grelhadas aos membros da assembléia.

— De que conselhos precisa? — perguntou o chefe da tribo.

— Há muito tempo, um arqueólogo chamado Howard Carter percorreu esta região e encontrou três mensageiros — lembrou Mark. — Eles ficaram amigos e talvez Carter lhes tenha feito confidências que me dizem respeito.

— Por que afirma isso?

— Porque sou filho de Howard Carter.

O chefe fitou longamente o visitante.

— E eu sou o último sobrevivente dos três mensageiros.

Mark tentou permanecer impassível.

— O meu pai lhe entregou uns documentos?

— Eu o guiei pelos lugares solitários e lhe mostrei as riquezas existentes. Ele amava profundamente este país e nos entendíamos bem. Entre nós reinava a confiança.

O advogado bebia as palavras do chefe da tribo.

— Eu guardei alguns documentos — reconheceu ele. — Gostaria de vê-los?

— Ficaria muito feliz.

O chefe estalou os dedos. Um dos auxiliares saiu da tenda e voltou alguns minutos depois, carregando uma sacola de couro visivelmente gasta.

— Entregue-a ao nosso visitante — ordenou o chefe.

Agitado, Mark abriu a sacola.

Dela retirou uma dezena de folhas cobertas com uma escrita nervosa. Entre os parágrafos, desenhos que representavam elementos de arquitetura.

Eram anotações de Howard Carter que se referiam às descobertas feitas graças aos mensageiros.

Mas nada dos papiros de Tutancâmon.

29

Depois de um almoço frugal na companhia dos dignitários da tribo de mensageiros, que mudaria de acampamento naquele mesmo dia, Ateya e Mark pegaram a estrada de volta para o Cairo.

O americano estava duplamente decepcionado. Primeiro porque, por alguns instantes, achara que o chefe lhe entregaria os papiros de Tutancâmon; depois, porque a jovem não demonstrava nenhuma simpatia por ele, como se a sua presença a deixasse indiferente.

— O motorista vai deixá-lo no Mena House — anunciou ela.

— Eu não deveria falar com o abade Pacômio o mais rápido possível?

— Ele entrará em contato com o senhor.

— Quando poderemos jantar juntos, Ateya?

— Sinto muito, estou excessivamente ocupada. A alta estação turística está começando e tenho de guiar vários grupos.

— Obrigado por tudo o que me ensinou. Até breve, espero.

— Seja feita a vontade de Deus.

Depois que Ateya se foi, Mark sentiu-se muito só. Como conseguir comovê-la, que palavras dizer para revelar os seus sentimentos? Quando caiu a noite, ele saiu do hotel em direção ao planalto das pirâmides.

Uma possante limusine parou ao seu lado.

Dela saíram três homens encapuzados e armados de pistolas.

— Entre, rápido! — ordenou um deles, empurrando-o violentamente para dentro do carro com a ajuda dos cúmplices.

Mark nem teve tempo de reagir. Sem a menor chance de vencer, só teria apanhado. Em dois segundos ele foi amordaçado e algemado. Seus olhos foram cobertos por uma faixa.

Durante o longo trajeto, percorrido em alta velocidade com muitas freadas e acelerações bruscas, nem uma palavra foi pronunciada.

Finalmente, a limusine parou e arrancaram o americano do banco para fazê-lo entrar num local cuja porta bateu.

Obrigaram-no a sentar-se numa cadeira de madeira, retiraram-lhe a faixa e a mordaça, mas não as algemas. Diante dele estava um homem de uns trinta anos, de rosto fino e olhar inquisidor. A pequena sala, com as paredes pintadas de verde, só estava iluminada por uma lâmpada agonizante.

— Está num bairro popular, totalmente controlado por mim — declarou ele com voz firme. — É inútil gritar ou tentar fugir. Se quiser sair vivo desta casa, responda sinceramente às perguntas, começando pela seguinte: quem é realmente, senhor Wilder?

Mais um pesadelo começava!

— Eu me chamo Mark Wilder e sou um advogado americano que passa alguns dias de férias no Egito.

— Começou mal. Sem dúvida não percebeu a gravidade da situação. O meu nome é Mahmud e pertenço ao movimento revolucionário decidido a restabelecer a justiça neste país oprimido por um tirano. E quero saber se o senhor é um dos braços armados de Faruk.

— Eu? Claro que não!

— No entanto, ele o convidou para jantar no Escaravelho.

— Ele quer que o meu escritório cuide de alguns dos seus negócios.

— O seu papel me parece bem mais suspeito — julgou Mahmud. — Por que saiu do Egito e foi para a Inglaterra, por que voltou, qual é a sua missão?

— A Londres, foi uma viagem simplesmente profissional.

— Tenho uma explicação melhor, senhor Wilder: é um espião a serviço de Faruk e da Inglaterra e foi buscar as ordens com os seus superiores. Graças à polícia política do rei, vai identificar os contestatários e eliminá-los.

— Isso é puro delírio! Não passo de um turista.

Mahmud exibiu uma pistola.

— Estou com pressa e detesto os mentirosos. A primeira bala vai destruir o seu joelho esquerdo. É extremamente doloroso e dificilmente corrigível. A segunda, o direito. Não poderá mais andar. Se insistir em ficar calado, não terá mais nenhuma utilidade. Atirarei a terceira no meio da testa, com a satisfação de eliminar um inimigo da revolução.

De uma calma assustadora, Mahmud não parecia brincar.

Mark teria de fazer concessões, sem pôr Ateya e o abade Pacômio em perigo.

— Está bem, não sou um turista comum. Segundo Winlock, um arqueólogo do Metropolitan Museum falecido recentemente, sou filho de uma egípcia e de Howard Carter, o descobridor da tumba de Tutancâmon. Na época do meu nascimento não foi possível dizer a verdade. Tive a sorte de ser adotado por pessoas maravilhosas. Agora, faço uma peregrinação no rastro daquele que, talvez, seja o meu verdadeiro pai.

— Suponho que tenha um objetivo específico.

Mark hesitou. Ao dizer a verdade, esperava fazer uma jogada decisiva.

— Obviamente. Procuro provas, documentos ainda desconhecidos e papiros procedentes do tesouro de Tutancâmon, que teriam desaparecido misteriosamente. Ao agir assim, continuo a obra de Howard Carter, mesmo que tenha poucas chances de ter êxito.

Mahmud rodeou lentamente o prisioneiro.

— Interessante, senhor Wilder, muito interessante. Parece ser um advogado convincente e estou inclinado a acreditar no senhor, a tal ponto essa história me parece inverossímil. E, sobretudo, ela esconde outra. Os seus contatos extremamente discretos, por exemplo, no cinema Metro, com um homem que eu sei que é espião. Quem é esse homem e que trabalho faz para ele?

Mahmud ficou novamente de frente para Mark, o cano da pistola apontava para o joelho esquerdo.

Mark não tinha mais escolha. Pelo visto, o seu torturador sabia tudo.

— Tenho com esse homem uma relação antiga de negócios. Ele se chama John e o sobrenome varia de acordo com o país onde ele trabalha. Hoje em dia, é agente da CIA, um serviço de espionagem criado recentemente nos Estados Unidos, e ele me pediu que lhe fornecesse informações, mesmo irrelevantes, sobre Faruk e as pessoas que o cercam, quando entrassem em contato comigo. Aparentemente, os Estados Unidos desaprovam o comportamento do rei e dos ingleses.

Pela primeira vez, o rosto de Mahmud se tornou menos sério. E ele guardou a pistola no coldre.

— O senhor fez o jogo correto, senhor Wilder, e teve toda a razão em não mentir. Senão...

— Posso esperar uma libertação rápida?

— Ainda não chegamos a esse ponto. Primeiro tenho de lhe informar que o seu pai também praticou a perigosa arte da espionagem. Em 1915, quando começou a escavar no Vale dos Reis, ele foi recrutado pelo Intelligence Department do War Office, instalado no Cairo. Totalmente antialemão, perfeito conhecedor do Egito e falando árabe, Carter era o sujeito ideal. Ele foi promovido ao grau de "Mensageiro do Rei"; melhor dizendo, era encarregado de transportar a correspondência oficial e os documentos confidenciais. As missões, que ainda são um mistério, terminaram em outubro de 1917. Eu conheço ao menos uma: encontrar e guardar todos os documentos relacionados à presença dos hebreus no Egito, aos relatos bíblicos e à religião egípcia. As autoridades políticas e religiosas, fossem elas ocidentais ou orientais, não queriam ver aparecer um texto explosivo que pudesse entrar em choque com as crenças existentes, pondo a região em fogo e em sangue.

— Os papiros de Tutancâmon, por exemplo... Então, também os procura?

Mahmud evitou o olhar do prisioneiro.

— Se acreditarmos em antigas superstições, só um filho pode ressuscitar a memória do pai e ter sucesso onde outros fracassaram. Portanto, cumprirá essa missão, senhor Wilder, mas também vai trabalhar para mim, pois preciso de um contato com a CIA, ou seja, com o seu amigo John.

— Isso está fora de cogitação! Fui arrastado para o meio de uma tormenta, da qual quero sair o mais rápido possível. Entendam-se vocês, espiões profissionais.

Mahmud sorriu.

— O seu melhor e principal colaborador chama-se Dutsy Malone. Ele se casou com uma mulher encantadora que lhe deu duas adoráveis meninas. Gosto muito de crianças, senhor Wilder, e ficaria desolado se lhes acontecesse uma desgraça. Fui bem claro?

— Você... você não ousaria!

— Como o senhor, tenho uma missão a cumprir. Ou colabora ou então...

O advogado fitou o torturador.

— Você ganhou.

Mahmud lhe tirou as algemas.

— Agora sei que não tentará fugir. Ainda tenho muitas explicações a lhe dar, mas o Cairo não é o lugar propício. Vamos partir para o Sul.

30

Uma limusine levou Mark lentamente do Cairo a Mankabad, um povoado perto da grande cidade de Assiut. Plantações, canais, desertos e uma cadeia de montanhas. Uma paisagem agreste e ao mesmo tempo atraente, onde os camponeses trabalhavam, auxiliados por seus burros. As búfalas, plácidas, refrescavam-se nos charcos. Os imensos rebanhos de vacas dos antigos egípcios, cuidadosamente tratados, tinham desaparecido havia muito tempo. Mulheres vestidas com túnica preta, algumas com véu, outras com a cabeça descoberta, transportavam potes de barro cheio de alimentos, e crianças brincavam com bonecas de pano.

Mahmud fez o americano descer do carro e levou-o até o pequeno jardim de uma modesta casa. Sentaram-se em tapetes gastos dispostos no chão de terra e uma menina lhes serviu *foul*.

— Favas escuras cozidas em fogo lento durante horas, temperadas com cebola, limão e cominho — explicou Mahmud. — Nenhum egípcio pode passar sem elas.

Mark não achou o prato tão ruim. Ao menos, era nutritivo. E a menina trouxe cerveja local.

— Estamos entre os coptas, que são muito numerosos na região. Mais de um terço dos camponeses são cristãos e a coabitação com os muçulmanos se deteriora a cada dia. Esse será um dos problemas do futuro.

— Por que me trouxe aqui? — perguntou o advogado.

— Para que compreendesse a importância da transformação que se prepara e que pode mudar a face desta região e do mundo, se continuarmos passivos. Como nós todos, o senhor é um brinquedo do destino, senhor Wilder. E segundo uma antiga profecia que os verdadeiros cristãos levam a sério, um homem vindo do sul desempenhará um papel determinante para libertar o país da opressão. Por isso, tinha de conhecer este lugar onde, há muitos anos, um juramento solene foi prestado.

Mahmud foi servido de chá preto.

— Ópio do povo e presente envenenado dos ingleses — avaliou ele. — O chá vem do Ceilão, nós o tomamos um pouco demais, com o pretexto de que ele dá energia. Os camponeses gastam uma grande parte do salário para consegui-lo e não há possibilidade de mudar esse hábito. No entanto, uma profunda mudança se anuncia e eu temo as consequências. O senhor será o único ocidental a saber o que vou lhe contar. O grupo de Oficiais Livres, decidido a tomar o poder, acabou de nomear para comandá-los o bravo e simpático general Naguib, herói admirado pelo povo. Mas ele será apenas uma marionete, cujos fios serão puxados pelo verdadeiro líder dos revolucionários, Gamal Abdel Nasser[1]. Ele ficará na sombra o tempo necessário e se livrará de Naguib no momento oportuno. Nasser nasceu em Alexandria, em 15 de janeiro de 1918, mas o berço da família é em Beni-Morr, perto daqui. Foi dessa paisagem que ele se impregnou, da sua força que se alimentou. Aos oito anos, ele perdeu a mãe que admirava e nunca perdoou o pai, um carteiro, por lhe haver ocultado essa morte durante vários meses e por se casar novamente e muito rápido. A despeito de um profundo sentimento de revolta contra a sociedade, ele se lançou na carreira militar e leu muito, principalmente sobre a Revolução Francesa. Um personagem o fascinava, o Pimpinela Escarlate[2], adepto da clandestinidade e capaz de agir sem ser descoberto. Em 1935, Nasser achou que o Egito agonizava e que era preciso torná-lo independente. Numa manifestação contra os ingleses, no Cairo, uma bala passou de raspão na testa dele. Nasser passou uma noite na prisão, onde conheceu outros jovens patriotas. Foi aqui, em Mankabad, em janeiro de 1938, que ele reuniu os oficiais em volta de uma mesa e, como nós, eles comeram *foul* e cana-de-açúcar.

— Presumo que você fazia parte desses convidados.

---

1 Sobre Nasser, consultar J. Lacouture, *Nasser*, Paris, 1971; M. H. Heikal, *Nasser, les documents du Caire*, Paris, 1972; Jehanne Sadate, *Une femme d'Égypte*, Paris, 1987; D. de Roux, *Gamal Abdel Nasser*, Paris, 2000; e G. Sinoué, *Le Colonel et l'Enfant-roi*.

2 Aventuras de um nobre britânico, sir Percy Blakeney, que, usando o apelido de Pimpinela Escarlate, ajudava os aristocratas franceses condenados à guilhotina durante a Revolução Francesa. (N. T.)

— Ainda me lembro do tom da voz dele ao pronunciar as palavras decisivas: "Este é um momento histórico, pois lançamos as bases de um grande projeto. Ao jurarmos permanecer fiéis à nossa amizade, derrubaremos os obstáculos." "Pura utopia", sem dúvida alguns dos participantes devem ter pensado. A Segunda Guerra Mundial não varreria todos esses belos projetos? Em 1941, o próprio Nasser foi tomado pelo desespero. Seriam necessários mil anos para realizar as reformas? Em fevereiro de 1942, quando os ingleses trataram Faruk como um criado, obrigando-o a lhes obedecer incondicionalmente, o exército egípcio sentiu-se profundamente humilhado. Naguib chegou a apresentar a sua demissão ao rei, que a recusou. Nasser sentiu que um novo estado de espírito nascia entre os oficiais. O juramento de Mankabad concretizava-se. No dia 15 de maio de 1948, os exércitos árabes atacaram Israel, cujo nascimento havia sido proclamado na véspera. Foi um desastre. Devido a um equipamento falho, Nasser constatou que os soldados egípcios não haviam sido enviados para uma luta e sim para uma carnificina. Apesar de ferido, ele se comportou de maneira notável na batalha de Faluja, onde adquiriu uma certeza: a grande luta ocorreria no Egito. Nasser teve oportunidade de conversar com oficiais israelenses que haviam conseguido a independência da sua pátria. Ele jurou a si mesmo imitá-los e ir mais longe, criando uma potente nação baseada numa só cultura, numa só língua e num só povo. O Egito será o coração e o centro dessa revolução. O armistício assinado em fevereiro de 1949 com Israel, segundo o seu ponto de vista, não passava de uma interrupção momentânea dos combates. A partir do fim do verão de 1949, ele multiplicou as reuniões secretas a fim de formar um verdadeiro Estado-Maior dos Oficiais Livres, expulsar os ingleses e impor um novo governo.

— Nasser adota as teses do comunismo? — perguntou Mark, a quem esses horizontes limitados, quase hostis, deixavam preocupado.

— Admirador de Atatürk[1] e dos Estados Unidos, Nasser é nacionalista e crê em Deus acima de tudo. Segundo ele, a Teoria da Evolução não explica nada e muito menos a maneira como o Universo foi criado. Mas ele quer a vitória e usará de todos os meios para obtê-la. E sei que ele tem capacidade para consegui-la.

— Por que me dá todas essas informações? — surpreendeu-se o advogado.

— Porque o senhor é o único homem capaz de me ajudar. Eu não sou muçulmano e sim copta. Trabalho para o serviço secreto inglês desde os vinte anos, pois esperava que a Grã-Bretanha garantisse a prosperidade do meu povo. Atualmente, os contatos foram interrompidos e nenhum agente britânico quer me escutar. Ninguém conhece o verdadeiro papel de Nasser, ninguém acreditaria nesse papel. E não posso dar nenhum passo em falso, sob pena de ser eliminado. O senhor tem contato com a CIA, senhor Wilder. Previna os Estados Unidos do perigo, eles devem alertar a Inglaterra para que o desastre seja evitado. Caso contrário, haverá uma revolução que terminará num banho de sangue. Nasser levará o Egito à ruína e a onda de choque vai atingir todo o Ocidente. Aceita me ajudar?

O desespero de Mahmud era perceptível.

— Falarei com John — prometeu o advogado.

— Graças ao senhor, milhares de vidas serão poupadas. Será difícil nos encontrarmos de novo. Se eu tiver informações para lhe

---

[1] Mustafa Kemal Atatürk, militar e político turco, líder do movimento nacionalista, que, em 1923, proclamou a República na Turquia. (N. T.)

transmitir, enviarei um engraxate ou um entregador de pães. A senha será "Três tangerinas por um dólar".

— Não sou um profissional — objetou Mark — e...

— Em relação aos papiros de Tutancâmon, tenho uma preciosa indicação para lhe dar. O rei Faruk deve saber mais sobre esse assunto. Para conseguir informações confiáveis, terá de passar por um personagem pitoresco, Étienne Drioton. Ele é uma espécie de egiptólogo oficial do governo e amigo de Faruk. De nacionalidade francesa, tem a particularidade de ser... cônego. Encontre-o e trate de fazê-lo falar. Agora, serei obrigado a desarrumá-lo um pouco para acabar com esse longo interrogatório. E nós o deixaremos, com um pouco de brutalidade, nas proximidades do seu hotel. Para as pessoas hierarquicamente acima de mim, o senhor não passa de um homem de negócios comum, que quer fazer negócios escusos com o rei, como tantos outros.

31

Com uma vassoura gasta, o empregado municipal empurrou um montinho de poeira que o vento soprou de volta para ele. Imperturbável, ele recomeçou a varrer no mesmo ritmo. Logo, o chamado para a oração lhe permitiria parar.

Um grande carro preto freou bruscamente, não muito longe dele. A porta traseira direita se abriu, um ocidental foi jogado na calçada e o veículo partiu a toda velocidade.

O varredor aproximou-se.

Como o homem parecia atordoado, ele o ajudou a levantar-se.

Um belo galo na testa, a camisa rasgada e o cotovelo esquerdo sangrando.

— Está tudo bem, patrão?

— Poderia estar melhor — avaliou Mark.

— Precisa ir à polícia.

— Não, foi apenas um acidente.

O varredor duvidou um pouco, mas não tinha de se meter na vida dos estrangeiros.

— O Mena House fica longe?

— A dez minutos andando normalmente, em frente. Quer que o acompanhe, patrão?

— Não, está tudo bem.

Mark encontrou uma nota no bolso da calça e deu-a ao empregado municipal, radiante por ter socorrido o seu semelhante. Pelo visto, não se tratava de um inglês.

— Americano, excelente!

Ele bateu no ombro do advogado, que por pouco não caiu.

— Vá devagar, patrão, e que Deus o proteja!

O porteiro do Mena House nunca tinha visto um hóspede naquele estado.

— Foi agredido, senhor?

— Não, um simples tombo.

— Que ir ao hospital?

— Prefiro tomar um banho quente.

— A recepção lhe enviará um médico, imediatamente.

O médico foi tranquilizador: nada quebrado, apenas equimoses que seriam rapidamente reabsorvidas graças a uma pomada de arnica. Algumas aspirinas acabariam com a dor.

O banho pelando produziu o efeito esperado. Bem-disposto, Mark ligou para John. O encontro foi marcado para o fim da tarde, no jardim de Ezbekeya.

*
* *

Antigamente, quando a cheia atingia o Cairo, a ampla praça Ezbekeya, próxima do mercado árabe, era invadida pelas águas. Transformava-se num lago, propício aos passeios de barco. Atualmente, ela possuía um parque de treze hectares, plantado com árvores exóticas e cercado de grades. Para entrar e passear pelas alamedas era preciso pagar uma piastra[1].

John aguardava o amigo perto do lago, onde se sonhava com o passado. Inúmeros cairotas gostavam de apreciar o local no fim do dia. Os dois mil e quinhentos bicos de gás implantados no reinado do quediva Ismail não demorariam a iluminar o jardim e as alamedas.

— Fui raptado, John.

— Está brincando?

— O autor do rapto chama-se Mahmud. Você conhece?

— Há alguns milhares de Mahmuds no Cairo.

— Esse pertence ao círculo de dirigentes dos Oficiais Livres.

— Ah... Isso existe de verdade?

— A CIA é realmente bem-informada?

— Estamos aqui para aprender, Mark. Está constatando que eu tinha razão em confiar em você.

— Você é bem descarado! E eu é que levo os ferimentos e galos! Felizmente, tratava-se de um rapto simulado!

— Poderia ser mais claro?

— Já ouviu falar do general Naguib?

[1] Unidade monetária fracionária da libra egípcia. (N. T.)

— Um obscuro herói da Segunda Guerra Mundial e do recente conflito com Israel. Um personagem apagado, sem a menor importância.

— No entanto, os Oficiais Livres acabaram de designá-lo chefe supremo do movimento.

— Nesse caso, não irão muito longe! O bravo general continuará a protestar contra o regime de Faruk e o rei continuará a achar graça.

— Essa é a razão pela qual ele foi escolhido pelo verdadeiro líder. Naguib será um perfeito disfarce.

— O verdadeiro líder? — preocupou-se John. — E... você sabe de quem se trata?

— Nasser, o homem do juramento de Mankabad, um povoado do Alto Egito. Nesse lugar, ele fez o juramento de tomar o poder.

— Nunca ouvi falar dele.

O rosto aberto e simpático do agente da CIA se fechou bruscamente.

Mark lhe deu as indicações fornecidas por Mahmud.

— Existem vários pequenos conspiradores no Cairo e esse Nasser pode ser apenas um visionário entre tantos outros.

— Isso me surpreenderia.

— Por quê, Mark?

— Porque Mahmud é um agente duplo, membro dos Oficiais Livres e do Serviço secreto britânico. Infelizmente ele teve de interromper o contato com os ingleses, sob pena de ser desmascarado. De qualquer maneira, os seus superiores não levam os Oficiais Livres a sério. Mahmud acha que Nasser possui uma competência excepcional e que é capaz de alterar a ordem estabelecida no Egito e no Oriente Médio. O poder da onda de choque, que não poupará a Europa, não é difícil de imaginar. Muito preocupado, Mahmud pede à CIA que previna os ingleses para que eles adotem as medidas necessárias.

John não manifestou o menor entusiasmo.

— Os ingleses são pessoas complicadas e os Estados Unidos têm a sua política própria no Oriente Médio.

— Mesmo assim, a Grã-Bretanha é nossa aliada!

— Parece que a França também. Não se preocupe, farei um relatório detalhado aos meus superiores e eles optarão por uma estratégia do mais alto nível. Vou investigar sobre esse Nasser para saber se ele existe realmente e se representa um perigo real. Sem querer ofendê-lo, o seu Mahmud pode ser um brincalhão, ou, então, um conversa-fiada.

— Ele ameaçou prejudicar o meu braço direito, Dutsy Malone, e a família dele. E não me deu a impressão de que estivesse brincando.

— Fique tranquilo, Mark. A partir de amanhã, a proteção deles estará garantida. Mas não vejo como um egípcio obscuro poderia agir no território dos Estados Unidos! Trata-se de um blefe.

— Mesmo assim, Mahmud sabia da existência de Dutsy e acha que pode me manipular.

— Ele marcou um novo encontro?

— Não, enviará mensageiros.

Mark ficou imóvel.

— Agora, John, acho que já fiz o bastante e não tenho a menor vontade de me envolver no mundo da espionagem.

— Como queira, meu amigo. Mas se Mahmud estiver falando sério, não o deixará em paz. Ou se trata de um fantoche e, de qualquer maneira, pode ser perigoso, ou ele pertence a algum movimento revolucionário decidido a sacudir este país e a coleta de informações passa a ser vital. Preciso da sua ajuda, Mark, e apelo para a sua consciência de futuro dirigente da linha de frente. Menosprezar o Egito é transformar o Oriente Médio num barril de pólvora. Duas guerras mundiais desde o começo do século e milhões de mortos não são suficientes?

32

O Mena House parecia um pequeno paraíso às portas do deserto sob a proteção da grande pirâmide de Quéops. Ali, esquecia-se da face obscura da humanidade para sonhar com a idade do ouro, quando a perfídia e a maldade não existiam.

Mas a magia não atuava mais e Mark tinha de aceitar o balanço negativo da sua temporada egípcia. Havia chegado a hora de sair desse teatro de sombras.

Quem era ele, na verdade? Um brilhante advogado empresarial nova-iorquino a quem o sucesso abria as portas de uma carreira política. Em breve, experimentaria os jogos do poder.

Ele, filho de Howard Carter, descobridor de Tutancâmon? Nenhuma prova, apenas pontos de interrogação e o discurso hábil de um velho padre copta, gênio da manipulação. Os papiros impossíveis de encontrar, documentos essenciais de conteúdo explosivo? Pura invenção.

John e Mahmud também eram manipuladores, e Mark não aceitava mais ser uma marionete. Sem dúvida, ambos mentiam e o reinado de Faruk continuaria sob a insígnia da corrupção e o jugo do exército britânico.

E esse John que lhe imputava a responsabilidade das guerras mundiais com suas vítimas! Mark não era o salvador da humanidade, destinado a pregar a boa palavra a todos os canalhas do planeta.

Em resumo, voltaria à razão e à normalidade.

Mark esvaziou o copo de uísque e subiu para o quarto para arrumar a mala. Em algumas horas estaria em Nova York, estudaria com prazer os novos processos e convidaria Dutsy para um jantar excepcional.

Alguém bateu na porta. Ele abriu.

Ateya.

Ateya, usando um vestido vermelho e um fino cordão de ouro, digno das sacerdotisas do antigo Egito.

Os seus olhos estavam impregnados de uma estranha emoção, a sua voz tremia um pouco.

— A recepção avisou-me que o senhor havia sofrido um acidente.

— Nada grave.

— Posso... Posso entrar?

— Claro, sente-se. Quer beber alguma coisa?

— Não, obrigada.

— Eu lhe proponho uma taça de champanhe como adeus ao Egito.

A jovem pareceu arrasada.

— Eu... Eu não compreendo.

— Sim, Ateya! Vou afivelar as malas, pegar o avião e voltar para casa. Precisam de mim por lá.

— Não foi um acidente e sim uma agressão — arriscou ela. — Tentaram eliminá-lo e está com medo.

— Eu, medo? De jeito nenhum! Simplesmente cansei de ser manipulado como um fantoche e quero voltar para uma vida normal. Compreende isso?

— Não.

A resposta categórica de Ateya surpreendeu o advogado.

— Eu temo pelo senhor — confessou Ateya — e compreendo que carrega nos ombros uma carga muito pesada. Mas isso não é razão suficiente para desistir da tarefa que lhe foi confiada e que vai além dos limites medíocres da sua vidinha. Dinheiro, poder, glória, mulheres... Esse é o seu horizonte, senhor Wilder! Como ele é grandioso, sobretudo quando se teve a oportunidade de explorar outras paisagens!

A raiva de Ateya abalou-o.

Ele havia tentado apagá-la da memória, fugir o mais rápido possível para não sonhar mais com esse amor impossível, e eis que ela surgia como uma tempestade devastadora.

— Eu tenho um trabalho e obrigações — lembrou ele —, e...

— A primeira das suas obrigações não consiste em encontrar os papiros de Tutancâmon? Ao que parece, o senhor deu a sua palavra. Mas palavra de advogado...

— Como se atreve?

— Adeus, senhor Wilder.

— Não, fique!

— Por que eu obedeceria?

— Porque teve medo por mim. Fui raptado e ameaçado, mas não é o perigo que me faz desistir.

O olhar profundo de Ateya desafiou-o.

— Então, qual é a causa da sua covardia?

— Aceita uma taça de champanhe?

Ela continuou a fitá-lo.

— Esse turbilhão me deixa esgotado, é isso, e preciso me situar.

— Nada mais natural; porém, de nada adianta voltar a Nova York. Ao contrário, continue a sua Busca. Não é indo em frente que vai recuperar o equilíbrio? O abade Pacômio o aguarda.

— Ateya...

Ela bebeu lentamente o líquido dourado e borbulhante. Mark esvaziou a taça com longos goles.

Nunca quisera sair do Egito. Nunca poderia ter partido sem revê-la e ela viera até ele. A emoção que ela demonstrara, ao menos por alguns instantes, não parecia fingida.

— O que decide, senhor Wilder?

— Irei com você.

— Termine de fazer suas malas, pague a conta e peça um táxi para o aeroporto. Eu estarei esperando para levá-lo ao seu novo alojamento. Acho indispensável despistar os seus seguidores. Em seguida, iremos ver o abade Pacômio.

Sem mais explicações, a jovem saiu do quarto.

Mark Wilder não controlava mais nada.

33

A operação de mudança desenrolou-se sem incidentes. Mark deixou a bagagem num belo apartamento do bairro elegante de Zamalek, onde europeus se mesclavam a cairotas ricos.

— O prédio pertence a um dos meus amigos — revelou Ateya. — Eu moro bem em cima.

— Obrigado por essa demonstração de confiança. Estou muito sensibilizado.

Ela sorriu com uma doçura quase cúmplice.

— Não podemos perder tempo.

Outro táxi, que pertencia a um copta, levou Ateya e o americano até as proximidades da sinagoga de Ben Ezra. O abade Pacômio meditava ao lado de um poço, no pátio dos fundos.

— Está bem instalado, Mark?

— Não poderia estar melhor.

— Olhe bem este modesto poço. Foi aqui que a filha de um faraó encontrou Moisés, salvo pela vontade do Senhor e pelas águas do Nilo[1]. Ela levou a criança ao ilustre pai, Akhenaton, que transmitiu a ele a sabedoria dos egípcios e iniciou-o nos mistérios do Deus único. No templo, iluminado pela beleza da rainha Nefertiti, Moisés conviveu com o jovem Tutancâmon, incumbido de preservar os segredos essenciais do pensamento egípcio e os mistérios de uma história que concerne a todos nós. Tudo se passou no Egito, Mark, e tudo se passará aqui. Sabia que Ibn Tulun, a quem foi consagrada a mesquita mais bonita do Cairo, trouxe do monte Ararat um fragmento da Arca de Noé no qual todo o Alcorão[2] era revelado? Aqui tudo está ligado. E os papiros de Tutancâmon são a chave do passado e, ao mesmo tempo, a fonte do futuro. Só o filho de Howard Carter, herdeiro do espírito do pai, poderá encontrá-los e dissipar as trevas.

— Não estou convencido disso — objetou Mark. — Até agora, segui as suas instruções sem poupar esforços e não consegui nenhum resultado. Se esses papiros existiram, alguém deve tê-los destruído. É inútil perseguir uma quimera.

---

[1] Na sinagoga de Ben Ezra foi construído um poço, cujas águas celebram o local onde teria sido encontrado o cesto com o bebê Moisés. (N. T.)

[2] Segundo o historiador árabe Maqrizi, Ibn Tulun (835-884) fundou a dinastia dos tulunidas, que reinou no Egito.

— Acho que os recentes acontecimentos o abalaram.

— Detesto parecer uma pena levada ao sabor dos ventos! O senhor soube ser bem convincente, abade, e me manipulou com perfeita arte. Confesso que quase acreditei na bela lenda da qual eu me tornava herói. Depois, os serviços secretos, se é que são eles mesmos, se envolveram e querem que eu participe das suas tramoias! Um pouco indigesto, não? É demais, demais.

— Por acaso não confia na CIA e no seu amigo John?

Mark ficou boquiaberto por alguns instantes.

— O senhor... O senhor o conhece?

— Diante da importância da partida disputada, ignorar a existência dos principais participantes seria uma falta grave.

— Não me diga que também pertence à CIA!

— A minha confraria é bem mais antiga, Mark, e usa outras armas. Nunca encontrei o seu amigo John, mas, através de você, eu o conheço bem. Ele acredita na missão que recebeu, que consiste em aumentar a influência americana no Egito. Além do mais, ele precisa controlar Faruk, afastar progressivamente os ingleses e não deixar emergir uma corrente destruidora e antiocidental, como a dos Irmãos Muçulmanos[1]. Tarefa complexa e estratégia arriscada, na qual você desempenha um papel nada desprezível. John gosta de você, mas a necessidade faz a lei. E se for preciso sacrificá-lo em favor do interesse maior dos Estados Unidos, ele não hesitará. Cabe a você saber usá-lo para que ele aja de maneira positiva e evite um banho de sangue, sobretudo transmitindo-lhe as informações capitais passadas por Mahmud, o emissário oculto dos Oficiais Livres.

[1] Organização islâmica fundamentalista fundada por Hassan al-Banna no Egito. (N. T.)

— Mahmud... Também o conhece?

— Todos acham que ele é muçulmano e a favor da revolução, mas ele é copta e um agente infiltrado a serviço dos britânicos. Infelizmente, o chefe não confia mais nele e não acredita na capacidade dos Oficiais Livres, considerados utopistas. O exército inglês controla a zona do canal de Suez e a polícia de Faruk mantém a ordem. Uma vez que participa das reuniões secretas dos Oficiais Livres de alto nível, Mahmud não pode correr o menor risco. Doravante, ele deve evitar qualquer contato com os agentes ingleses, todos identificados e incapazes de compreender a evolução da situação. Nasser não está brincando e não é um sonhador, mas um planejador obstinado e um trabalhador pertinaz. Na sombra, ele tece uma rede, dia a dia mais poderosa. Ao lhe contar a verdade, Mahmud se expôs de maneira insensata. Mas ele ama o Egito e teme uma carnificina. Agora, Mark, você se tornou o homem-chave de um drama e não tem mais opção.

— Isso é que não!

Gaviões sobrevoaram o pátio dos fundos da sinagoga. O abade Pacômio ergueu os olhos e contemplou o céu longamente, como se conhecesse os caminhos desses herdeiros de Hórus. Em seguida, ele sorriu.

— Acha que ainda há tempo para se revoltar?

— Sou um homem livre e posso quebrar qualquer grilhão, pegando, amanhã mesmo, um avião para Nova York!

— Essas infantilidades não são dignas de você, Mark. Ao me procurar e concordar em saber quem você é realmente, e ao dar a sua palavra de que encontraria os papiros de Tutancâmon que o seu pai preferiu manter protegido dos olhares alheios, você criou vínculos indestrutíveis com o Egito e sabe muito bem disso. Então, por que se revoltar em vez de agir?

O americano parecia um boxeador grogue.

Em poucas palavras, o velho abade desferiu-lhe um golpe, com a verdade que ele recusava a confessar a si mesmo.

— Não confunda independência com liberdade — recomendou Pacômio. — A pessoa só é realmente livre no momento privilegiado em que não tem mais escolha. E essa escolha você não tem mais. Ao enveredar pelo caminho da verdade, o único caminho bom e que dá à condição humana o devido lugar, você decidiu participar do único combate que vale a pena, o combate da luz contra as trevas. Eu não esperava menos do filho de Howard Carter. Nada fez Carter desistir.

Mark fechou os olhos.

As palavras desse religioso de uma outra época tinham o poder de uma bomba devastadora. E nem com toda a sua habilidade de advogado encontrava argumentos contestatórios.

— Tenho a impressão de que ainda não compreendeu alguns aspectos importantes — acrescentou o abade. — Por isso, temos de retornar ao Museu do Cairo. Tutancâmon ainda lhe reserva surpresas.

34

As salas do Museu do Cairo onde estavam expostos os sarcófagos e os objetos procedentes da tumba do dignitário Yuya e da sua esposa, Tuya, estavam desertas. No entanto, o estilo deles impressionou Mark: que semelhança com o dos tesouros de Tutancâmon! O mesmo mobiliário, a mesma perfeição das formas. E ninguém parava para admirá-los, como se essas obras-primas fossem invisíveis! Será que um véu mágico os mantinha protegidos dos olhares profanos?

— Uma tradição refutada pelos egiptólogos dizia que Yuya é a transcrição egípcia do nome José — esclareceu o abade Pacômio.

— Obrigado a se exilar no Egito, esse hebreu tornou-se primeiro-ministro de Tutmés IV e serviu a Amenhotep III, pai de Akhenaton. Ele viveu mais de cem anos e organizou Fayum, cem quilômetros ao sul do Cairo, acabando com a vegetação desordenada para criar uma vasta campina fértil graças à irrigação feita por um canal, Bahr el-Yusuf, cujo nome preserva a sua façanha. Segundo a Bíblia[1], a múmia de José foi depositada num sarcófago e ele recebeu, devido à sua posição, um mobiliário funerário excepcional, este que você tem diante dos seus olhos[2].

— Um hebreu primeiro-ministro do faraó? — surpreendeu-se Mark.

— No Egito não havia racismo nem guerras religiosas — lembrou o abade Pacômio. — Hebreus e egípcios viviam em paz e o caráter das pessoas era só o que contava. Essa realidade, hoje em dia, é tão revolucionária que obstruiria muitas ambições políticas, tanto no Oriente quanto no Ocidente. A morada eterna de José e da sua esposa foi escavada no Vale dos Reis, honraria destinada a algumas pessoas excepcionais.

— Os papiros de Tutancâmon contêm a prova do que o senhor afirma?

— Podemos supor que sim, Mark, e isso é apenas um detalhe. Segundo um sacerdote egípcio, Mâneton, foi na época de Tutancâmon, sucessor dos "treze anos fatais" do reinado de Akhenaton, que ocorreu o êxodo dos hebreus conduzidos por

---

[1] Gênesis 50:26.

[2] Cf. A. Osman, *Stranger in the Valley of the Kings. The Identification of Yuya as the Patriarch Joseph*, Londres, 1987. A tumba de Yuya e de Tuya foi descoberta em 1905.

Moisés, que se tornara um fanático e preconizava um monoteísmo destruidor. Expulso pelo rei, ele chefiou uma facção, que, aliás, durante a errância, lamentou ter saído da terra dos faraós. O seu pai leu esse relato. Por essa razão, em 1923, ele foi convocado pelo vice-cônsul da Grã-Bretanha, que o intimou a entregar os papiros de Tutancâmon. A existência desses papiros não seria um perigo para o equilíbrio do Oriente Médio, no momento em que se formava uma colônia judaica na Palestina? E também era preciso levar em consideração o nacionalismo egípcio. O diplomata ordenou a Howard Carter que não publicasse esses documentos. Como o seu pai podia reagir, quando tinha vários anos de escavação pela frente? Se enfrentasse a proibição, seria um desastre; mas ele não destruiu as provas. E foi por isso que as ocultou cuidadosamente.

— A verdadeira história de José, de Moisés e do Êxodo... É esse o segredo dos papiros de Tutancâmon?

— Não só esse — afirmou o abade Pacômio. — Sei onde eles estavam antes de o seu pai trazê-los à superfície e vou mostrar-lhe que um tesouro pode conter outro.

Os dois homens saíram das salas do museu consagradas a Yuya e a Tuya e se dirigiram àquelas que abrigavam as maravilhas retiradas da tumba de Tutancâmon. A maioria dos visitantes não podia acreditar no que via e alguns deles não conseguiam desviar os olhos da máscara de ouro, do sarcófago, das joias e de tantas outras obras-primas.

O abade Pacômio fez Mark contemplar as quatro capelas de madeira dourada que haviam sido encaixadas na tumba para, na aparência, formar uma só.

— Ao abrir as portas destas capelas, o seu pai teve a impressão de profanar um lugar sagrado e, por um longo tempo, hesitou romper os selos ainda intactos. Elas protegiam o sarcófago do faraó, também constituído de três elementos. Assim se afirmava o poder absoluto do número "sete", símbolo do segredo da vida. Ao ver esses prodigiosos santuários, Mark, você não pensa em outro tesouro, muito procurado?

— Seria a...

— Isso mesmo, a Arca da Aliança. Merton, o correspondente do *Times* autorizado a entrar na tumba de Tutancâmon, identificou-a imediatamente. Na opinião dele não havia dúvida: o faraó se apossara do tesouro dos hebreus e o Vale dos Reis nunca havia abrigado um tesouro tão importante. Eis por que o túmulo, tão diferente das

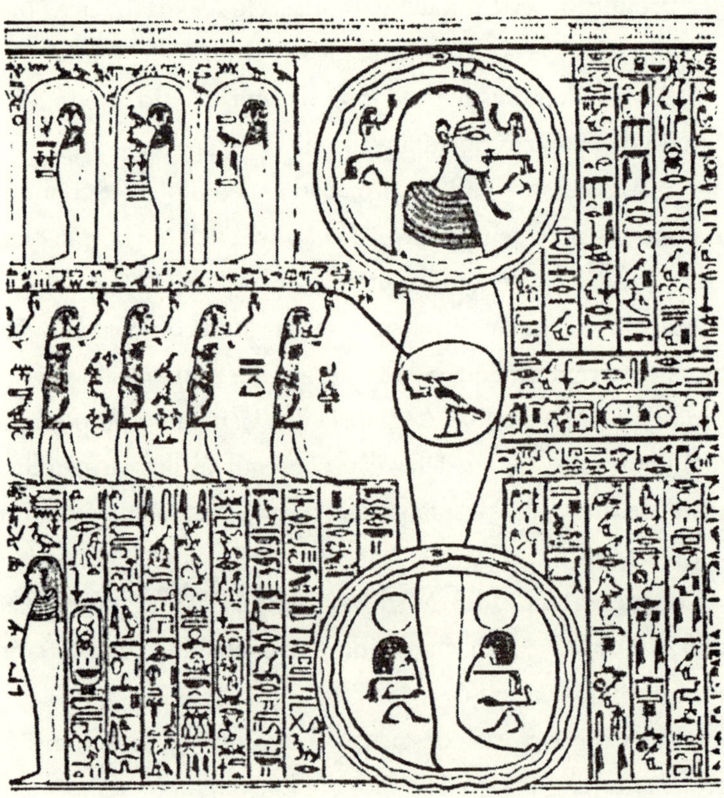

outras sepulturas reais, havia sido cuidadosamente dissimulado. E foi preciso toda a genialidade e toda a perseverança do seu pai para descobri-lo. A tradição afirma que a Arca da Aliança não era formada por um único baú e sim por vários, encaixados um dentro do outro. Aqui estão eles, na sua frente, Mark. Milhares de curiosos os admiram, mas ninguém os vê. E a mensagem revelada nas paredes de ouro ainda não foi decifrada.

O abade chamou a atenção de Mark para algumas representações enigmáticas, como um homem de pé, com um círculo de energia formado pelo corpo de uma serpente em torno da cabeça e dos

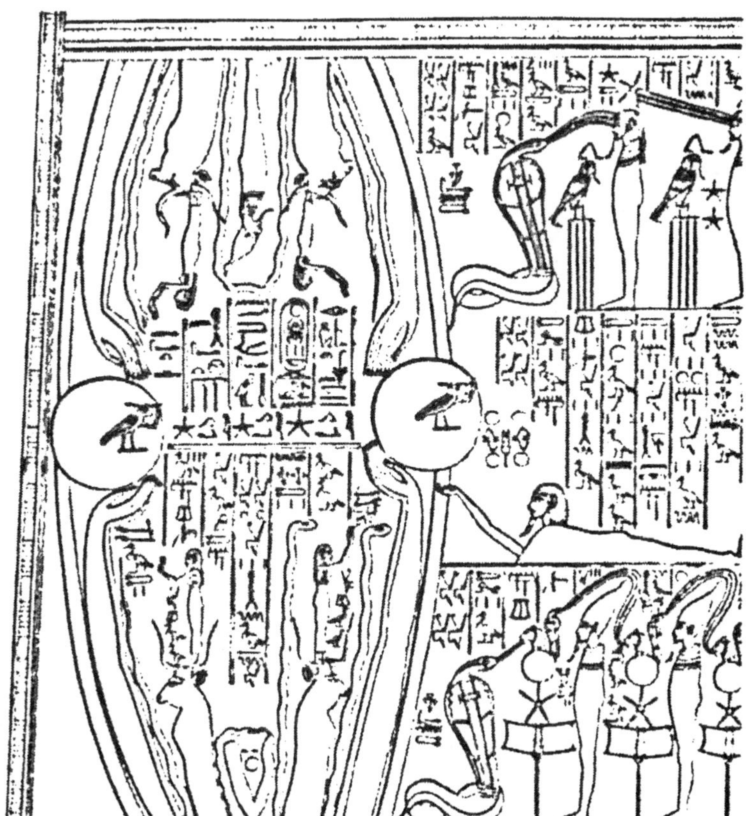

pés, sendo que se via uma forma de alma, um pássaro com a cabeça de carneiro e braços humanos.

Em seguida, ele insistiu numa cena alucinante na qual se viam mutações da luz e das forças cósmicas que permitiam a realização do processo de ressurreição[1].

— Além do aspecto histórico nada desprezível — acrescentou Pacômio —, os papiros de Tutancâmon nos dão a chave da leitura destes símbolos e, por consequência, o meio de ter acesso ao segredo da luz criadora e da vida eterna. Compreende agora a importância do desafio?

Mark ficou fascinado.

Assim, tudo se revelava e, no entanto, permanecia misterioso! Ele pensou no pai, que, provavelmente, tivera a possibilidade de decifrar esses enigmas. Não seria essa a principal razão pela qual, depois de um imenso trabalho, se fechara no silêncio e não houvesse feito mais nenhuma escavação?

O advogado gostaria de passar dias inteiros impregnando-se da mensagem dessas quatro capelas que formavam apenas uma, mas percebeu a urgência e a importância da sua Busca. Encontrar os papiros significava obter o código.

— Mahmud falou-me de um cônego francês, Drioton, também egiptólogo e muito ligado a Faruk. Talvez ele me forneça informações preciosas, sobretudo se o rei, de uma maneira ou de outra, tivesse demonstrado algum interesse pelos papiros de Tutancâmon.

O abade Pacômio pareceu preocupado.

— É uma pista perigosa, mas deve segui-la. Conseguirei uma entrevista para você.

---

[1] Consultar A. Piankoff, *The Shrines of Tut-Ankh-Amon*, Nova York, 1955, pp.122 e 128 (a segunda capela).

35

Mark havia perdido todas as suas referências. Era impossível representar o advogado seguro de si e do seu futuro, a tal ponto a visão das capelas de Tutancâmon o perseguia e lhe ditava uma nova forma de existência para a qual não fora preparado.

O apartamento de Zamalek, claro e bem sossegado, o agradava muito. E quando Ateya foi visitá-lo, ele esqueceu todas as angústias. Descalça, um leve cor-de-rosa nos lábios, ela parecia uma das sublimes portadoras de oferendas representadas nas paredes das moradas eternas.

— Aqui está um vinho francês, pães egípcios e conservas britânicas — anunciou ela com um sorriso radioso. — Bons restaurantes pequenos é o que não falta, mas, se não quiser sair, não pode morrer de fome e de sede. Aqui, estará em segurança. O porteiro do prédio é um núbio de confissão cristã e um amigo fiel.

A jovem pôs as provisões numa mesa.

— Gostou da segunda visita ao Museu do Cairo? — perguntou ela, alegre.

— Ateya... Você sabia que o abade Pacômio me faria conhecer a Arca da Aliança, não sabia?

— Honestamente, sim.

— O seu papel é muito mais importante do que você demonstra. Eu gostaria...

— Eu gostaria de passear. O fim de tarde está delicioso, o sol de uma suavidade quase irreal. Vai acompanhar-me?

*

* *

Nos bairros chiques do Cairo, o uso do véu havia desaparecido quase totalmente. Mulheres e jovens adolescentes passeavam de cabeça descoberta, aproveitando a liberdade à europeia. Até as muçulmanas praticantes estavam abandonando esse costume.

Ateya optara por mostrar a Mark a ilha de Rodah, ao sul de Zamalek. Eles seguiram por um caminho à beira do Nilo, margeado de acácias e buganvílias. Ali, o tumulto incessante da cidade grande desaparecia e se podia sonhar com os fabulosos jardins dos antigos egípcios, onde, quando a noite chegava, as pessoas sentavam-se sob uma pérgula para desfrutar o vento suave do norte.

Vários perfumes pairavam no ar. Ateya parecia feliz, quase descontraída. Mark não queria estragar esse momento mágico, mas precisava saber a verdade.

— Você é o braço direito do abade Pacômio, não é?

— Digamos que ele confia em mim.

— Portanto, não ignora nada sobre as iniciativas dele e sobre o que me diz respeito.

— Faço o que posso para ajudar o abade. Ele é um homem extraordinário, preocupado apenas com o bem alheio.

— Você se arrisca muito, Ateya. Ao desempenhar um papel tão ativo, acabará chamando a atenção e correrá perigo.

— Estou consciente disso, mas não me importo! Os coptas estão ameaçados de extinção, devo lutar à minha maneira para salvá-los. Se a tormenta devastar o Egito, eles serão os primeiros a serem atingidos e a cultura dos meus ancestrais será destruída.

— Não suporto vê-la assim exposta.

— Por que tanta solicitude, senhor Wilder?

— Porque... Porque eu a amo.

A jovem parou. Mark imitou-a. Não muito longe, um velho jardineiro cuidava de um maciço de hibiscos. O sol não tardaria a se pôr e o Nilo já se tingia de dourado.

— Há palavras que não se deve dizer levianamente — murmurou ela.

— Eu não sabia como dizer, mas fiquei aqui por sua causa. Eu a amo desde o nosso primeiro encontro.

Ateya contemplou o rio.

— Por que eu deveria acreditar, senhor Wilder?

— O meu pai verdadeiro, Howard Carter, não se enamorou de uma egípcia? Até hoje, eu só havia me apaixonado pelos meus processos e pela minha carreira. Ao encontrá-la, tudo mudou e isso eu nunca imaginaria.

— Quer sinceramente encontrar os papiros de Tutancâmon?

— Desde que saiba que você está em segurança.

— Quem estará se a tempestade explodir? E vai precisar da minha ajuda. Vamos voltar, jantaremos na minha casa.

Ela não o rejeitara, não se indignara e até aceitava compartilhar a noite com ele!

No sétimo céu, Mark saboreou esse instante em que a felicidade ainda era possível. É bem verdade que se tratava apenas de um sonho, mas Ateya era bem real e aceitava ouvi-lo. Ele não ocultara nada do seu passado, das suas dúvidas e dos seus erros.

E eles entraram no apartamento de Zamalek banhados pelos últimos brilhos do poente.

Ateya não acendeu a luz e se voltou para Mark.

Eles ficaram frente a frente, olhos nos olhos, por longos segundos.

Mark não ousava compreender.

— Ateya...

Quando ele pôs a mão no rosto da jovem, ela não recuou. Lentamente, Ateya se aproximou. Quando os corpos se tocaram, Mark parou de respirar por um instante.

Sem jeito e com ternura, ele a abraçou.

— Eu também — murmurou ela. — Eu amo você.

Tomado pela emoção e pelo desejo, Mark beijou-a como um jovem amante ao descobrir o paraíso julgado inacessível.

Nessa noite, eles se esqueceram de jantar.

36

Ao abrir os olhos, Mark tentou juntar os pedaços do sonho maravilhoso para não se esquecer de nenhum deles.

Certamente aquela noite de amor nunca acontecera.

No entanto, Ateya estava ali, nua, de pé diante da janela, admirando o nascer do sol.

O sonho não terminara.

Ele se levantou e tomou-a nos braços.

— Acho que isso é muito sério, Mark. Você será o meu único amor. Segundo os antigos egípcios, quando um homem e uma mulher vivem sob o mesmo teto, eles estão casados.

— Já que você é cristã, não seria melhor pedir ao abade Pacômio para regularizar nossa situação?

Ela sorriu.

— Tornar-me a sua esposa... Não está sonhando?

— Você será o meu único amor, Ateya.

Ambos sabiam que não falavam irrefletidamente. Além da união dos corpos e da festa do desejo, um vínculo inalterável acabara de ser criado.

— Não somos mais adolescentes — objetou ela. — A sua vida é em Nova York, e a minha, aqui.

— A minha vida não, apenas as minhas atividades. E você é muito mais importante do que qualquer carreira.

Eles se abraçaram apaixonadamente.

— Como eu gostaria de acreditar em você — murmurou ela.

— Estou dizendo a verdade. Para prová-lo, cumprirei a missão que me foi confiada. Depois, construiremos juntos a *nossa* vida.

*

* *

Quando Ateya e Mark se dirigiam a um restaurante no centro da cidade, um vendedor de pães abordou o americano.

— Três tangerinas por um dólar.

Em árabe, tangerina se diz *Youssef Efendi*, "senhor José", pois este último é considerado o responsável pela introdução do fruto no Egito. Mark pensou no José da Bíblia, talvez inumado no Vale dos Reis, e sobretudo em Mahmud, que assim o contatava.

— Siga-me até o carro preto de quatro portas, na esquina — exigiu o vendedor.

O advogado olhou para Ateya.

— Não posso recusar.

As mãos deles se apertaram bem forte, os olhares se uniram.

Mark entrou na parte de trás do carro.

Mahmud estava com a fisionomia fechada.

— Vamos à casa do Jimmy — ordenou ele ao motorista, que arrancou imediatamente.

O carro tentou enfiar-se no meio de um engarrafamento monstruoso causado por uma colisão frontal entre um ônibus abarrotado e um caminhão que transportava sacos de cimento.

— O motorista não fala uma palavra de inglês — especificou Mahmud, usando essa língua. — Vou levá-lo à casa de Nasser, ele quer vê-lo.

— Qual a razão?

— Um dos meus informantes comentou com ele sobre os nossos encontros e Nasser me interrogou. Eu lhe contei quem você era e como eu o manipulava. Como busca contatos em toda parte, especialmente com os americanos, Nasser quer ter certeza de que você é um elemento confiável, apto a compreender a causa dele.

— Suponho que esse encontro comporte alguns riscos, não?

— Tudo o que diz respeito a Nasser é perigoso — concordou Mahmud. — Mas você não tem escolha.

Mark não protestou. O amor de Ateya tornava-o invencível; ele queria conhecer o homem decidido a fazer Faruk tremer.

— Entrou em contato com o cônego Drioton? — perguntou Mahmud.

— Ainda não. Parece fascinado pela história dos papiros.

— Se o conteúdo deles pode provocar um desastre, melhor seria evitar que aparecessem.

— E se, ao contrário, permitissem evitá-lo?

— Então, encontre-os o mais rápido possível!

— Como devo me comportar na frente de Nasser?

— Um advogado não sabe se adaptar a todas as situações? Previna-se, ele é esperto e perspicaz. Sobretudo não o subestime e não pense em enganá-lo com piruetas verbais. Seja preciso e decidido. Transmitiu as informações para a CIA?

— O meu amigo John está começando a estudá-las[1].

O carro parou a uma boa distância da casa de Jimmy, nome em código de Nasser. Sob a proteção de vários homens armados, Mahmud e Mark Wilder percorreram a pé o fim do trajeto até uma casa de Manchiet el-Bakri, um bairro do Cairo. Vigiada noite e dia por sentinelas, ela havia sido transformada no quartel-general da revolução. Ali Nasser guardava armas e reunia os seus colaboradores mais próximos para montar melhor os planos da luta.

Modestamente mobiliada, no entanto, a residência possuía um conforto aceitável para o tenente-coronel cativado pelo Ocidente, mas que impunha a si mesmo um dever de austeridade e não renunciava ao sofá obrigatório, às almofadas e à sala de visitas tradicional. Oficialmente, o dono da casa sempre recebia velhos amigos, praticando a hospitalidade característica dos egípcios, que diziam consagrar-se a sessões de espiritismo.

A polícia de Faruk não havia notado nada suspeito e Nasser continuava a ser um completo desconhecido.

Entretanto, assim que Mark o viu, teve consciência do poder psíquico e físico desse colosso de um metro e oitenta e quatro.

---

[1] Sobre os contatos dos Oficiais Livres com a CIA, consultar Miles Copeland, *The Game of Nations*, Nova York, 1969.

O olhar e o nariz eram os de uma águia pronta a cair sobre a presa, sem lhe dar a menor chance de escapar.

— Estou feliz em recebê-lo na minha casa — disse Nasser, com um meio sorriso inquietante. — Sente-se. Quer chá?

— Naturalmente.

O advogado se perguntou se sairia vivo daquele antro, uma espécie de colmeia onde, sem descanso, trabalhavam os partidários do chefe oculto da revolução.

— É amigo de Faruk, senhor Wilder?

— Fui convidado para o casamento dele e para um encontro no Escaravelho, na companhia de Pulli. Ele quer me confiar os seus processos.

— Aceite — recomendou Nasser. — Se não, ele vai desconfiar e lhe causará problemas. O que os Estados Unidos pensam sobre a situação egípcia?

— Faltam-lhes informações e se satisfazem com as aparências: um rei que controla o país, e o canal de Suez, elemento vital da economia, nas mãos dos ingleses.

— Não perceberam a humilhação do exército?

— Seria realmente possível fazer oposição às forças britânicas? Os Estados Unidos acreditam na democracia e na emancipação dos povos. Qualquer evolução que caminhe nesse sentido será apoiada.

— Não esperem exportar para o Egito o seu modelo democrático — disse Nasser, categoricamente. — Dar privilégios ao meu povo seria o mesmo que deixar criancinhas na rua, e elas seriam logo atropeladas. O que precisamos é do fim da tirania, a volta ao nacionalismo e ao islã tradicional, afastando a violência. Podemos ter sucesso, desde que sejamos ouvidos e compreendidos. Diante da sua posição de jurista e de homem político, aceita transmitir o meu projeto às autoridades americanas e pedir-lhes, no mínimo, uma estrita neutralidade?

— Aceito.

— Os americanos e os ingleses não são fiéis aliados? No entanto, estes últimos são nossos ocupantes e nos oprimem. Essa injustiça se torna intolerável. Se os Estados Unidos admitirem isso, eu lhes serei reconhecido.

— Também farei com que o saibam.

— Seja um mensageiro eficiente, senhor Wilder, e evitaremos uma tragédia. Sobretudo, fique convencido de que, aconteça o que acontecer, irei até o fim.

37

— Fique, Mahmud — ordenou Nasser. — Temos de conversar.

O agente de ligação dos Oficiais Livres tentou manter a calma. Mark havia saído são e salvo do Q.G. da revolução, mas será que ele teria a mesma sorte? Se Nasser tivesse conhecimento do seu verdadeiro papel, só lhe restariam alguns minutos de vida.

O chefe consultou o dossiê Wilder. Conforme o seu método, ele continha sobretudo fotografias, em diversos ângulos. Nasser achava que não existia recurso melhor para se conhecer um indivíduo e saber como usá-lo.

— O que acha desse americano, Mahmud?

— Ele banca o turista, enquanto cumpre a missão que a CIA lhe confiou. Mas o comportamento dele era revelador e consegui identificá-lo. Graças a ele, estamos em contato com a rede de espionagem americana implantada há pouco tempo no Egito.

— Quais são as verdadeiras intenções dos Estados Unidos?

— Não sei. Provavelmente, Wilder também não. Ele acabou de descobrir a situação explosiva e deve aguardar a decisão dos chefes.

— Você e seus homens não saiam do pé dele. Ao ver as fotos, esse sujeito me pareceu interessante. E não me decepcionei. Ele vai compreender rapidamente que Faruk não passa de um odre cheio de vaidade e de um tirano desgastado, incapaz de agir, a tal ponto a corrupção e a luxúria lhe obscurecem a visão. Então, ele se voltará para nós, Oficiais Livres, e nos ajudará a tomar o poder.

— Mesmo assim devemos ficar de sobreaviso — recomendou Mahmud. — Como o senhor mesmo lembrou, os americanos são aliados dos ingleses.

— Os Estados Unidos farão o seu próprio jogo, tenho certeza. E são eles que nos fornecerão as armas para nos livrarmos do ocupante. Você trabalhou bem, Mahmud, ao descobrir esse Wilder.

Descontraído, Nasser acendeu um cigarro e começou a ler um jornal inglês. Todos os dias, ele se obrigava a examinar a imprensa nacional e internacional, guardando o que lhe poderia ser útil no futuro.

A conversa havia terminado.

Com a camisa molhada de suor, Mahmud saiu da casa de Manchiet el-Bakri, montou numa motocicleta e rodou para o centro do Cairo.

Então, o chefe da revolução confiava nele. Aliviado, Mahmud se daria ao luxo de tomar alguns copos de uísque antes de dormir.

De alto risco, o encontro entre Nasser e Mark Wilder havia terminado de maneira favorável. Em vista da personalidade violenta daquele homem conhecido por *bikbachi*, "o filho do carteiro", o americano faria um relatório determinante para John. E a CIA nunca daria ajuda a uma pessoa tão perigosa.

A revolução seria reprimida no ovo, e o Ocidente obrigaria Faruk a reformar pacificamente o Egito, modelo do Oriente Médio e garantia da paz. Caminhando de mãos dadas, o desenvolvimento econômico e o progresso social se alimentariam do exemplo europeu, afastando os extremistas.

Finalmente, Mahmud podia alegrar-se.

*
* *

Ateya abriu a porta e se atirou no pescoço de Mark.

— Não parei de tremer — confessou ela. — E, sem dúvida, bebi um pouco demais.

— Para ser sincero, quase morri de medo.

Eles se despiram mutuamente, esfomeados de prazer.

Deitados de costas, lado a lado, de mãos dadas, desfrutaram o milagre dessa união. Durante os intensos minutos de felicidade, haviam esquecido tudo o que não fosse o seu amor.

— Com quem você se encontrou? — perguntou a jovem.

— Com Nasser, um Oficial Livre, que é o chefe oculto de um grupo de revolucionários.

— Existem dezenas como ele, quase todos manipulados pela polícia secreta de Faruk. Israel destruiu o exército egípcio, e a Inglaterra não lhe fornece os recursos para se reconstruir. Várias facções sonham com a independência, mas o grosso da tropa não as seguirá. Os generais nomeados pelo rei controlam-na com punho de ferro.

— Mesmo assim, esse Nasser me impressionou... Ele parece determinado a agir.

— Um mata-mouros como tantos outros! A revolução acabará em discussões nos cafés e em piadas cairotas. Preciso falar com você sobre um personagem realmente importante: o cônego Drioton.

— O abade Pacômio conseguiu marcar um encontro?

— Ele e você jantarão hoje à noite na casa do cônego!

— Você o conhece?

— Pacômio me pediu que lhe fizesse um retrato dele para que não se surpreenda demais. Venha, preparei uma refeição ligeira.

Vestidos com uma djelaba[1] azul-clara, eles saborearam um *kochari*, prato composto de arroz, lentilhas e cebolas grelhadas, e um delicioso creme de baunilha e flor de laranjeira.

— Étienne Drioton nasceu em Nancy, na França, em 21 de abril de 1889 — esclareceu Ateya. — O pai dele editava obras religiosas e o jovem Étienne se aproveitou disso para publicar uma gramática do egípcio hieroglífico. Apesar do engajamento cristão, a antiga civilização dos faraós o atraía de maneira irresistível. Georges Benedite, de confissão israelita e diretor do Museu do Louvre, conseguiu incluir Drioton, sacerdote católico, na sua administração, que, no

[1] Veste longa, de mangas largas, usada por homens e mulheres no mundo árabe. (N. T.)

entanto, era muito fechada! Cônego honorário da catedral de Nancy e ao mesmo tempo egiptólogo, ele realizou a sua primeira missão no Egito em 1924 e foi nomeado diretor do Departamento de Antiguidades em 1936, sucedendo a Pierre Lacau.

— Lacau, o inimigo irredutível do meu pai, Howard Carter!

— Ninguém sentiu falta do antecessor de Drioton, a quem o governo fez uma imposição: não usar a sotaina de sacerdote. Dirigir a arqueologia egípcia, tudo bem, mas não vestido de padre! O amor pela profissão e o senso de humor fizeram com que ele concordasse. E desde 1936 ele segue a carreira de pesquisador e administrador, formando, também, jovens cientistas. Mas isso não é o essencial. Drioton se tornou um dos amigos de Faruk que o considera o seu egiptólogo oficial, pois o dissuadiu de comprar algumas falsificações e evitou que o rei se ridicularizasse. Além do mais, o cônego ensinou o monarca a descobrir as maravilhas da arte faraônica ao fazê-lo visitar os grandes sítios arqueológicos. Conquistado, Faruk lhe concede os créditos necessários para o bom funcionamento do Departamento de Antiguidades. E o rei não hesita em abrir o próprio bolso para financiar algumas escavações. Em compensação, as frequentes visitas de Drioton ao palácio atraíram fortes inimizades. Ele é considerado um vassalo do tirano e os inimigos não hesitam em lhe armar ciladas para pôr em dúvida a sua moralidade. Até o momento, a prudência e a perspicácia do cônego triunfaram. Por fim, Drioton possui uma especialidade notável: ele é o único egiptólogo capaz de decifrar as inscrições hieroglíficas redigidas segundo um código criptográfico, quer se trate de algumas linhas no lado plano dos escaravelhos, quer se trate de textos longos. Desenvolveu um método de leitura dessa escrita secreta que provoca a fúria do colegas, mas que ele teima em defender.

— Então, ele saberia traduzir as inscrições enigmáticas das capelas de Tutancâmon e as inscrições, provavelmente criptografadas, dos papiros!

— Sem dúvida nenhuma. Faz muito tempo que o cônego obteve a seguinte certeza: segundo alguns textos irrefutáveis, desconhecidos do grande público, os sábios do Egito eram monoteístas. Mas será que o seu lado de sacerdote pode realmente aceitar todas as consequências da descoberta do egiptólogo?

— O homem deve estar bem dividido — afirmou Mark.

— Não é isso o que aparenta! Essa entrevista poderá ser decisiva. Se Faruk conseguiu os papiros de Tutancâmon, inevitavelmente Drioton conhece o esconderijo.

38

Um pouco gordo, o cônego Drioton era um homem jovial, com um franco aperto de mãos. Ele havia trocado o tarbuche oficial, nem muito alto nem baixo demais, por uma boina e fumava um cachimbo. Com o terno clássico, usava uma gravata de um vermelho vivo e não se podia duvidar que esse alto funcionário de um Estado muçulmano havia recebido autorização da hierarquia eclesiástica romana para usar trajes profanos.

Drioton recebeu calorosamente o velho amigo Pacômio e Mark Wilder. Ele lhes apresentou as duas mulheres que cuidavam da sua casa funcional, a mãe e uma das suas irmãs, religiosa secularizada.

De origem borguinhona, a mãe do cônego era uma cozinheira excepcional e os que tinham a oportunidade de serem convidados para a sua mesa guardavam uma grata recordação. Amante da boa mesa, o clã Drioton tinha, também, tendência para engordar.

— Como está de saúde, meu caro Pacômio?

— Muito bem, meu caro cônego.

— Acho que você e o seu amigo vão se regalar. Depois de algumas entradas, a minha mãe os fará saborear um pato com azeitonas, incrementado com um molho cujo segredo só ela sabe. A que devo a honra deste encontro com um novo conviva?

— Mark Wilder é um grande advogado e um político americano que se apaixonou pelo Egito e fez questão de conhecê-lo.

— Fico lisonjeado, senhor Wilder! Não passo de um modesto pesquisador a serviço da egiptologia, essa ciência magnífica e complexa que nos permite decifrar uma prodigiosa civilização. O que acha de um pouquinho de *meursault*[1] como aperitivo? Continuaremos com um borgonha tinto.

— O senhor está bem instalado — observou Mark.

— Ah, até já coabitei com hóspedes ilustres! Pouco depois da minha chegada, alguns sarcófagos de reis e rainhas ficaram guardados aqui. Todas as manhãs, eu dizia a missa na presença deles, esperando não importuná-los demais. Quase lamentei quando partiram, tão íntimos me pareciam esses fiéis silenciosos.

A reputação da senhora Drioton não era indevida. Até um asceta que viesse dos confins do deserto não resistiria ao talento dessa hábil cozinheira.

— Tem algum centro de interesse especial, senhor Wilder? — perguntou o cônego.

---

[1] Famoso vinho branco da Borgonha. (N. T.)

— Os tesouros de Tutancâmon.

— Meu Deus, eu compreendo! A descoberta de Howard Carter deslumbrou o mundo inteiro. Infelizmente, tantos anos depois, o estudo aprofundado dessas maravilhas está longe de terminar.

— Encontrei sir Alan Gardiner, em Londres, e ele lamentou que Carter não tenha conseguido publicar um grande estudo científico sobre o seu trabalho de titã.

— É verdade, eram previstos seis volumes. Gardiner está em contato com as autoridades egípcias para levar a cabo esse projeto, mas estamos no Oriente, onde a arte da paciência atinge o seu apogeu.

— A minha curiosidade se refere sobretudo aos papiros — explicou Mark.

Por alguns instantes, o garfo do cônego permaneceu suspenso no ar.

— Quais papiros?

— Os que estavam na tumba de Tutancâmon.

— Está no caminho errado, senhor Wilder! Carter esperava encontrá-los, mas ficou cruelmente decepcionado. Nem uma folha de papiro!

— Howard Carter sabia ler hieróglifos?

— Ele era um autodidata, crime supremo aos olhos dos acadêmicos! Não cessaram de caluniá-lo e tratá-lo de ignorante, embora ele lesse perfeitamente os hieróglifos e os escrevesse igualmente bem. Em maio de 1919, ele até escreveu no livro de anotações pessoais de um diretor da irrigação[1] uma dedicatória inspirada num texto antigo referente às "forças (*kaou*) da sua casa"! Pobre Carter...

---

[1] Trata-se de Gino Antonio Lucovich. O texto foi publicado por T. G. H. James: *The Path to Tutankhamun*, Londres, 1992, p. 206.

O caráter íntegro e a recusa em fazer concessões prejudicaram-no demais.

— No que se refere aos eventuais papiros de Tutancâmon, não tem nenhum dúvida?

— Nenhuma — afirmou Drioton. — Esqueça essa quimera e dedique-se às obras-primas bem reais. Ao menos, espero que não acredite na maldição do faraó. Que história absurda! Evidentemente, quando a imprensa publicou as fórmulas horripilantes contra os profanadores, todo o mundo tremeu! Ainda me lembro delas: "Que sejam exterminados todos aqueles que aviltarem o meu nome e a minha tumba; destruirei qualquer um que passar pela soleira da minha morada sagrada, eu que vivo eternamente! As asas da morte atingirão os saqueadores." Impressionante, não é? Detalhe embaraçoso: esse texto é pura invenção dos jornalistas e ocultistas carentes de sensacionalismos! Nem uma única dessas frases figurava na tumba ou nos objetos que lá estavam. Essa mistificação causou muitos danos a Carter. Ele foi acusado de explorar a credulidade humana para se tornar uma figura célebre da atualidade.

— Alguns membros da equipe de Carter não morreram em circunstâncias estranhas? — perguntou Mark.

— Absolutamente não! — vociferou Drioton. — Gardiner, que estudou as inscrições da tumba, continua forte como um touro, como pôde constatar. E o doutor Derry, encarregado de necropsiar a múmia, está bem vivo! O fotógrafo, Harry Burton, muito amigo de Carter, só morreu em 1940, aos sessenta e um anos de idade. E eu poderia enumerar todos os outros casos! Não dê nenhuma atenção a essas patacoadas, elas eram destinadas apenas à venda de artigos para os jornais e prejudicaram a reputação de Carter.

— Pode acontecer de arqueólogos esconderem as suas descobertas?

Drioton engasgou. Um copo de borgonha fez descer o pedaço de pato e lhe permitiu recuperar o fôlego.

— Não compreendo a sua pergunta.

— Suponhamos que uma descoberta seja um pouco... explosiva demais. Sentindo-se responsável por eventuais distúrbios, o cientista não impõe a si mesmo a lei do silêncio?

— Muitas vezes ocorrem atrasos nas publicações devido a circunstâncias financeiras — concordou Drioton —, mas só isso. Em que exemplo específico está pensando?

— Nos papiros de Tutancâmon. Se eles contêm revelações que possam pôr em perigo o equilíbrio desta região, e até mesmo de outras mais, a melhor solução não seria pô-los num local seguro, longe de olhares indiscretos?

— Improvável — julgou o cônego —, ainda mais que eles nunca existiram! Vamos saborear duas sobremesas preparadas pela minha mãe, um crème brûlée[1] e um suflê de limão. E tenho separado um armagnac envelhecido destinado aos meus convidados importantes.

Estranhamente silencioso, o abade Pacômio regalava-se.

— Estudei alguns arquivos de Carter — revelou Mark. — Depois dos Estados Unidos e da Inglaterra, agora vou dedicar-me ao Egito. Suponho que o Museu do Cairo, em especial, possua inúmeros documentos.

— De fato — reconheceu Drioton.

---

[1] Sobremesa feita de um pudim de creme cozido, coberto de açúcar caramelizado com maçarico. (N. T.)

— Eu poderia ter acesso a eles?

— Em teoria, por que não? Mas museu é museu, uma verdadeira caverna de Ali Babá onde, às vezes, é difícil se encontrar!

— Imagino a amplitude das suas diversas obrigações, senhor cônego, e ficaria consternado em importuná-lo. De qualquer maneira, e sem perda de tempo, aceitaria me ajudar?

— Claro, claro... Vou pedir uma autorização. Mas não tenha muita pressa! É preciso obter o consentimento de vários responsáveis, sobretudo para que lhe entreguem os arquivos em questão. Com tato e paciência, temos uma boa possibilidade de conseguir.

— Gostaria de pedir mais um favor.

Drioton franziu o sobrolho.

— A sua reputação de especialista em criptografia ultrapassou as fronteiras. Poderia me mostrar como consegue ler um texto em escrita enigmática?

Um largo sorriso iluminou o rosto do cônego.

— Um instante.

Ele saiu da mesa e, num passo rápido, foi ao escritório, de onde voltou trazendo um escaravelho de faiança.

Enquanto saboreava o armagnac, Drioton decifrou o texto inscrito no lado plano do escaravelho, votos de felicidade e de vida longa destinados ao faraó.

39

Na biblioteca do abade Pacômio reinava uma atmosfera estranha que Mark não havia sentido em nenhum outro lugar. Os milhares de livros antigos não eram objetos inertes e sim guardas vigilantes, encarregados de proteger uma sabedoria que não estava incluída nos acontecimentos profanos.

— Essa maldição de Tutancâmon não passa realmente de uma mistificação? — preocupou-se Mark.

Pacômio pegou numa prateleira um grosso volume consagrado às inscrições hieroglíficas da décima oitava dinastia, a de Tutancâmon, e mostrou ao seu visitante a advertência de Ursu, um grande dignitário: *Aquele que violar a minha tumba na necrópole será um homem odiado pela luz, não poderá receber a água no altar de Osíris, morrerá de sede no outro mundo e não poderá transmitir suas riquezas aos seus filhos.*

— Drioton evitou citar textos autênticos como este, pois não acredita no poder mágico dos antigos egípcios, que ele prefere negar. No caso de Tutancâmon, tudo começou em 6 de novembro de 1922, em Luxor, um pouco antes da descoberta da tumba, quando uma naja devorou o canário de Carter, dentro da casa dele. Para os habitantes da margem oeste não havia dúvidas: o espírito do rei, sob a forma do temível uraeus, fazia uma séria advertência ao arqueólogo. O pássaro dourado certamente anunciava a descoberta de uma tumba cheia de ouro, mas, também, uma tragédia. Eu estava presente quando Carter e lorde Carnarvon procederam à abertura da câmara funerária. Um dos inimigos deles, um inspetor do Departamento de Antiguidades chamado Arthur Weigall, não havia sido autorizado a acompanhá-los e teve de se contentar em assistir ao triunfo de Carter e lorde Carnarvon sentado no parapeito que dominava a última morada de Tutancâmon. Ao ver Carnarvon subir a escada, Weigall disse a um repórter: "Se ele descer com esse estado de espírito, não lhe dou mais do que seis semanas de vida." E seis semanas depois Carnarvon estava morto. Falou-se de uma picada de mosquito, que teria infeccionado, e, também, de um objeto pontudo, como uma flecha real, que o teria ferido. Seja o que for, na hora em que ele morreu, à 1h55 do dia 5 de abril de 1923, todas as luzes do Cairo se apagaram e ninguém pôde explicar essa pane incrível. Nesse mesmo instante, Suzy, a fox terrier de Carnarvon que ficara em Highclere, ganiu desesperada e acompanhou o dono no Além. Depois da necrópsia da múmia de Tutancâmon, em 1925, deu-se a entender que o faraó e o lorde tinham o mesmo ferimento na testa.

O criador do famoso detetive Sherlock Holmes, Conan Doyle, não hesitou em dar um diagnóstico, afirmando que Tutancâmon havia matado o profanador. E as mortes brutais dos visitantes da tumba continuaram, mormente as do meio-irmão de lorde Carnarvon e de Arthur Mace, um dos principais colaboradores de Carter. Uma espécie de pânico espalhou-se pela Inglaterra, onde colecionadores particulares enviaram os objetos egípcios que possuíam ao Museu Britânico, com medo de serem vítimas da maldição. Políticos americanos, sérios e respeitados, pediram que as múmias mantidas nos museus fossem estudadas para saber se não apresentavam nenhum perigo para os visitantes. Quanto ao profeta da desgraça, Arthur Weigall, ele sucumbiu a uma "febre desconhecida" e foi considerado a vigésima primeira vítima de Tutancâmon.

— Mas o principal responsável pela descoberta, Howard Carter, sobreviveu!

— De uma maneira bem estranha — relembrou o abade Pacômio. — Dez anos de trabalho estafante, durante os quais ele foi atacado todo o tempo, e até expulso da tumba, nenhum reconhecimento oficial, a solidão, uma longa doença e mais nenhum local de escavação, como se Carter nunca houvesse provado nada.

Mark ficou abalado.

— Essa maldição... O senhor acredita nela?

— Se existisse, você desistiria de procurar os papiros?

A gravidade da pergunta e o fato de o abade tratá-lo por "você" impressionaram o americano.

— O medo nunca me impediu de ir em frente.

— Existe um demônio particularmente temível, o Salawa, dotado do poder do deus Seth que pode desencadear tempestades e cataclismos. Ele semeou o terror em Luxor quando o seu pai escavou a tumba de Tutancâmon e, depois, adormeceu por muitos anos. Agora, ele despertou e tentará impedir que você tenha êxito.

— Qual o aspecto dele?

— O aspecto do pior dos predadores: o de um homem. Enquanto permanecer no estado de chacal, ele se limitará a guardar as necrópoles e a afastar os profanos. Mas, se se transformar em humano, estará pronto para matar e destruir.

— O senhor tem um meio de combatê-lo?

— Espero que sim — afirmou o abade Pacômio. — Na primeira fase, vou confeccionar um talismã que deverá carregar sempre com você. Ele evitará que lhe aconteça o pior.

Apesar das suas certezas de homem moderno e racional, Mark sentia-se pouco à vontade.

Com um junco cortado bem fino, Pacômio desenhou vários hieróglifos num pedaço de papiro de excepcional qualidade: um espelho, que significava "vida", o pilar "estabilidade", a coluneta com o capitel floral "desabrochamento" e o tecido dobrado "coerência". Ele acrescentou a imagem do duplo leão, "ontem e amanhã", e completou com uma oração a Ísis, protetora do filho Hórus que procurava Seth para destruí-lo.

A tinta especial era composta de água-de-rosas, açafrão e coentro. O abade enrolou o papiro e incensou-o demoradamente. Em seguida, entregou-o a Mark.

— Não se separe dele, e que o deus oculto, pai dos pais e mãe das mães, o proteja. O demônio das trevas perceberá a presença do talismã e não ousará aproximar-se de você, com medo de ser vítima das chamas.

Cético, mesmo assim o americano aceitou tomar essa precaução.

— E se o Salawa for um assassino humano a serviço de pessoas que não querem que os papiros de Tutancâmon apareçam?

— Pode ter a certeza de que ele se comportará como tal. Graças à magia, você perceberá quando ele se aproximar. Em seguida, terá de lutar. E ninguém sabe como terminará o combate.

— Quem o manipula?

— Saberei em breve.

— Drioton está decidido a me ajudar?

— Ele conseguirá a autorização para que consulte os arquivos de Carter, e neles, talvez, você encontre preciosas indicações. Porém, o nosso caro abade, que ficou na defensiva, ainda tem muito a ensinar. Vocês tornarão a se encontrar e deverá fazer com que ele se abra. Sob a máscara da bonomia, o cônego é um homem decidido e corajoso. E defenderá o amigo Faruk, porque, a seu modo, ele serve à causa da egiptologia.

— Em outras palavras, tenho de me armar de paciência!

— Você se encontrou com Nasser? — perguntou Pacômio num tom distraído.

— Ele também é um sujeito decidido, mas sem nenhuma bonomia! Esse oficial é um chefe guerreiro. Na minha opinião, seria um erro grave não levá-lo a sério.

— Mahmud não estava errado... Nasser é mesmo o chefe oculto da revolução. O que ele quer de você?

— Que eu peça a ajuda da CIA, ou, no mínimo, a neutralidade.

— Não vejo como os Oficiais Livres conseguiriam convencer o exército a derrubar Faruk. Esse tirano pesadão continua a ser temido e parece dominar o país com firmeza.

— Cumprirei a missão relacionada ao meu amigo John — prometeu Mark — e o meu papel termina por aí.

— É o que esperamos.

— Acha que Faruk guarda os papiros de Tutancâmon?

— Não sei. Um amigo vai levá-lo para casa.

O americano pareceu embaraçado.

— Não precisa esconder nada de Ateya — declarou o abade. — Ela é uma mulher de confiança e ainda tem maravilhas a lhe mostrar.

40

Naquele mês de dezembro, ensolarado e ameno, a estação das escavações em Luxor estava no auge. O Professor inspecionava todas as obras para se assegurar do avanço dos trabalhos e do bom andamento das buscas. Todos temiam o seu julgamento, pois, a qualquer momento, ele podia criar dificuldades, ou, então, facilitar a vida das equipes. Por sorte, o Professor acabara de se livrar da egiptóloga francesa baixinha, superexcitada, que dizia saber tudo; ela continuaria a agir em Paris, mas não perturbaria mais a serenidade da margem oeste da antiga Tebas.

Na entrada do Vale dos Reis, um mestre-de-obras abordou o Professor. Alto, com o rosto cheio de rugas, ele parecia abalado.

— Posso lhe falar, Professor?

— Sou todo ouvidos.

— O Salawa voltou.

— Isso não passa de uma lenda, meu amigo.

— O senhor sabe muito bem que não! Ele levou mais uma criança na noite passada, e nós encontramos o cadáver no caminho que leva ao cume do Ocidente, onde reina a deusa do Silêncio. Consultamos vários xeiques e todos eles foram categóricos. O Salawa é o autor do crime!

— Você alertou a polícia?

— De nada adiantou, a polícia está com muito medo de atrair a ira do demônio! Durante a exploração da tumba de Tutancâmon, o Salawa aterrorizou sem cessar a região; depois, voltou para as trevas. Muitas pessoas acham que o senhor interferiu para fazê-lo renascer, usando as fórmulas mágicas dos Antigos.

— Eles me atribuem poderes que não tenho.

— É preciso agir, Professor! Vários operários estão doentes e não querem mais trabalhar nas escavações.

— O Salawa atacou alguma família em especial?

— A do chefe da equipe de Howard Carter.

— É importante que os membros dessa família não falem com ninguém e que mantenham os filhos dentro de casa. O Salawa detesta os tagarelas.

— O senhor... O senhor vai impedir que ele cause mais danos?

— Peçamos a Deus que nos proteja, meu amigo.

O Professor almoçou com dignitários da província que ele mantinha a par dos programas de escavações. E ele não deixava de dar as quantias necessárias para as obras de caridade, de modo a preservar um necessário clima de simpatia.

Um deles lhe sussurrou ao ouvido:

— A população da margem oeste parece abalada com uma história de alma do outro mundo e voltou a falar da maldição de Tutancâmon... Naturalmente, você nega isso.

— Naturalmente. Aconselho que espalhe alguns policiais para acalmar os ânimos.

— Excelente ideia. Não devemos afastar os turistas. Luxor precisa do dinheiro deles.

— Fique tranquilo, esse incidente não terá nenhuma consequência.

Ao pôr-do-sol, o Professor voltou para a sua confortável casa funcional. Depois de classificar os relatórios, dispensou os empregados, acendeu um cigarro e releu as passagens do *Livro dos Mortos* consagradas a Anúbis, o deus com corpo de homem e cabeça de chacal, que conhecia os segredos do Além e os caminhos que levavam do visível ao invisível.

De repente, todas as luzes da casa se apagaram.

E o cigarro se consumiu sozinho.

O Professor nem tentou acender uma vela, pois o pavio seria imediatamente consumido. Tentando acostumar-se à penumbra, ele se resignou a esperar.

Alguém bateu na porta.

Batidas surdas, como se fossem provocadas por um objeto metálico.

Seria inútil abrir a porta, o visitante conseguia atravessar todas elas.

O Salawa se movimentava sem ruído, como se não pesasse nada. No entanto, ele havia assumido a aparência de um gigante com um peito enorme, mas com cabeça fina e alongada, lembrando a de um chacal. Apesar da penumbra, ele transmitia uma sensação de selvageria.

— Então, está de volta! Por que acordou?

As mãos do Salawa eram particularmente impressionantes, o tamanho dos dedos ultrapassava consideravelmente o normal. Pegando uma cadeira, sem nenhum esforço aparente, ele a quebrou em vários pedaços.

— Então, a situação é realmente grave... É a alma de Howard Carter que clama por justiça?

O Salawa concordou com um aceno de cabeça.

— Aterrorizar a margem oeste e matar crianças não são suficientes para eliminar o perigo — concluiu o Professor.

O Salawa concordou novamente.

— Não é em Luxor que identificaremos o responsável ou os responsáveis — arriscou ele. — Temos de ir ao Cairo?

A cabeça do Salawa inclinou-se pela terceira vez.

— Entendido, eu cuido de tudo. Volte ao seu antro e vá à estação depois de amanhã. Tomaremos o mesmo trem.

O Salawa se retirou, as luzes se acenderam.

O Professor ficou preocupado. No Cairo, o assassino surgido das trevas estaria em terreno desconhecido e a sua eficiência poderia diminuir. Teria de enfrentar condições pouco propícias e bem diferentes das existentes na margem dos mortos. Entretanto, graças às fórmulas extraídas dos livros de feitiçaria, o Professor esperava tirar o melhor partido dessa arma temível.

Qual seria o seu alvo, quem ressuscitava Howard Carter, por que tentavam exumar uma verdade tão bem enterrada?

O Professor abriu o cofre da parede no qual guardava, lacrado, o mais precioso de todos os seus dossiês, consagrado ao caso Tutancâmon e à descoberta dos papiros, cujo conteúdo deveria permanecer em segredo para sempre.

Os lacres de cera vermelha estavam intactos.

Alguém desejava quebrá-los e concluir a obra de Carter, felizmente detido pela maldição que o impedira de publicar os papiros e revelar ao mundo a amplitude da mensagem de Tutancâmon.

A humanidade se degradava dia a dia, o Oriente Médio não demoraria a pegar fogo, o fanatismo e a estupidez reinariam como senhores absolutos. Nada deveria obstruir o avanço das trevas. Graças ao Salawa, o Professor eliminaria os adversários e ninguém quebraria os lacres.

41

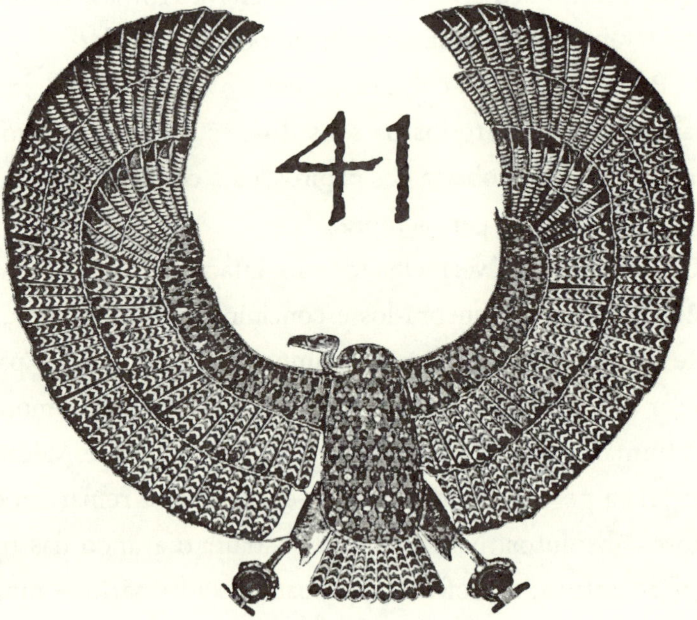

Garden City era um dos lugares mais agradáveis do Cairo. Estrangeiros e egípcios ricos gostavam de frequentar aquele enclave vitoriano, a salvo dos aspectos negativos da capital. Ali se misturavam o conforto da velha Europa e o charme do Oriente. Nada de casas deterioradas e calçadas esburacadas, e sim um luxo de bom gosto. Quem poderia saber que, no tempo das divindades, o local presenciara o terrível combate entre Hórus e Seth, do qual dependia o destino do Universo? Hórus tinha de dominar Seth e não matá-lo. Do controle do poder sethiano nasceria o equilíbrio dinâmico, indispensável ao desabrochar da vida.

John sentou-se de frente para Mark.

Um garçom apressou-se em lhes trazer dois uísques e aperitivos. O bar de mogno não deixava nada a desejar aos similares vitorianos de Londres e era banhado por um sol reconfortante.

— Um recanto de sonho... Quando estou aqui, bebericando um aperitivo, não me canso de olhar a ilha de Rodah. Esta cidade tem algo de monstruoso e de fascinante ao mesmo tempo. Ela não devia ser tomada por distúrbios.

— Eu me encontrei com Nasser, provavelmente no seu quartel-general, fora do alcance da polícia de Faruk.

— Quais as suas impressões?

— Um homem poderoso, temível e decidido. Ele não tem medo de nada, nem de ninguém, e irá até o fim. No seu lugar, eu o levaria a sério.

— Ele lhe confiou alguma missão?

— Pedir o apoio da CIA, ou, no mínimo, a sua neutralidade.

— Alguma especificação sobre os projetos dele?

— Nenhuma. Estou convencido de que Mahmud o considera o homem da situação, capaz de fomentar uma verdadeira revolução.

— Consegui informações interessantes sobre esse Nasser — revelou John. — Depois de estudar direito, em 1937 entrou para a Academia Militar do Cairo e fez sólidas amizades com aqueles que posteriormente formariam o círculo dos Oficiais Livres. Eles conversavam sobre o país doente, sobre a Revolução Francesa e a queda da Monarquia, sobre o grande movimento popular em direção à liberdade. Nasser leu muito, principalmente as obras sobre os grandes guerreiros, como Napoleão, Foch e Churchill. Certamente se alimentou com as publicações dos defensores do islamismo e do nacionalismo árabe, que queriam restaurar a sua antiga potência. Ele até representou o papel de César em *Júlio César* de Shakespeare! Esse homem tem muitas ambições, mas será que tem capacidade para realizá-las? A sua vida familiar é bem tranquila. A esposa, Tahia, de origem iraniana, lhe deu quatro filhos. Tímida, apagada, devota-lhe um profundo respeito e não se permitiria interferir nos negócios dele. Ela não sabe nada e, portanto, não pode ser manipulada. Além do mais, Nasser é do tipo incorruptível. O dinheiro não lhe interessa, ele se satisfaz com a casa funcional de Manchiet el-Bakri, gosta de almoçar e jantar com a família e tem predileção por queijo branco. Distração preferida: o cinema. Na verdade, esse não é o retrato de um revolucionário exaltado e sim o de um sonhador como tantos outros que existem no exército egípcio. O verdadeiro chefe dos Oficiais Livres é o bom general Naguib, totalmente incapaz de impulsionar as tropas e levá-las a tomar o palácio de Faruk!

— Se conhecesse Nasser, John, provavelmente mudaria de opinião.

— Neste país, meu caro, é impossível guardar uma informação confidencial mais do que algumas horas! Se Nasser tivesse a seu dispor uma verdadeira rede, isso significaria que ele é dotado de um senso de segredo quase sobrenatural. E os homens estariam divididos em seções tão isoladas que a polícia de Faruk não conseguiria localizá-los. Puro romance!

— Nasser leu muito e talvez tenha se inspirado em grandes estratégias.

— Estamos no Oriente, todo mundo fala demais.

— Se ele descobriu esse ponto fraco, Nasser pôde avançar na surdina.

John acendeu um charuto.

— E não teria convocado você para ir à casa dele. Nasser age como porta-voz dos Oficiais Livres e simplesmente quer saber se os Estados Unidos poderiam ajudá-lo a lutar contra a ocupação inglesa.

— E... essa é a intenção do nosso país?

— Não sei, Mark. Transmito os relatórios aos meus superiores e o presidente decide que orientação dar à nossa política internacional.

— Não queremos a paz e a independência dos povos?

— Nem sempre isso é compatível.

— Em todo caso, a minha missão está terminada. Agora é a vez da CIA.

Mark se levantou.

— Sente-se, por favor, e vamos tomar outro uísque.

— Sinto muito, tenho um encontro.

— Eu insisto, Mark. Ainda temos o que conversar.

— Está bem, mas seja breve.

O advogado sentou-se. John soltou uma baforada do charuto.

— Você é um sujeito formidável, Mark, e deve compreender que tem um papel determinante a desempenhar. Se Nasser o recebeu, é porque, no mínimo, confia em você. Portanto, você continua a ser um elemento indispensável.

— Volto a dizer, John: para mim, acabou.

— Vamos, Mark, não perca as estribeiras! A CIA protege o seu amigo Dutsy e a família dele, não se esqueça.

— É uma chantagem?

— Uma troca de favores. Você nos ajuda, nós o ajudamos.

— Vou passar a informação ao Dutsy, ele avisará as autoridades e não precisará mais da CIA. Esqueça-o e esqueça-me. Adeus, John.

— E você? Poderia se esquecer de Ateya?

O advogado empalideceu.

— Sinto muito, meu caro, mas ainda preciso dos seus serviços e usarei todos os recursos para obtê-lo. Ou você coopera ou acontecerá uma desgraça com essa deliciosa jovem a quem você parece muito ligado.

— Seu canalha!

— Não fique nervoso, não é digno da sua parte. Uma partida decisiva está sendo jogada aqui e você é um jogador de primeira linha. Ou Nasser é um utopista, e o seu papel será breve, ou ele é um homem de futuro e os seus contatos com ele nos permitirão ver isso mais claro, ajudando a nossa implantação neste território. Então, você será transformado numa espécie de herói, o que favorecerá a sua carreira.

— Se tocar em Ateya, eu...

— Acalme-se, só estou fazendo o meu trabalho. E se eu desaparecer, outro me substituirá. Outro que não será seu amigo e que vai manipulá-lo como um peão.

— E você ainda ousa falar de amizade!

— Eu gosto de você, Mark. E o que peço não tem nada de assustador: servir de agente de ligação entre Nasser e a CIA. Agindo assim, você serve aos interesses dos Estados Unidos e do Egito. Quando adotarmos uma linha de conduta, você sairá do jogo e será substituído por profissionais. E poderá continuar a tecer o perfeito amor com a sua bela egípcia.

42

Depois de fazerem amor com a impetuosidade de adolescentes, Ateya e Mark ficaram em silêncio por um longo tempo, contemplando o sol que se punha sobre o Cairo.

Em seguida, Mark mostrou o talismã confeccionado pelo abade Pacômio.

— Ele curou muitas pessoas atacadas pelos demônios — explicou ela. — Pacômio é um dos últimos a possuir a ciência das fórmulas de proteção. Graças a este talismã, você estará protegido.

— Ele próprio não está seguro disso — objetou Mark. — O abade teme uma luta particularmente cruel.

— Ao continuar a obra do seu pai e ao procurar os papiros de Tutancâmon, você vai se deparar com muitos inimigos, visíveis e invisíveis. Mas, hoje, estamos juntos.

— Tenho a sensação de que sempre nos conhecemos, Ateya, e que foi preciso percorrer um longo caminho para nos encontrarmos. Essa imensa felicidade eu devo ao Egito e à carta do abade Pacômio.

Mark lhe acariciou o cabelo com ternura, ela se achegou a ele.

— Confesso que estou perdido — continuou ele. — Nasser tenta me manipular, John me prendeu num torno e eu me pergunto se Mahmud é sincero.

— Não perca de vista o seu objetivo essencial: encontrar os papiros de Tutancâmon.

— Para consegui-lo é preciso, sem dúvida, que eu me aproxime de Faruk... E o homem parece perigoso.

O telefone tocou.

Ateya atendeu, ouviu sem dizer uma palavra e desligou.

— Era o nosso aliado copta do Mena House, onde você reside oficialmente. Chegou uma mensagem de Pulli, convidando-o para tomar um drinque no bar do Shepheard amanhã, às 18 horas. Se Pulli perguntar o seu novo endereço, dê a ele e diga que lhe parece mais prático para trabalhar e para as reuniões de negócios.

*

* *

Construído em 1841 por um inglês apaixonado pelo Cairo e reformado uns cinquenta anos depois para dispor do conforto moderno, o hotel Shepheard, na margem oeste do Nilo, ficava onde havia sido o palácio de Bonaparte, conquistador de um Egito que poderia ter se tornado francês se o valente general não tivesse fugido, deixando para os seus subordinados o infortúnio de se atolarem numa derrota da qual a Inglaterra soube aproveitar-se. Um fanático que se havia escondido atrás de um sicômoro remanescente, ao assassinar Kléber pusera fim aos sonhos dos cientistas e militares que participavam da expedição francesa no Egito.

Muito tempo depois da pacificação das lutas, o famoso terraço do Shepheard se havia transformado num lugar de passagem obrigatória para todas as personalidades egípcias e estrangeiras. Os turistas endinheirados iam ali beber depois das visitas e os membros da alta sociedade gostavam de papear, contemplando o espetáculo permanente da rua, povoada de caleches e de vendedores de suvenires. O famoso hotel conservava a lembrança de hóspedes ilustres, como Winston Churchill, e era uma das preciosidades da Inglaterra triunfante. Tomar o chá no Shepheard era um dos momentos mais importantes para quem conhecia o país.

Afável e sorridente, Antonio Pulli parecia nervoso.

— Estou muito feliz em revê-lo, senhor Wilder. É um pouco tarde para o chá... O que acha de um uísque com soda?

Um garçom atlético, usando uma *galabieh* branca presa na cintura por uma faixa vermelha, apressou-se a atender o braço direito do rei Faruk.

— Não está mais hospedado no Mena House?

— Ainda mantenho um quarto — respondeu o advogado —, mas aluguei um apartamento em Zamalek. Lá eu tenho mais facilidade para organizar os meus encontros.

— Realmente, é um bairro muito agradável. Pensou na proposta de Sua Majestade?

— Gosto muito do Egito e quero conhecê-lo melhor. Os investidores americanos não devem ficar decepcionados.

— Excelente, excelente... Espero que não dê ouvidos às críticas infundadas feitas contra Sua Majestade. O rei está totalmente consciente da miséria que atinge uma parte do povo e tomou inúmeras iniciativas, fundando hospitais e escolas, sem falar numa universidade. Graças a ele, temos uma Seguridade Social e o Estado ajuda os mais pobres. Faruk não hesita em usar a própria fortuna, por exemplo, ao lutar contra as moscas responsáveis pelo tracoma, essa temível doença dos olhos. Sabia que ele sobrevoou os campos e lançou milhares de bolas de pingue-pongue que as crianças trocaram por balas? Às vezes, reconheço, o rei se mostra meio brincalhão! Uma vez, depois de mandar soltar codornas nos salões do palácio, ele atirou nas aves e quebrou vários vidros. E os jardineiros temiam que ele os molhasse com a mangueira de irrigação! Simples criancices, bem desculpáveis quando conhecemos o peso das responsabilidades de um monarca.

Mark perguntava-se por que Pulli o gratificava com essas confidências. Sem dúvida, solicitaria um serviço delicado.

— Sua Majestade — continuou ele — tem um pequeno defeito um pouco mais... embaraçoso. Embora possa conseguir tudo o que deseja, o rei tem uma desagradável tendência de roubar objetos, mesmo sem grande valor, em todos os lugares em que se hospeda. Pode ser um simples prato ou um roupão de banho.

— Sua Majestade é cleptomaníaca — julgou Mark.

— Por assim dizer... Na maior parte do tempo, anoto os pequenos furtos e indenizo os proprietários para que não divulguem esses incidentes. Infelizmente, estou às voltas com um teimoso que quer apresentar queixa e alertar a imprensa. Nas atuais circunstâncias isso seria lamentável, muito lamentável. Tudo o que possa abalar a reputação do rei seria ruim para o Egito. Por isso, eu me perguntei se a sua competência de negociador não seria muito útil para nos tirar desse apuro.

Mark tomou lentamente um gole de uísque.

— Por que não, senhor Pulli? Mas com uma condição...

— Qual?

— Suponho que deve ter ouvido falar do arqueólogo britânico Howard Carter.

— O mais famoso dos egiptólogos! A descoberta da tumba de Tutancâmon fascinou o mundo inteiro.

— O rei Faruk se encontrou com Carter?

Antonio Pulli pareceu esquadrinhar a memória.

— Sim, ele se encontrou.

— Sua Majestade se interessava por antiguidades egípcias. O senhor sabe se ele conseguiu objetos provenientes da tumba de Tutancâmon?

— *A priori* — avaliou Pulli — é totalmente impossível.

— O que é impossível para o rei Faruk?

— Um homem pode lhe responder de maneira precisa, e é a ele que deve consultar: o cônego Étienne Drioton.

— Eu o encontrarei novamente, porém gostaria que fosse mais falante. Uma discreta intervenção da sua parte iria ajudá-lo a me contar a verdade.

— Drioton é um homem íntegro, um fiel amigo de Sua Majestade, e...

— Sei que confia na minha competência, senhor Pulli, e eu confio na sua.

— Aceita resolver o pequeno caso que lhe contei?

— Com a condição de que ajude Drioton a sair do silêncio.

— Negócio feito.

— Mande entregar o processo no meu endereço de Zamalek, que o senhor já conhece, não é?

Antonio Pulli se limitou a dar um pequeno sorriso.

43

Ateya levou Mark à casa do abade Pacômio, que desejava falar-lhe com urgência. O erudito estudava um papiro da época ptolomaica cujas fórmulas mágicas afastavam as serpentes, os escorpiões e os demônios da noite. Os antigos egípcios davam grande importância à proteção do sono, período arriscado durante o qual a pessoa adormecida atravessa o mundo subterrâneo antes de renascer com o sol da manhã.

— O cônego Drioton lhe enviou uma carta — declarou o abade. — A administração do Museu do Cairo o autorizou a consultar os arquivos de Howard Carter. Eis duas cartas de recomendação, uma em francês, outra em árabe. Um assistente do curador vai aguardá-lo amanhã de manhã, às 6 horas. Não se atrase.

Então, Drioton aceitava as regras do jogo. Provavelmente Carter fizera uma menção aos papiros, bastava consultar os papéis esquecidos há muito tempo.

— Há um preço a ser pago — revelou Mark. — Impedir um queixoso de acusar o rei Faruk de roubo.

— Brincadeira de criança para um advogado com o seu talento! O rei ficará em dívida com você, Pulli passará a adorá-lo. Grandes apoios nesses tempos difíceis.

— O senhor conhecia a existência desses arquivos?

— Até o jantar com o cônego, eu achava que haviam sumido definitivamente. O Museu do Cairo pode ser um abismo onde preciosas descobertas desaparecem.

— O senhor tem alguma dúvida sobre a sinceridade de Mahmud?

— Quem pode confiar totalmente num agente duplo? No entanto, ele ama o país e quer evitar uma revolução sangrenta. Como os ingleses se recusam a ouvi-lo e qualquer providência direta o condenaria à morte, ele é obrigado a passar por você. Se os Estados Unidos puderem impedir que o Egito afunde no caos, vocês terão feito algo útil, tanto ele quanto você.

*

* *

Ateya e Mark passaram uma noite encantadora, mas o despertar, às 5 horas, foi difícil. O vento daquele começo de janeiro era friozinho e Mark preferia desfrutar por mais tempo do calor de um corpo amoroso de mulher.

Ela lhe serviu um café bem forte, consentiu em tomar uma chuveirada com ele e aconselhou-o a não se atrasar.

O tempo não existia no Oriente, exceto para um burocrata meticuloso imbuído da própria superioridade, sobretudo quando recebia um solicitante que, além do mais, era estrangeiro.

Às 5h55, Mark apresentou-se na entrada do departamento administrativo. Às 6 horas em ponto, foi introduzido no escritório de um homem de bigode e testa baixa, aparentemente muito ocupado em consultar uma pilha de documentos. Com um gesto seco, ele convidou o visitante a sentar. Funcionários entravam e saíam todo o tempo.

Uns vinte minutos depois, ele ergueu a cabeça.

— O que deseja? — perguntou o homem de bigode.

— Obrigado por me receber. O cônego Drioton me deu estas duas cartas de recomendação.

O advogado entregou-as ao homem de bigode, que as leu atentamente.

— Isso será difícil, muito difícil, até mesmo impossível.

— Não estou com pressa.

— Trata-se de dificuldades técnicas insuperáveis. É melhor não perder o seu tempo.

— Poderia fazer a gentileza de me devolver as recomendações do cônego?

Radiante por sair vencedor, o homem de bigode obedeceu.

Mark levantou-se.

— Vou ao palácio — anunciou. — Como tenho o privilégio de trabalhar para Sua Majestade, eu o informarei sobre a maneira como fui tratado.

O homem de bigode agarrou-se aos braços da cadeira.

— Sente-se, por favor!

— Sinto muito. Agora estou com pressa.

— Não, não, não vá embora! Eu o levarei até o responsável pelos arquivos, que tentará resolver os problemas. Siga-me, senhor Wilder.

O arquivista ocupava um escritório cheio de papeladas e documentos. O homem de bigode dirigiu-se a ele em árabe e, diante do tom empregado, impôs o que ele deveria fazer.

— Espero que as suas pesquisas deem frutos, senhor Wilder — concluiu ele, amável e sorridente. — Com licença, outras reuniões me aguardam.

De rosto quadrado, olhos profundamente enfiados nas órbitas e lábios finos, o arquivista não parecia satisfeito.

— Posso ver as cartas de recomendação?

— Aqui estão.

O técnico leu-as devagar.

Trouxeram-lhe café, ele mandou que servissem o visitante. Depois entraram um subordinado pedindo instruções, um amigo de passagem, um primo solicitando ajuda financeira e um burocrata atrás de lápis e borrachas. Conversas cruzadas foram entabuladas e várias xícaras de café esvaziadas.

Sem perder a calma, Mark esperou que o arquivista se resolvesse a cuidar do seu caso.

— Por que quer consultar os arquivos de Howard Carter? — finalmente ele perguntou.

— Pesquisas pessoais.

— São papéis velhos, sem nenhum interesse.

— Nunca se sabe.

— Pode acreditar na minha experiência, senhor Wilder.

— Não a ponho em dúvida, mas gostaria de examiná-los pessoalmente.

Irritado, o arquivista chamou um assistente e mandou que levasse o visitante a uma sala onde estavam amontoados armários de arquivos, sendo que alguns ameaçavam desabar. No centro da sala havia uma mesa e cadeiras. Mark foi convidado a sentar e lhe trouxeram mais café.

Depois de procurar, sem pressa, o assistente pôs na mesa alguns documentos num triste estado de conservação. Tratava-se de um caderno de Howard Carter com as suas escavações e anotações diversas. As relíquias mereciam um destino melhor, mas o advogado queria, acima de tudo, percorrer aquelas páginas que talvez o pusessem na pista dos papiros de Tutancâmon.

Mark não viu as horas passarem e ninguém ousou incomodá-lo.

Infelizmente, nenhum resultado, nem o menor indício.

Ao que tudo indicava, Drioton conhecia os arquivos e sabia que não continham nada relacionado aos papiros. Por isso permitira que o americano os consultasse.

Depois das indicações dadas por Antonio Pulli, a situação evoluía. Inevitavelmente, Drioton detinha alguma informação importante e Mark estava decidido a consegui-la.

44

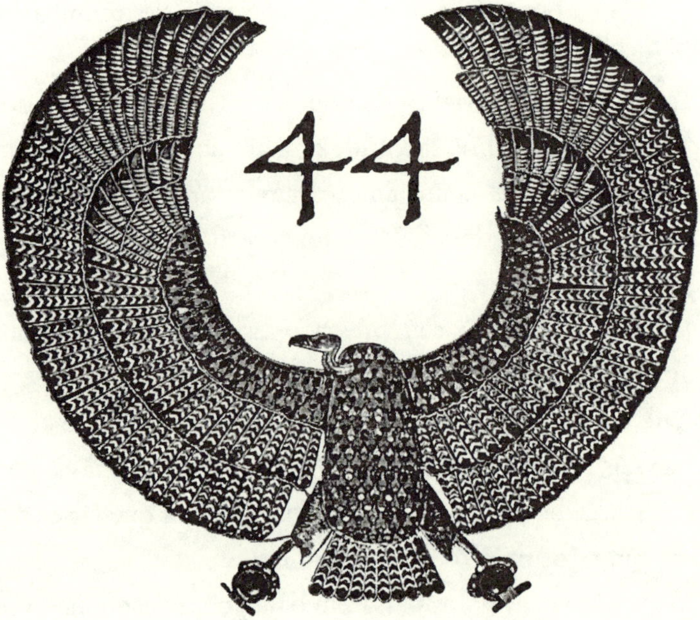

Mark Wilder falou longamente ao telefone com o amigo e braço direito Dutsy Malone para analisar os processos em curso e pedir que ele delegasse um especialista para resolver os probleminhas do rei Faruk. Dutsy se virava bem e as decisões do patrão lhe permitiriam ir em frente. Mas aquela estada prolongada no Egito não o agradava em nada e ele esperava que Mark não demorasse a voltar para Nova York. Evasivo, o advogado prometeu fazer todo o possível.

E depois ele havia passado horas maravilhosas com Ateya antes de ir falar com o abade Pacômio, ocupado em traduzir um papiro mágico que datava da vigésima sexta dinastia e era proveniente da cidade de Saís, sede de uma famosa escola de medicina.

— Está carregando o talismã?

— Não o deixo mais — respondeu Mark.

— O perigo está próximo e não sei que forma ele tomará. Por isso devo adotar novas precauções.

— Drioton zombou de mim. Os arquivos de Howard Carter não fazem a menor alusão aos papiros de Tutancâmon e ele sabia disso. Ele terá de me contar o segredo.

— Nos fins de semana — revelou Pacômio — o cônego vai para a sua casinha em Saqqara, em geral sozinho, para meditar e recuperar o fôlego depois de uma semana estafante. Lá, vocês poderão conversar tranquilamente e talvez ele lhe diga a verdade. Você cuidou de Faruk?

— Em breve terei uma resposta tranquilizadora.

— O rei acabou de sofrer uma amarga derrota que o deixou de mau humor. Ele havia pedido a uma equipe de genealogistas que estabelecessem a sua descendência de Maomé, para que ele se apresentasse aos olhos do povo e do mundo árabe como uma espécie de papa do islamismo. Mas os Irmãos Muçulmanos frustraram a manobra. Na opinião deles, Faruk continua a ser um opressor corrupto e não poderia afirmar-se como chefe espiritual. E o pior é que os incidentes se multiplicam e se agravam na zona do canal. Os soldados ingleses atiraram numa procissão que ia ao cemitério, achando que se tratava de uma manifestação terrorista. A resposta da guerrilha não demorou: um comando explodiu um depósito de armas, provocando a morte de uma dezena de guardas. Os ingleses estão com os nervos à flor da pele. E, continuando a pressioná-los, os independentistas podem provocar uma reação muito violenta.

— Nasser não se alegraria com isso?

— O nome dele não é citado — observou Pacômio — e não estou certo de que os distúrbios estejam sob o controle dos Oficiais Livres. Não vou esconder de você, Mark; a situação está se tornando explosiva.

— Então preciso falar com Drioton o mais rápido possível.

*

* *

Graças aos brilhantes resultados obtidos por Dutsy Malone, Mark compareceu ao palácio de Abdine antes de perscrutar a alma do cônego. Um mestre-de-cerimônias conduziu-o ao escritório de Antonio Pulli, que dispensou várias pessoas que solicitavam favores, para receber o advogado a sós.

— Tenho boas notícias — anunciou Mark.

— Fico muito feliz! Conseguiu resolver o nosso pequeno caso?

— Não haverá processo nem escândalo. Evidentemente, os ex-queixosos serão indenizados.

— Evidente! Poderia fazer a gentileza de me passar as quantias?

Mark entregou uma simples folha de papel a Pulli. Diante dos nomes, os números.

— Bem razoável — avaliou o homem de confiança de Faruk. — Vou cuidar disso imediatamente. Sua Majestade ficará muito satisfeita e não hesitará em lhe confiar processos importantes. A sua competência vai nos ajudar a tomar decisões acertadas.

— Segundo o boato, estão ocorrendo choques na zona do canal de Suez.

— Jovens exaltados desafiam os soldados ingleses — reconheceu Pulli. — É uma atitude suicida! Esses insensatos vão pagar caro e provocarão distúrbios dos quais não sairá nada de bom. Mas fique tranquilo, o rei tem a situação sob controle e a ordem pública será firmemente mantida. Pode recomendar o mercado egípcio aos investidores americanos, eles ficarão satisfeitos.

Alguém bateu repetidamente na porta do escritório.

— Entre — ordenou Pulli, surpreso com a grosseria.

O chefe dos intendentes entrou, superexcitado. Ele gaguejou:

— Pulli bei, Pulli bei... Precisa vir imediatamente, imediatamente! É... Eu... Como posso dizer... Venha, por favor!

— Com licença — disse a eminência parda a Mark. — Espere, eu já volto.

Nos corredores do palácio, os empregados corriam em todas as direções. As pessoas gritavam, insultavam-se, riam, choravam.

Mark esforçou-se para manter a calma.

Por que esse tumulto? Uma revolta, um ataque ao palácio real... Não! Inacreditável! Que acontecimento poderia perturbar a esse ponto a discreta ordem desse lugar consagrado ao culto de Faruk?

Antonio Pulli reapareceu.

— O filho do rei acabou de nascer — bradou ele. — Um mês antes do prazo! A mãe e a criança passam muito bem. Sua Majestade tem um sucessor chamado Ahmed Fuad e a perenidade da dinastia está assegurada. Agora, todos os contestatários fecharão a boca. O futuro soberano pesa mais de três quilos e já parece bem forte! Não imagina a alegria que tomará conta do Cairo.

Antonio Pulli não se enganara. No dia 16 de janeiro de 1952, um comunicado oficial anunciou que a rainha Narriman dera à luz o príncipe do Alto Nilo Ahmed Fuad, herdeiro da coroa da dinastia de cento e cinquenta anos. Cem tiros de canhão saudaram o início de uma nova era que veria a confirmação do poder de Faruk, a união do Egito e do Sudão, e o desabrochar de uma nação fiel ao monarca e ao seu sucessor.

Centenas de cairotas já se reuniam sob as janelas do palácio de Abdine, cercado pela guarda real em uniforme de gala. Os tarbuches cintilavam ao sol, as armas não ameaçavam ninguém.

Nas nuvens, a população inundou de flores as principais artérias da capital e cantou durante horas para festejar o rei, a rainha e o príncipe herdeiro. Louco de felicidade, Faruk mandou pôr um colchão aos pés do berço, para não perder um único instante das primeiras horas de vida do filho tão esperado.

O fabuloso acontecimento não acabaria com todas as tensões? Aqueles que duvidavam de Faruk acreditariam no futuro, no príncipe do Alto Nilo e na prosperidade futura do Egito.

Mark saiu do palácio. A volta à calma poria um fim às relações com John, o homem da CIA, e com Mahmud, o agente duplo. Desse dia em diante, ele só se dedicaria à busca dos papiros de Tutancâmon. E a etapa decisiva seria a confissão do cônego Drioton.

45

Saqqara era um mundo à parte. Longe da agitação do Cairo, a vasta necrópole da antiga Mênfis, dominada pela pirâmide escalonada do faraó Djeser, era consagrada ao deserto, ao silêncio e à eternidade.

Por ordem de Antonio Pulli, um carro do palácio levou Mark à casa de fim de semana do cônego Drioton.

Ao receber o americano, ele exibia um rosto menos jovial do que de costume.

— O senhor é muito influente, senhor Wilder.

— Depois da minha decepcionante exploração dos arquivos de Carter, quero saber a verdade. Toda a verdade.

— Sua Majestade deseja satisfazê-lo. Entre, por favor.

A casa era modesta, mas ali reinava uma calma propícia às confidências. O cônego encheu dois copos com um borgonha frutado e sentou-se numa poltrona, ainda resistente, que datava do início do século. Mark preferiu continuar de pé.

— É uma longa história que envolve os chefes supremos deste país — começou Drioton. — Por isso deve permanecer em segredo. Promete segurar a língua?

— Prometo.

— Em janeiro de 1925, Carter se encontrou com Fuad I, pai de Faruk. A conversa foi cordial e esse contato com o mais alto representante do Estado não foi inútil. Em 31 de dezembro de 1927, o rei Fuad foi a Luxor, visitou a tumba de Tutancâmon e admirou as descobertas de Carter. Era visível que havia gostado dos resultados. A título de homenagem, violando a lei a respeito de antiguidades, o monarca recebeu uma joia admirável, procedente do tesouro de Tutancâmon. Era uma representação do faraó no seu carro.

— Quem a ofereceu? — perguntou Mark.

— Provavelmente lorde Carnarvon, mas não tenho certeza. Com a morte de Fuad I, em 28 de abril de 1936, Faruk tornou-se o proprietário ilegítimo dessa pequena obra-prima. Nesse mesmo ano de 1936, ele se encontrou com Howard Carter no Vale dos Reis[1]. A carreira do descobridor estava chegando ao fim; no entanto, ele fez o novo chefe do Egito se conscientizar da importância das maravilhas trazidas à superfície.

---

[1] Sobre todas as especificações fornecidas neste capítulo, cf. T. G. H. James, *The Path to Tutankhamun*, pp. 407-408, e a foto 36.

— Também está pensando na mensagem espiritual de Tutancâmon?

— Não aprecio as fabulações dos defensores do esoterismo — lembrou Drioton.

— Mas está convencido de que os antigos egípcios acreditavam num deus único e que o sábios dissimulavam os seus ensinamentos com símbolos. Ninguém poderia negá-lo ao estudar as capelas de ouro de Tutancâmon. E não me refiro aos papiros.

— Depois da morte de Howard Carter, a sobrinha dele, Phyllis Walker, fez o inventário dos seus bens. Ela descobriu pequenos objetos de faiança e de ouro que representavam animais, e soube identificar o cartucho[1] real que indicava a procedência: a tumba de Tutancâmon. Carter queria legá-los à sobrinha, que cuidara dele nos seus meses derradeiros. Porém, Phyllis Walker ficou assustada com a ideia de se tornar proprietária de tais tesouros. Na opinião dela, eles deveriam voltar para o Egito. Por isso, ela pediu ao testamenteiro do tio que se incumbisse dessa tarefa extremamente delicada. Era preciso agir com o máximo de discrição para que Howard Carter não fosse acusado de roubo e a sua memória não fosse manchada. Enviar os objetos ao Museu do Cairo? Impossível. Carter tinha muitos inimigos no museu, que fariam explodir o escândalo. Pensou-se na mala diplomática, mas o Foreign Office se opôs, temendo as indiscrições. E o grande amigo de Carter, Harry Burton, que tentava encontrar a melhor solução, morreu em 1940. Desamparada, Phyllis Walker decidiu me escrever uma carta no mês de março. Ela

[1] Moldura que, na escrita hieroglífica egípcia, continha o nome de um soberano. (N. T.)

simplesmente me ofereceu todos os objetos procedentes da tumba de Tutancâmon, ainda na posse dela.

"Desta vez", pensou Mark, "o cônego não está escondendo nada e estamos próximos do objetivo."

Drioton tomou um gole do borgonha. Evidentemente, a recordação dos fatos perturbava-o.

— Assim eu passei a ser depositário de um segredo pesado para carregar — confessou ele. — No fim de abril, respondi a Phyllis Walker, agradecendo a generosidade dela e garantindo que a doação não mancharia a reputação de Carter nem provocaria uma campanha da impressa. Eu só tinha uma opção para evitar um desastre: pedir ao rei Faruk que recebesse o tesouro. Já que Sua Majestade aceitara, nenhum protesto poderia ser levantado. Lacrados, os objetos foram entregues ao consulado egípcio de Londres, que os expediu por avião. E o rei, em pessoa, fez oficialmente a doação ao Museu do Cairo.

— Faruk doou *todos* os tesouros de Tutancâmon que possuía? — perguntou Mark.

Drioton pareceu embaraçado.

— Será feito em breve.

— Inclusive os papiros?

O rosto do cônego se endureceu.

— Não havia nenhum papiro.

— Dá a sua palavra?

— Dou! Entretanto...

— Entretanto?

— Existe um outro capítulo dessa história, ainda mais obscuro — confessou o cônego. — O médico encarregado do estudo da múmia de Tutancâmon, o doutor Derry, agiu como um verdadeiro açougueiro. Os egiptólogos evitaram revelar esse massacre[1]. E a infeliz múmia continuou a sofrer. Durante a Segunda Guerra Mundial, aproveitando a falta de vigilância do Vale dos Reis, saqueadores a removeram do lugar e lhe causaram sérios danos[2]. Sem dúvida queriam se apossar das joias.

— Das joias... Ou dos famosos papiros?

— Não sei, senhor Wilder. Um dos membros dessa sinistra expedição talvez possa lhe informar. Ele teve todos os bens sequestrados por Faruk em 1948, mas conseguiu sobreviver e fez novamente uma pequena fortuna.

— Ele ainda reside no Cairo?

— Reside.

— Qual é o nome dele? Onde posso encontrá-lo?

— Vamos chamá-lo de "Durand". Vou tentar entrar em contato com ele e conseguir uma entrevista para o senhor, mas eu não prometo nada. Se ainda possuir os objetos que pertenceram a Tutancâmon, ele se calará.

— Estou convencido do contrário, se a minha oferta financeira for satisfatória. E ela será.

---

[1] Só depois da investigação do doutor M. Bucaille foi que se conheceu a terrível verdade. Consultar, principalmente, "À propos de la momie de Toutânkhamon", *La Revue administrative* 44, nº 243, 1988, pp. 250-254, e *KMT*, primavera de 1992, pp. 58-67.

[2] Consultar *KMT*, 18/1, 2007, p. 56.

46

No dia 18 de janeiro de 1952, os coptas celebravam os ritos da Epifania. Depois das purificações da véspera, à noite, caracterizadas pelo banho dos homens no Nilo, os fiéis recitavam as orações e eram aspergidos com água benta. Ateya usava um rosário antigo, com quarenta e uma contas, e Mark, participando desse momento ritual, só tinha olhos para ela.

Quando o sacerdote aspergiu a assembleia com água benta, o americano pensou no suntuoso casamento que ofereceria à futura esposa. Dutsy Malone organizaria a festa, cuja lembrança ficaria na memória dos convidados. Enquanto isso, ele estava impaciente diante da ideia de encontrar-se com o misterioso Durand. Segundo o abade Pacômio, devidamente informado sobre as revelações de Drioton, havia uma possibilidade de que esse saqueador de tumba estivesse de posse dos papiros de Tutancâmon. Indubitavelmente venal, ele exigiria uma fortuna.

O abade ainda não identificara o inimigo surgido das trevas, mas sabia que ele estava cada vez mais próximo e, por isso, dedicava-se diariamente a várias operações mágicas para cercar Mark com uma barreira protetora. Será que seria suficiente, diante da importância do desafio e da ferocidade do adversário?

Terminada a cerimônia, Ateya apertou com força a mão de Mark.

— Temos o direito de ceder à gula — decidiu ela. — Vou levá-lo ao Groppi.

O Groppi, salão de chá e pâtisserie por excelência, era um dos melhores lugares do Cairo! Achille havia sucedido ao pai, Giacomo, um suíço originário de Lugano, que se tornara chocolateiro da elite. Inaugurada em 1925, a famosa loja da praça Soliman-Pacha vendia sorvetes e doces incomparáveis. Do Marrocos à Condessa Marie, passando pela Surpresa Napolitana, os sorvetes do Groppi atraíam toda a sociedade do Cairo. Na sua enorme propriedade agrícola, próxima à capital, o comerciante controlava rigorosamente os produtos. E até convidava para que visitassem a sua leiteria e o seu laboratório ultramoderno.

Enquanto se regalavam, Mark e Ateya trocavam palavras de amor com os olhos. Eles desfrutavam cada momento dessa comunhão milagrosa, como se tanta felicidade pudesse desaparecer no segundo seguinte.

Ao sair do salão de chá, um pequeno engraxate abordou o casal.

— Três tangerinas por um dólar.

Mark parou.

— Espero aqui ou sigo você?

— Siga-me.

Ateya se interpôs.

— Mark...

— Até à noite, meu amor.

O menino levou o americano até um pequeno Peugeot cinza. Mark entrou atrás e sentou-se ao lado de Mahmud.

O motorista deu a partida.

O contato do talismã com a sua pele tranquilizou o advogado. Mahmud estava com o rosto fechado, quase hostil. E se ele decidisse eliminar um contato que se tornara muito visado? Nada mais fácil do que levar o prisioneiro a um local controlado pelos revolucionários e sumir com ele.

— Vocês vivem um belo romance, senhor Wilder. Melhor para vocês. É uma chance que não se deve deixar escapar, e essa jovem é realmente magnífica.

— Não se trata de uma aventura. É muito mais sério do que pensa.

— Nesse caso, boa sorte. Encontrou a pista dos papiros de Tutancâmon?

— Ainda não, mas estou progredindo, passo a passo.

— Desconfie de tudo o que o aproximar de Faruk. Caso haja conflito de interesses, o senhor sairá perdendo.

O carro andava lentamente e não saía do centro da cidade.

Nervoso, Mahmud acendeu um cigarro.

— O senhor fuma?

— Eu parei.

— Pois eu recomecei. Diante das circunstâncias, preciso de um calmante. Nasser estudou o seu dossiê e o acha interessante. Recebi ordens de manipulá-lo da melhor maneira possível e de fazer relatórios orais sobre o seu comportamento. Nenhum documento comprometedor pode ser extraviado, sobretudo depois dos recentes acontecimentos.

— O que aconteceu?

— Os Oficiais Livres decidiram desafiar o rei abertamente para testar a sua capacidade de reação. Surgiu uma ocasião de ouro: a eleição do presidente do Clube dos Oficiais. Nada importante, é verdade, mas Nasser convenceu o bom general Naguib a se apresentar encabeçando uma lista na qual figuravam vários de seus companheiros. Furioso, Faruk fez saber aos eleitores que quem devia vencer era a sua alma-danada, o general Sirri Amer, envolvido em vários escândalos e detestado por todos os militares que acreditam na honra do exército. E o resultado foi uma enorme surpresa: Naguib foi eleito por esmagadora maioria! Uma terrível afronta ao rei. Evidentemente, ele anulou a eleição e impôs Sirri Amer como presidente do Clube dos Oficiais. Porém, agora Nasser já sabe que dispõe de apoio entre os seus pares. Foi declarada a guerra entre os Oficiais Livres e o rei Faruk. E já houve uma vítima; Sua Majestade deu um violento aviso aos seus oponentes. A gangue de Sirri Amer assassinou com uma submetralhadora um jovem tenente[1], amigo do general Naguib. Armaram uma cilada no bairro de Roda quando ele visitava um grupo de Irmãos Muçulmanos. Antes de morrer, a vítima teve tempo de dizer a um médico militar: "Foi Faruk quem

[1] Abdel Kader Tahar.

mandou me executar!" O impacto subjacente desse drama é considerável. Agora, Nasser sente que tem força. Ele é muito esperto para se manifestar publicamente e continua a empurrar Naguib para a frente do palco. Na minha opinião, o processo revolucionário vai se acelerar. E o Egito conhecerá o caos. O que os americanos decidiram e quem vão apoiar?

— Não sei, Mahmud. Eu saí do jogo.

— Vai entrar de novo, senhor Wilder. Talvez consiga proteger os seus amigos em Nova York. Aqui, no Cairo, a mulher que o senhor ama está à minha mercê.

— Você não ousaria...

— Não tenho escolha. Há anos arrisco a minha vida para impedir um banho de sangue. Se não sufocarmos a revolução de Nasser no ovo, ela ocorrerá. Portanto, convença a CIA a intervir, a ajudar Faruk e a lhe tapar a boca. Se os americanos assumirem o controle econômico do país no lugar dos ingleses, assegurarão a prosperidade e o espectro dos confrontos mortais se afastará. Hoje em dia, só o senhor pode ajudar-me a atingir esse objetivo. Por isso, não hesitarei em empregar os piores meios para obrigá-lo a agir.

O carro parou próximo à Ópera.

Mahmud abriu a porta.

— Até breve, senhor Wilder.

47

Apelidado de "Strong George", o general George Erskine, comandante-em-chefe das tropas britânicas no Egito, vestia-se para jantar quando o ordenança lhe trouxe uma carta urgente.

Um bando de loucos havia atacado o acampamento de Tel el-Kebir, o maior depósito de armas da região.

O general manteve uma calma aparente, terminou de se vestir e convocou imediatamente o seu estado-maior.

— Senhores, esse ato insano é um desafio inaceitável à nossa autoridade. Eu sabia que jovens revolucionários, procedentes do

Cairo, pretendiam semear um distúrbio na zona do canal. Por isso, mandei um aviso ao governo egípcio, advertindo-o de que seria obrigado a usar os meios apropriados para esmagar os rebeldes se eles atacassem uma de nossas bases. Uma vez que esses malcriados não compreenderam a mensagem, vamos intervir. Depois disso, os canalhas irão se acalmar.

*

* *

Após o décimo toque da campainha, alguém atendeu o telefone.

— Eu queria falar com John — disse Mark.

— Quem deseja falar com ele?

— Um amigo, advogado americano.

— John está viajando.

— Quando poderei encontrá-lo?

— Ligue no dia 27.

E desligaram.

— Você parece preocupado — observou Ateya.

— Segundo Mahmud, Nasser está pensando em apressar o processo revolucionário. Ele quer que os americanos o detenham, para evitar um desastre.

A jovem abraçou-o.

— Será que o destino do Egito o preocupa a esse ponto?

— O Egito não é a mãe do mundo? E você sabe muito bem que ele passou a ser o meu país. É aqui que me casarei com você.

— No Cairo é onde são celebrados os casamentos mais bonitos, pois temos apreço pela felicidade.

— Pode contar com o meu amigo Dutsy para preparar uma festa inesquecível.

— Que sonhos bonitos...

— Na minha profissão — lembrou Mark — o sonho não é permitido. Vou prendê-la num contrato de casamento de onde nunca mais poderá sair. Nós nos uniremos para sempre.

E o beijo deles foi interminável.

*

* *

Na aurora de 25 de janeiro de 1952, os blindados do general Erskine cercaram duas casernas da cidade de Ismailia onde estavam acantonados trezentos e cinquenta policiais egípcios, encarregados de manter a ordem nesse distrito. Segundo Strong George, eles não haviam cumprido a missão e, pior ainda, deram mão forte aos jovens agressores vindos do Cairo. Portanto, iria tratá-los como rebeldes e fazê-los prisioneiros para fazer o governo assumir as suas responsabilidades.

Todos entraram em pânico na caserna principal. O chefe dos policiais, um capitão, conseguiu falar com o ministro do Interior, cujas instruções foram formais: ninguém se rende, deviam resistir! Se não, as autoridades ficariam malvistas, e a Inglaterra apregoaria uma supremacia incontestável.

Mas aguentar com o quê? Velhos fuzis diante de tanques?

O capitão, que passara algum tempo na Inglaterra e até fizera um estágio na Scotland Yard, conversou com o general Erskine. O inglês concedeu um quarto de hora para reflexão, e o egípcio se recusou a depor as armas.

Strong George foi obrigado a usar o poder de fogo e uma chuva de obuses caiu sobre as casernas. Diante da obstinação do inimigo foi preciso terminar a operação com tiros de morteiro.

"Essa gente é corajosa, mas completamente louca", avaliou o general inglês. No meio do dia o combate estava terminado. Três mortos e treze feridos entre os britânicos, quarenta e seis vítimas e perto de oitenta feridos entre os policiais egípcios.

Desta vez, o governo compreenderia quem detinha a força e cessaria de encorajar jovens insensatos a perturbar a ordem pública.

*

* *

— O que achou da vitela refogada com legumes picados? — perguntou o cônego Drioton ao convidado.

— Uma verdadeira maravilha — reconheceu Mark. — Felicite a sua mãe.

— Essa santa mulher é uma cozinheira de mão-cheia e a Igreja deveria riscar a gula da lista dos pecados.

O borgonha estava à altura dos pratos.

— Durand aceitou encontrá-lo — declarou o cônego. — Ele marcou para amanhã, 26 de janeiro, ao meio-dia, no Turf Club.

— O senhor especificou o motivo da conversa?

— Ele concordou em lhe falar sobre uma surpreendente descoberta de Howard Carter.

— Os papiros de Tutancâmon?

— Durand não pronunciou essas palavras. Ele exigirá uma grande soma em dinheiro e um passaporte americano para sair do Egito rapidamente.

*
* *

O abade Pacômio ouviu Mark Wilder atentamente.

— Não se esqueça do talismã quando for ao encontro. O perigo aumenta dia a dia, pois a criatura do mal está no Cairo e tenta localizar a sua pista. Alguns amigos coptas almoçarão no Turf Club e deverão intervir se acharem que está em perigo.

— À primeira vista, esse Durand precisa sobretudo de dinheiro e quer escapar de Faruk! Graças a John, conseguirei para ele um passaporte, desde que as informações o mereçam. Padre, tenho a impressão de que me aproximo do objetivo.

— Realmente, é possível. Que Deus nos ouça.

O táxi que levou Mark de volta a Zamalek teve a maior dificuldade para abrir caminho no engarrafamento anormal.

— Um acidente? — perguntou o americano ao motorista.

— Não, manifestações de jovens que protestam contra um massacre perpetrado pelos ingleses em Ismailia. Dizem que eles mataram centenas de policiais egípcios, acusando-os de rebelião. Enquanto o nosso país continuar ocupado, teremos de esperar por esse tipo de tragédia.

Ateya havia preparado uma deliciosa refeição: creme de gergelim, purê de berinjela, folhas de uva recheadas, salada de tomates, bolinhos de carneiro num leito de salsinha e peixe grelhado.

— Agora à noite é você quem parece preocupada — observou Mark.

— Os ingleses estão indo longe demais. Os ministros se reuniram e fala-se de uma ruptura das relações diplomáticas com a Grã-

Bretanha. Os Irmãos Muçulmanos proclamaram a guerra santa, uma boa parte dos jovens dará ouvidos a eles.

— Não é o primeiro incidente na zona do canal de Suez. Não acha que a febre passará rápido?

— É o que espero!

— Amanhã será um dia decisivo. Estou convencido de que Durand vai me revelar o lugar onde estão escondidos os papiros de Tutancâmon.

— Preciso levantar cedo — anunciou Ateya —, pois guiarei um grupo de turistas que quer conhecer as igrejas coptas do Cairo Antigo. Nós nos encontraremos por volta das 17 horas, no Groppi.

— Com prazer, meu amor. Você será a primeira a receber as excelentes notícias.

48

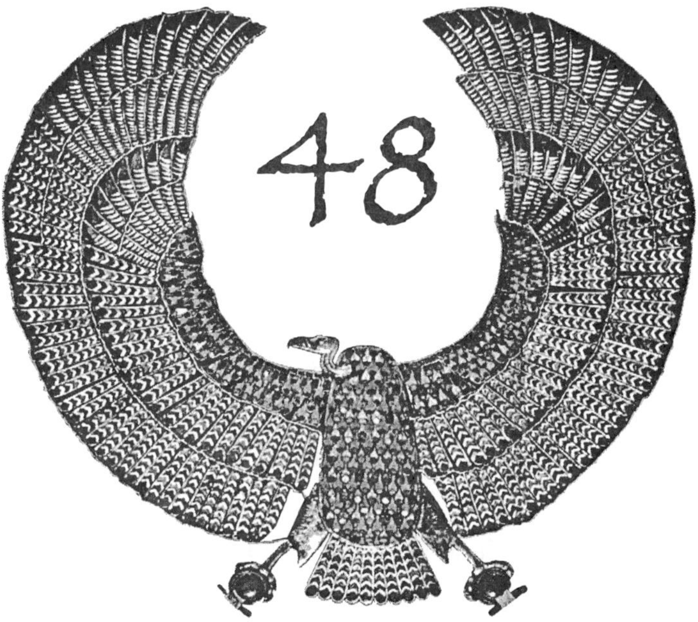

Ao amanhecer do sábado, 26 de janeiro de 1952, Ateya beijou Mark na testa.

— Vou sair para trabalhar — murmurou ela. — Às 13 horas, levarei os turistas para almoçar no Shepheard.

— Eu ficarei covardemente na cama, até tarde.

— Até mais, no Groppi.

O advogado voltou a dormir, sonhando com a noite encantadora que havia passado nos braços da jovem. Quanto mais se amavam, mais desejavam amar-se.

Descontraído e descansado, o advogado levantou-se bem tarde. O sol iluminava o magnífico bairro de Zamalek, povoado de ingleses ricos que aproveitavam as piscinas, os campos de críquete, de polo e as quadras de tênis do Sporting Club de Guezira, no qual só era admitido um número restrito de egípcios, escolhidos a dedo. Jardins e grandes casas elegantes tornavam esse pedaço de Europa um pequeno paraíso, no qual Ateya e ele passariam dias felizes.

De repente, ele se lembrou do encontro ao meio-dia.

Como Durand se comportaria? De nada adiantava preocupar-se antecipadamente. O advogado sabia negociar e levaria o tempo que fosse preciso para tranquilizar o interlocutor e conseguir um bom resultado.

Mark deu-se ao luxo de tomar um longo banho de chuveiro, preparou um café e vestiu-se à inglesa, com a indispensável elegância dos sócios do Turf Club onde os lordes, em geral, se exibiam de casaca cinza.

Quando tomava o primeiro gole de café, um estranho espetáculo chamou a sua atenção.

Colunas de fumaça preta invadiam o céu do Cairo.

*

* *

Ao amanhecer, milhares de estudantes em greve se haviam instalado no pátio da universidade. Protestando contra o massacre de Ismailia, seguiam as palavras de ordem dos líderes, reunidos a outros manifestantes vindos dos subúrbios. Um ministro havia clamado: “Este será o seu dia, vocês serão vingados!” Todos queriam conseguir armas, lutar contra os ingleses e libertar a zona do canal de Suez. Desta vez, como prometia o rádio, o Egito não abaixaria a cabeça. A União Soviética, que forneceria ao povo em guerra os fuzis que precisavam, foi aclamada.

Rapidamente, milhares de revoltosos ocuparam o bairro da Ópera, paralisando o centro financeiro.

Uma cena intolerável atraiu o olhar de um dos líderes, um gigante de peito largo e cabeça fina, alongada como a de um chacal. Em frente ao famoso cabaré Badia, onde artistas famosas apresentavam a mais bela dança do ventre da capital, um policial tomava uma bebida com um dos empregados do estabelecimento.

— Não tem vergonha de se comportar desse jeito, quando os nossos irmãos são assassinados pelos ingleses? — perguntou o Salawa.

O policial cometeu o erro de cair na risada.

Com um único soco, o Salawa quebrou-lhe a cabeça.

— Destruam este lugar de libertinagem! — ordenou ele aos manifestantes.

O cabaré Badia foi o primeiro a queimar. E uma descontrolada violência alastrou-se por entre jovens em motos e agitadores que traziam latas de gasolina. Com medo de serem massacrados, os policiais ajudavam os revoltosos e os bombeiros não agiam.

Quando os rebeldes destruíram a porta da grande loja Avierino com golpes de barra de ferro, o Salawa soltou um grito de vitória. A Cicurel, outra loja que vendia magníficas roupas europeias, também foi assaltada. Levantadas as portas de ferro, todas as mercadorias com que o Ocidente inundava o Cairo foram queimadas. Saqueadores aproveitaram para roubar produtos destinados aos ricos, e a turba decidiu atear fogo às lojas dos judeus, ao banco Barclay e aos cinemas Rivoli e Metro.

Gigantescas chamas elevaram-se. O Cairo ardia.

*

* *

Mark despencou escada abaixo e deparou-se com o porteiro do prédio.

— Não saia, é muito perigoso.

— Tem alguma informação?

— Um bando de loucos se espalhou pela cidade. A força policial não tardará a intervir e a calma será restabelecida. Aqui estará em segurança.

— Tenho um encontro urgente.

— Não se arrisque, senhor Wilder. A senhorita Ateya ficará zangada comigo se...

— Por isso mesmo, preciso encontrá-la. Tem uma moto?

— Posso conseguir uma, mas...

— Rápido, por favor!

Usando um boné e com o rosto escondido por um cachecol, Mark saiu em disparada.

Logo cruzou com outros motoqueiros, que jogavam garrafas com substâncias inflamáveis na lojas arrombadas. Os principais bares e restaurantes da cidade ardiam.

Quando se aproximava do Turf Club, Mark teve de frear bruscamente. Umas dez pessoas tentavam fugir, mas o Salawa as empurrava de volta para o fogo, à frente de uma turba ululante. O demônio tomou a precaução de quebrar o pescoço de Durand antes de ver o cadáver se consumir nas chamas, ao lado das outras vítimas.

Daquele momento em diante só haveria uma palavra de ordem: destruir tudo o que simbolizasse a presença estrangeira no Cairo.

Mark compreendeu que jamais se encontraria com Durand. Agora, precisava arrancar Ateya da tormenta.

Eram 14 horas... Louco de preocupação, Mark tomou a direção do Shepheard, onde a jovem almoçaria com os turistas.

Tarde demais. O hotel ardia e os bombeiros, cujas mangueiras haviam sido inutilizadas, assistiam impotentes à destruição do famoso hotel. Radiante, a multidão gritava slogans anti-ingleses e divertia-se ao ver os clientes, desamparados, correrem em todas as direções.

Mark conseguiu chegar ao jardim, refúgio de estrangeiros apavorados. Nenhum vestígio de Ateya.

Restava o salão de chá Groppi, último abrigo. Infelizmente, o estabelecimento da praça Soliman-Pacha não passava de cinzas.

Um burguês, de terno europeu, chorava.

— Todo mundo saiu? — perguntou Mark.

— Acho que sim.

— Por que o exército e a polícia não intervêm?

— O rei Faruk convidou todos os chefes para um banquete em honra do nascimento do príncipe herdeiro. Não haverá nenhum oficial para dar ordens antes do fim das festividades.

E se o palácio de Abdine fosse o próximo objetivo dos incendiários? O americano teve de fazer vários desvios para evitar as aglomerações e os grupos superexaltados. Outra turba reunia-se para ir em direção à residência do monarca, gritando: "Vamos derrubar Faruk!"

Postado a mais de cem metros do palácio, o exército conteve o ímpeto dos agressores. Mark deu meia-volta e tomou a direção do Cairo Antigo. Se Ateya houvesse percebido a tempo a gravidade da situação, sem dúvida teria se refugiado na casa do abade Pacômio.

Próximo da residência dele, dois fortes coptas interceptaram o americano.

— Aonde vai?

— Quero falar com abade Pacômio.

— Impossível.

— Diga-lhe que é urgente.

— Seu nome?

— Mark Wilder.

— Espere aqui.

Outros coptas cercaram o americano. No centro da cidade, o exército apagava os incêndios, dispersava os rebeldes e restabelecia a ordem. Mas será que o delírio não atingiria outros bairros?

Um sacerdote de barba foi buscar o advogado e levou-o até Pacômio, que estava sentado numa poltrona, com o rosto sério.

— Sabe onde está Ateya?

— Não, Mark.

— Vou sair para procurá-la.

— É inútil, alguns amigos cuidarão disso. Descanse e espere.

— Impossível!

— Andar por aí, ao acaso, não vai adiantar nada.

— Como pode ficar tão calmo?

— Confie no Senhor e na magia dos Seus servos.

Incapaz de ficar parado, Mark andava de um lado para outro na biblioteca.

Pouco depois das 20 horas, o sacerdote de barba bateu na porta. Atrás dele estava Ateya.

49

Alertada pelas primeiras colunas de fumaça, Ateya se refugiara com o grupo de turistas na igreja de São Sérgio, para esperar que um copta lhe anunciasse o fim da revolta. Segundo Pacômio, o incêndio do Cairo era causado pela intrusão de uma força maléfica que se havia apossado do espírito das pessoas. Procedente de Luxor, o Salawa havia ateado um fogo destruidor no coração de vários revoltosos, embriagados de violência. Por isso, o abade passara a noite salmodiando textos mágicos e reforçando a proteção de Mark Wilder. Sem sombra de dúvida, a maldição ligada à perseguição da múmia de Tutancâmon tomara um rumo devastador.

E o único homem capaz de fornecer um indício sério sobre os papiros estava morto, queimado no Turf Club.

— Não vamos entrar em desespero — recomendou Pacômio. — A voz do céu ainda não silenciou.

— Porém — objetou Mark —, já exploramos todas as pistas! Agora, o horizonte parece definitivamente encoberto.

— Hoje mesmo você receberá um sinal.

No meio da tarde de 27 de janeiro, Ateya e Mark voltaram para o apartamento de Zamalek. O bairro chique havia sido poupado pelos revoltosos, que se concentraram no centro do Cairo, nos hotéis e nas lojas. O número exato de vítimas nunca seria conhecido e a cidade continuava em estado de choque, na expectativa da reação do rei da Inglaterra.

Embaixo do prédio estava um engraxate.

— Três tangerinas por um dólar.

Mark abraçou Ateya longamente sob o olhar irônico do menino, em seguida acompanhou seu guia até um Peugeot preto, onde Mahmud o aguardava. O carro circulou lentamente pelos arredores.

— Esse aviso foi suficiente? — perguntou o agente duplo.

— Foi Nasser quem organizou esses distúrbios?

— Passaram por cima dele.

— Nasser não poderia ter se aproveitado da situação para tomar o poder? — arriscou Mark.

— Tentar um golpe de Estado seria um erro fatal. Analisamos os acontecimentos e chegamos a uma conclusão: o único responsável por esse dia aterrorizador foi Faruk, de pleno acordo com os ingleses.

— Impossível!

— Os fatos estão aí mesmo: o rei convidou os chefes do exército e da polícia para almoçar e as forças policiais não agiram antes das

17 horas, a não ser para proteger o palácio. Eu mesmo vi policiais olhando os jovens provocarem incêndios, com um único comentário: "Vamos deixar que se divirtam um pouco." Faruk estava muito bem informado; quando ele decidiu, a calma foi restabelecida.

— Que objetivos ele teria?

— Em primeiro lugar, livrar-se do primeiro-ministro Nahas, antigo adversário político. Dito e feito. Acusando-o de negligência e incompetência, Faruk substituiu-o por Maher, que está com quase setenta anos, detesta o antecessor e não fará oposição ao rei nem aos ingleses. Em segundo lugar, ter uma boa razão para restabelecer a segurança na zona do canal e, assim, mostrar a sua autoridade tranquilizando o exército britânico, que provou a sua determinação e potência de fogo. Nesse caso também, dito e feito. Hoje mesmo os chefes do movimento nacionalista que exigiam a partida dos ingleses foram todos presos e mandados para o deserto. O movimento libertador foi aniquilado, o Serviço Secreto britânico e Faruk chegaram a um acordo e demonstraram a sua eficiência. Evidentemente, está fora de cogitação romper com a Grã-Bretanha e exigir a retirada dos soldados.

— Você devia estar contente!

— Ao contrário, senhor Wilder, pois se trata apenas de uma vitória enganosa. Os boatos já percorrem o Cairo e o povo acusa Faruk de ser um criminoso e corrupto, o único responsável pelos duzentos e setenta e sete incêndios que desfiguraram a cidade e causaram inúmeras vítimas, egípcias e estrangeiras. Essa estratégia o torna ainda mais odiável. E tanto ele quanto a Inglaterra não têm nenhuma consciência do verdadeiro perigo: Nasser. O tenente-coronel reuniu os amigos para anunciar que estava preparado para tomar posse da capital. Já que estava incumbido de aplicar o toque de recolher, o exército não deveria aproveitar a ocasião? Os locais estratégicos seriam ocupados, o rei e os membros do governo seriam presos. Ninguém aprovou esse plano, votado ao fracasso. Sem dúvida, a reação do exército britânico seria extremamente violenta e o Cairo ocupado outra vez, ao preço de milhares de mortos. Impressionado com a ideia de uma carnificina, Nasser recuou. Mas continuará a conspirar e a manter os seus objetivos. É agora que se deve aniquilá-lo; o seu amigo John e os Estados Unidos não podem mais perder tempo. Se conseguir convencê-los a intervir, eu lhe falarei a respeito de Durand.

— Durand, mas...

— Não tardaremos a nos ver, senhor Wilder.

*

* *

O advogado tinha dois telefonemas urgentes a fazer, o primeiro para Dutsy Malone, o segundo para John.

A voz tonitruante de Dutsy explodiu ao telefone:

— Santo Deus! Graças a Deus você está vivo! Esses egípcios são uns loucos furiosos, eu bem que avisei.

— Uma simples revolta, com lamentáveis excessos.

— Segundo a mídia, todo o Cairo pegou fogo e há centenas de mortos!

— Só o centro foi atingido — retificou Mark —, e Faruk restabeleceu a ordem.

— Essa cidade é um barril de pólvora! Isso vai se repetir. Tem de sair daí, imediatamente!

— Impossível, Dutsy.

— Não me diga que se sente investido de uma missão mais ou menos sagrada e que irá até o fim!

— Como sempre, você pressentiu a verdade.

— Não brinque demais com a sorte, Mark. O seu lugar é aqui, sabe muito bem. Aí, vai entrar numa fria.

— Tenho proteções eficazes e não posso desistir. Se todas as pistas terminarem num impasse, eu voltarei.

— Trabalho é o que não falta... E muitos senadores querem convidá-lo para almoçar!

— Peça-lhes que tenham paciência e diga a eles que estou trabalhando para os Estados Unidos. O Oriente Médio não é uma das chaves do futuro?

— O que me interessa é a pilha de novos processos!

— Vá limpando o terreno, eu darei a palavra final.

— Não ande em zonas perigosas, Mark.

— Até logo, Dutsy. Beije a sua mulher e as crianças por mim.

— Todos nós o aguardamos para um jantar.

O segundo telefonema seria menos amigável.

Desta vez, John atendeu e marcou um encontro com o advogado numa faluca onde se podia tomar chá contemplando o Nilo, que os cairotas gostavam de chamar de “mar”. Repintada de azul, equipada para se transformar numa sala que atendesse às exigências do conforto britânico, a embarcação não saía mais do cais. Os bons clientes conseguiam bebidas alcoólicas e até drogas. Quando a noite caía, algumas falucas se transformavam em lugares de prazer.

John fumava um charuto.

— Maldito período, meu velho. Ontem, tanto você quanto eu poderíamos ter morrido. Os estragos foram enormes e houve algumas vítimas, é uma página que se vira. O Cairo da época inglesa queimou sob os nossos olhos, e o Egito se tornou um país não muito confiável aos olhos das grandes potências. Quanto à Grã-Bretanha, ela decidiu enviar vários barcos de guerra, entre eles um porta-aviões, que está ao largo de Alexandria. Suez não pode cair nas mãos dos revolucionários.

— Falei com Mahmud. Segundo ele, Faruk é o responsável pelos incêndios da capital.

— É possível, mas também podemos acusar os comunistas e os Irmãos Muçulmanos, que não suportam mais a existência de bares, cabarés, cinemas e grandes lojas. E, depois, a pobreza alimenta a revolta das massas, cada vez mais hostis aos ricos estrangeiros.

— Mahmud me contou que Nasser desistiu momentaneamente de assumir o poder pela força. Os Estados Unidos devem aproveitar esse prazo para deter o processo revolucionário e impedir um cataclismo.

— Escolher entre Faruk e Nasser... Todo o problema está aí e eu não passo de um executor, obrigado a obedecer às ordens. Esses dois homens são perigosos, tanto um quanto o outro. Ao se aproximar dos ingleses, Faruk afasta-se dos Estados Unidos, que gostariam muito de ver os ingleses saírem do Egito e do Oriente Médio, onde nós os sucederíamos.

— Abandonaríamos Faruk a favor de Nasser?

— Provavelmente Mahmud superestima o chefe. Ele não recuou ao desistir de um golpe de Estado? Sem dúvida, Nasser não passa de um agitador, paralisado no momento decisivo. Por ora, controlamos a situação. Os Estados Unidos pregam a paz geral, tanto do lado de Faruk quanto dos ingleses. A lei marcial ficará em vigor no mínimo por dois meses e não vejo o exército egípcio se lançando numa revolta suicida. O bom general Naguib saberá acalmar os Oficiais Livres e trazer os eventuais exaltados de volta à razão.

— Mahmud deve me passar uma informação essencial que tem relação com os papiros de Tutancâmon — revelou Mark. — Eu me comprometi a encontrá-los e manterei a palavra. Em troca, ele quer saber se os Estados Unidos, finalmente, se decidiram a levar o caso Nasser a sério e impedi-lo de causar danos.

Com os olhos voltados para o Nilo, John soltou uma bela baforada do charuto.

— Diga-lhe que levamos a sério as informações dele e que os Estados Unidos optaram por se envolver no caso egípcio. Vários agentes secretos não tardarão a completar a minha equipe e faremos contato com os diferentes protagonistas. Como as revoluções só trazem desgraças, tentaremos evitar o caos.

— Gostaria de acreditar em você, John.

— E eu desejo que você encontre esses papiros. Conforme o conteúdo, tomaremos as providências.

50

Situado numa ruela inacessível aos carros, o café de paredes cobertas de cerâmica estava cheio de homens idosos. Eles conversavam, liam jornais, jogavam dados, dominó ou baralho, tomavam chá preto, forte e adocicado, café ou uma infusão quente de anis. Muitos deles fumavam *shishah*[1], o cachimbo de água, observando a lenta combustão das brasas. Quer consumissem um tabaco forte de boa qualidade ou um composto de melaço e mistura de tabacos, o resultado era catastrófico para os pulmões. Mas tratava-se de um costume impossível de ser erradicado e da ocupação favorita dos homens cairotas.

---

[1] No Brasil, esse cachimbo é conhecido pelo nome de narguilê. (N. T.)

Mark Wilder sentou-se diante de Mahmud.

— Aqui estamos em segurança. Nenhum informante da polícia ousaria se aventurar neste café. Em contrapartida, vários fiéis dos Oficiais Livres montam guarda. Encontrou-se com John?

— Tivemos uma longa conversa.

— Qual a posição dele?

— Ele não está convencido de que Faruk seja o único responsável pelo incêndio do Cairo, mas não exclui a responsabilidade do rei. Mesmo questionando a capacidade de Nasser para fomentar uma revolução, ele estuda o problema de perto e afirma que os Estados Unidos estão decididos a tratar a questão egípcia da melhor maneira possível. Vários agentes da CIA vão reforçar a equipe de John e fazer contato com os principais atores da cena política.

Mahmud deu um longo suspiro de alívio.

— Os americanos estão decididos a impedir a ação de Nasser?

— Eles querem afastar os ingleses sem provocar um caos mortífero.

Mahmud chamou o dono do café e pediu uma bebida alcoólica proibida, uma bebida verde e encorpada, servida num copo pequeno.

— Vamos brindar a isso, senhor Wilder!

O advogado foi obrigado a esvaziar o copo de um gole. O álcool lhe queimou a garganta. Exceto por um perfume que se assemelhava vagamente à menta, ele não conseguiu identificar os componentes da bebida.

E os copos foram enchidos de novo.

— Pelo menos — avaliou Mahmud — o meu trabalho não terá sido em vão! Se os americanos entrarem no jogo, Nasser não terá a menor chance de vencer e a revolução não ocorrerá. Faruk será obrigado a se dobrar às exigências dos novos chefes do país e, finalmente, a privilegiar a felicidade do povo.

— Cumpri a minha parte do contrato; cumpra a sua.

Mahmud esvaziou de um gole o segundo copo.

— O seu "Durand" trabalhava para o Serviço Secreto britânico. Ele era casado com uma inglesa e mantinha fichas das personalidades estrangeiras que frequentavam os lugares chiques da capital. Em troca, recebia um salário compatível e tinha um belo apartamento em Zamalek. Seu desejo mais caro era ir para a França.

— Ele se interessava por egiptologia?

— Havia suspeitas de que participasse de pequenos tráficos de antiguidades para complementar o salário, mas a polícia recebeu um pedido para esquecer esse detalhe.

— Portanto ele poderia ter adquirido os papiros de Tutancâmon...

— Se isso tivesse ocorrido, sem dúvida a mulher dele sabe onde estão escondidos. Ela se chama Linda e aqui está o endereço.

Mahmud rabiscou o endereço num pedaço de papel. Mark decorou-o e rasgou-o.

— Excelente reação — avaliou o agente duplo. — Agora eu saio do jogo e lhe desejo boa sorte. Como o senhor imagina, tenho uma tarefa urgente a cumprir.

Quando o americano foi embora, Mahmud tomou a bebida que ele havia deixado. À beira da embriaguez, ele estava eufórico.

*

* *

Linda, a viúva de Durand, morava num prédio moderno, próximo do convento católico de São José. Sentado num banco, ao lado da entrada, um *bauab*[1] montava guarda. Fazendo as vezes de zelador, ele vigiava as idas e vindas e expulsava com firmeza as pessoas suspeitas ou indesejáveis. Com um metro e noventa de altura e uma musculatura impressionante, o núbio desempenhava a tarefa com perfeição.

— Sou advogado e marquei hora com uma amiga, Linda, esposa de um empresário francês — declarou Mark.

O porteiro pareceu aborrecido.

— Sinto muito, não poderá falar com ela.

— Por quê?

— Porque ela foi embora, ontem à noite.

— Sabe quando voltará?

— Nunca mais. Ela saiu definitivamente do Egito.

Embora se expressasse num inglês correto, o *bauab* não parecia à vontade.

Pelo visto, ele mentia. E Mark não poderia forçar a entrada.

— Obrigado pela informação.

O advogado fingiu afastar-se, mas se escondeu atrás de uma árvore, a boa distância do prédio, cuja entrada não perdeu de vista.

Pouco depois do pôr-do-sol, um homem baixinho, de bigode, vestido à europeia, cumprimentou o guarda e passou pela porta.

O luz do apartamento do terceiro andar, o de Linda, se acendeu.

Passada uma longa hora, a luz se apagou.

Quando o homem de bigode saiu do prédio, Mark seguiu-o e não demorou a abordá-lo.

---

[1] O *bauab* é uma espécie de porteiro e zelador, ao mesmo tempo. (N. T.)

— Sou amigo de Linda e queria saber notícias dela.

— Não conheço.

— Nesse caso, o que fazia no apartamento?

O advogado manteve a mão direita no bolso, como se tivesse uma arma. Diante da rudeza do seu olhar, o homem de bigode compreendeu que ele não estava brincando.

— Eu era um dos empregados — confessou ele — e fui limpar a casa antes da chegada do novo morador.

— Onde ela está?

— Voltou para a Inglaterra.

— Mentira — afirmou Mark. — Quero saber a verdade, senão...

A raiva brilhou repentinamente nos olhos do homem de bigode.

— Essa cadela era uma inglesa, e nós, pessoas do povo, detestamos os ingleses e todos os outros ocidentais que invadiram o nosso país e se enriqueceram às nossas custas! Milhares de felás[1] se tornaram seus escravos. Fora com os gregos, italianos, judeus e todos os outros! A sua Linda não nos oprimirá mais.

— O que aconteceu com ela?

— Quer saber mesmo, estrangeiro? Pois bem, vou dizer para que tome o primeiro avião depois de advertir os seus compatriotas! Essa vagabunda foi estrangulada pelo Salawa, um demônio que surgiu das trevas para castigar os ímpios. As suas armas são inúteis contra ele. Que ele possa continuar a destruí-los!

O homem de bigode desatou a correr.

Mark não o seguiu.

---

[1] Egípcio de casta inferior, em geral descendente dos antigos habitantes do Egito faraônico. (N. T.)

51

Arrasado, Mark informou Ateya sobre os últimos acontecimentos, sem omitir nenhum detalhe.

— A aventura terminou — concluiu ele. — Nunca encontrarei os papiros de Tutancâmon.

— Não seja tão pessimista e não subestime o abade Pacômio. Se ele confiou a você uma missão tão importante é porque acredita na sua capacidade para realizá-la.

— A última pista foi definitivamente apagada.

— Muitas vezes as aparências enganam.

— Aonde me leva?

— A Matarieh, ao norte do Cairo. O abade nos espera.

A simples presença de Ateya bastava para devolver a esperança a Mark. Os golpes do destino não pareciam enfraquecê-la, como se as trevas não conseguissem apagar a luz que dela emanava.

Hábil motorista, a jovem ultrapassou os comboios de burros que puxavam carroças cheias de objetos. Às vezes, com o coração abalado pelo esforço, um deles caía por terra.

O subúrbio de Matarieh era composto de grandes casas mais ou menos deterioradas. Ateya estacionou o carro perto de um jardim, à sombra de um sicômoro.

Sentado num banco, Pacômio meditava.

Mark aproximou-se a passos lentos.

— Este é o lugar onde a Sagrada Família se refugiou — declarou o abade. — Segundo o Evangelho de Mateus[1], um anjo apareceu a José e ordenou-lhe que levasse para o Egito a esposa e o filho, Jesus, pois Herodes queria matar a criança. Os coptas comemoram a entrada de Jesus no Egito no dia 19 de maio, com uma bela festa. Na realidade, não se tratava de uma fuga, mas de um retorno às origens. Descendente de uma confraria iniciática egípcia, Cristo tentou transmitir ao mundo uma parte dos ensinamentos faraônicos. Rei-Deus, ele sucedia aos monarcas das trinta dinastias que haviam recriado o céu na Terra. E foi aqui em Matarieh, depois de uma longa viagem através do deserto, que Jesus fez brotar uma fonte de água pura na qual os viajantes mataram a sede. Do suor que escorria pelos membros da criança, Maria fez um bálsamo destinado a curar os possessos. Ele entrava na composição do óleo usado no batismo e expulsava as forças negativas.

---

[1] II, 13-14.

— Eu fracassei — declarou Mark.

— Olhe este sicômoro. Ele é o símbolo e a morada da deusa do Céu, Nut, que protegeu a Sagrada Família. Na fronteira da morte e da vida eterna, ela acolhe os "justos de voz" e lhes dá o alimento do Além. Neste século de violência e futilidades, que olhar ainda pode contemplar o seu mistério?

— A esposa de Durand foi estrangulada pelo Salawa.

Pacômio guardou um longo silêncio.

— Sente-se, Mark.

O abade pôs um pires aos pés do americano e queimou um pouco de alume. Dele se desprendeu uma série de bolhas. Em seguida, o alume se reduziu a uma massa de carvão.

— Os olhos das trevas apareceram — constatou o abade — e são de natureza masculina. Por várias vezes, o Salawa se aproximou de você, mas não o identificou. Os alvos prioritários eram Durand e a esposa, porque possuíam informações capitais.

— E agora que estão mortos, o nosso fracasso está consumado!

— Abra os olhos, Mark. A intervenção do Salawa é, em si mesma, rica de ensinamentos. Ele pertence a uma categoria de demônios alimentados por um fogo destruidor usado por um mago muito experiente. Esses espíritos maléficos poluem os poços e as fontes, controlam as estradas e os caminhos, nos quais provocam acidentes mortais. Como os xeiques não conseguem mais combatê-los, pedem ajuda aos últimos sacerdotes coptas que possuem fórmulas eficazes. Eu temia que o Salawa conseguisse atacar a fonte de Matarieh. Por sorte, ela está intacta! Se não, a circulação da energia celeste teria sido interrompida e nenhum poder terrestre conseguiria destruir o monstro. A nossa luta continua.

— De que maneira?

— Todos os egípcios sabem que, segundo a lenda, o Salawa é originário de Luxor. Foi lá, próximo à tumba de Tutancâmon, que um manipulador o acordou. Ele o trouxe ao Cairo, fez com que desempenhasse o papel de incendiário e eliminasse o casal Durand, que sabia dos contratempos relacionados aos papiros. Portanto, você tem de ir a Luxor, sabendo que a sua missão fica cada vez mais perigosa. Você deve tentar entrar em contato com amigos do seu pai, que talvez possuam informações essenciais. Ao se manifestar, o Salawa cometeu um grave erro: indicou-nos o lugar onde devemos procurar. Provavelmente, os papiros de Tutancâmon nunca saíram da margem oeste de Tebas.

— Quem acordou o Salawa? — perguntou Mark.

— Só um erudito sem nenhum escrúpulo poderia cometer um ato tão terrível. Estou pensando numa pessoa muito importante que chamam de "o Professor", cuja competência é mundialmente admirada.

— Por que ele cometeria esse crime?

— Porque conhece o conteúdo dos papiros e acha que esse conteúdo é muito eficaz para acabar com as mentiras que alimentam a humanidade atual. Se se tratar mesmo do Professor, o controle que ele exerce sobre o Salawa prova que está determinado a reforçar o reinado do mal. Quer enfrentá-lo, Mark?

— Já não ultrapassei o ponto de não-retorno?

— Doravante você só usará camisas azuis. Essa é a cor do deus Amon, detentor do segredo da vida e guardião do sopro criador. Ainda preciso aumentar o círculo protetor que impediu o Salawa de identificá-lo. Por isso, Ateya nos levará a Heliópolis, a cidade santa mais antiga do Egito, próxima da árvore da Virgem.

Da prestigiosa cidade, onde o Grande Vidente havia criado os *Textos das Pirâmides*, conjunto de fórmulas de ressurreição da alma real, só restava um obelisco com uns vinte metros de altura, que datava da época de Sesóstris I.

— Tudo nasceu aqui — revelou Pacômio, contemplando a agulha de pedra que varava o céu e dissipava as forças negativas. — Nesta "cidade do Pilar[1]", os antigos egípcios descobriram a onipotência da luz criadora e a incorporaram às suas obras. E os papiros de Tutancâmon explicam como usar essa energia inesgotável, a única capaz de vencer a morte. Olhe esses signos mágicos gravados nesta pedra vertical, Mark. São as palavras dos deuses com as quais você deve se impregnar antes de enfrentar o demônio das trevas e o cérebro maléfico que o manipula.

Mark concentrou-se nos hieróglifos e teve a sensação de que tinham uma vida inalterável, nutridos por um fogo secreto. No Central Park, ele havia sido apenas um espectador; ali, ele começava a *ver*.

O abade Pacômio impôs os sete selos de Salomão na nuca do filho de Howard Carter, como fizera outrora com o pai, e recitou, em egípcio antigo, a fórmula da magia por excelência: "Que o conhecimento da luz desvie os golpes do destino."

Ao pôr-do-sol, Mark terminou a meditação. Sentia-se movido por uma força estranha, ao mesmo tempo com serenidade e vontade de agir.

Ateya pegou na mão dele, os seus olhos verdes brilhavam com uma estranha luz. Mark descobriu outra mulher cuja magia era quase preocupante.

---

[1] *Iunu* em hieróglifos; *On* na Bíblia.

— Nós iremos amanhã para Luxor — anunciou ela.

— *Nós?* Eu me recuso a arrastá-la numa aventura tão perigosa!

— Ajuda da Providência: nas próximas semanas tenho de guiar em Luxor pequenos grupos de aficionados pelo Egito. E como, sem mim, você entraria em contato com os amigos egípcios de Carter?

Mark teve de aceitar o óbvio: sem ela, seria impossível ir em frente.

— O abade Pacômio desapareceu! — constatou ele.

— Isso acontece de vez em quando — disse Ateya, sorrindo. — Fique calmo, ele vai reaparecer.

52

O Professor possuía vários apartamentos no Cairo. Frequentemente, ele ficava num prédio antigo, perto do museu, onde um pequeno exército de empregados zelava pelo seu conforto e bem-estar. Ali ele recebia, com total discrição, autoridades científicas e do governo. Tirando partido das vaidades e ambições, o Professor continuava a manipular os cordéis.

No mês de fevereiro de 1952, a situação política não havia melhorado, apesar das aparências que o poder tentava impor. Maher, o novo primeiro-ministro, era um homem hábil e esperto, cuja equipe parecia apta a acalmar as tensões. Pró-americano, ele era ouvido pelo grupo dos homens de negócios e possuía um pequeno capital de confiança da população.

Porém, havia Faruk, cada vez mais detestado. Faruk e o seu grupo de bajuladores, Faruk e o seu bando de brutamontes, prontos a eliminar qualquer um que se opusesse aos caprichos do tirano.

As justificativas oficiais depois do incêndio do Cairo não haviam convencido ninguém. E até a imprensa ousara publicar um arremedo de sondagem que tendia a envolver o rei. Acusado de negligência, o ministro do Interior[1] defendera-se energicamente. Antes das 13 horas, dera ordens para atirar nos revoltosos, mas essa instrução tornou-se letra morta, de um lado porque os policiais ajudavam os incendiários, do outro porque a autoridade suprema se opôs. Apesar de um intenso apelo feito a Faruk, os soldados só começaram a agir no fim da tarde. Obviamente, segundo o ministro do Interior, o acaso não desempenhara nenhum papel nos trágicos acontecimentos, cuidadosamente organizados.

Quem se beneficiaria com esse caos, a não ser o rei? O exército lhe havia obedecido cegamente, ele manipulara a multidão de acordo com a sua conveniência e mostrara, tanto aos estrangeiros quanto aos egípcios, que continuava a ser o único chefe do país.

Incêndios, destruições, mortes, o centro da cidade saqueado, ódio entre as comunidades... Eis o que havia produzido o brilhante plano de Faruk, protegido no seu palácio, tão longe do povo!

O Professor ouvia as recriminações dos interlocutores, mas só lhes atribuía uma importância relativa. No Oriente, as pessoas gostavam de se queixar e de protestar. Passar à ação era outro caso.

[1] Fuad Sarag el-Dine.

O gigante de peito largo e cabeça fina, alongada como a de um chacal, entrou no seu escritório à meia-noite.

O Salawa estava com fome.

— Você trabalhou bem — reconheceu o Professor. — O casal Durand não nos aborrecerá mais. Venha pegar a sua ração.

Com o isqueiro, o Professor reacendeu as brasas mescladas a ossadas.

O Salawa comeu gulosamente.

— Acha que Durand ou a mulher dele tiveram tempo de se abrir com alguém?

O Salawa balançou a cabeça negativamente.

— Ainda existe um adversário que deseja encontrar os papiros de Tutancâmon?

Desta vez a resposta foi positiva.

— Fique aqui e durma — ordenou o Professor.

O Salawa deitou-se em frente à escrivaninha e fechou os olhos.

*

* *

Bem cedo pela manhã, o Professor foi visitar os diretores administrativos do Museu do Cairo. A todos eles pediu notícias da família e felicitou-os pelo excelente trabalho em prol da conservação das antiguidades. Uma palavra favorável da parte dele era traduzida em promoção e consideráveis vantagens financeiras. Por isso, o pessoal mostrava-se afável e cooperativo.

Levando em consideração a opinião do Salawa, o Professor buscava a pista de algum curioso que, sem dúvida, visitara o museu e talvez tivesse falado com um dos responsáveis para saber mais sobre Tutancâmon.

O melhor informante do Professor, um homem de bigode, testa baixa e constantemente endividado, estava ausente. Tirara uma folga depois do nascimento do oitavo filho e o seu assistente não tinha autorização para mexer nos dossiês. No entanto, ele se lembrou de que o chefe havia recebido recentemente um estrangeiro e se livrara dele encaminhando-o para o arquivista. Ao contrário do habitual, não havia nenhum relatório por escrito.

Intrigado, o Professor foi falar imediatamente com o arquivista, achando-o envelhecido e mal-humorado. De rosto quadrado, grandes bolsas sob os olhos profundamente enfiados nas órbitas, o funcionário parecia deprimido.

— Não parece estar em forma, amigo.

— Recusaram-me um aumento, minha mulher quer o divórcio e o meu filho mais velho se recusa a me obedecer! Não tenho motivos para me alegrar.

— No que se refere ao aumento, posso ajudá-lo.

— Verdade? Não é de graça, suponho!

— Supõe errado. Aprecio o seu trabalho e todo esforço merece recompensa.

— Então, considere-me como seu devedor.

— Não teria recebido um estrangeiro interessado em Tutancâmon?

— Recebi, Professor.

— Um egiptólogo?

— Não creio.

— O que ele queria?

— Consultar os arquivos de Howard Carter.

— Qual o motivo?

— Pesquisas pessoais. Ele se mostrou paciente e tive de me dobrar às suas exigências por ordem do meu superior. Além do mais, esse curioso tinha uma carta de recomendação assinada pelo diretor do Departamento de Antiguidades, o cônego Drioton. Eu fiquei um pouco embaraçado porque os papéis de Carter estavam muito desgastados pelo tempo. No entanto, o bisbilhoteiro passou longas horas a estudá-los.

— Ele lhe disse se havia descoberto o que procurava?

— Não, Professor.

— Anotou o nome dele?

— Evidente.

O arquivista consultou a agenda.

— O apreciador de papéis velhos se chama Mark Wilder.

— Qual o endereço dele no Cairo?

— Não sei.

— Obrigado pela colaboração, caro amigo. A partir do mês que vem, será aumentado.

O arquivista inclinou-se.

O Professor estava satisfeito. Agora sabia o nome do último adversário que o Salawa devia derrotar. Restava descobrir a profissão dele, as intenções e o local onde podia ser encontrado.

A recomendação de Drioton tendia a provar que Mark Wilder fora admitido no círculo de Faruk. Um homem poderia dar-lhe muitas informações: Antonio Pulli, a eminência parda do rei.

53

Ateya e Mark esperavam pacientemente no aeroporto do Cairo. O avião para Luxor estava com apenas duas horas de atraso e essa espera não era muito cansativa. Antes de enfrentar as novas provas, eles desfrutavam uma cumplicidade amorosa, como se o futuro lhes pertencesse.

Um homem parou diante deles.

— Preciso lhe falar em particular, Mark.

— John! Também vai para Luxor?

— Sinto muito, você vai ficar no Cairo.

— Fora de cogitação.

— Preciso lhe falar a sós.

Com o olhar, Ateya deu o seu assentimento a Mark, que foi levado pelo agente da CIA para um canto tranquilo.

— Como eu já disse a Mahmud — declarou Mark —, a minha intervenção nos negócios de espionagem terminou. Tenho outra missão a cumprir e não me dobrarei às suas vontades.

— Você irá a Luxor depois de me prestar um último serviço.

— Você não me entendeu muito bem, John.

— Meu amigo, não me obrigue a reiterar as ameaças. Se ama realmente essa mulher, não a ponha em perigo.

Mark não conseguia falar. Queria quebrar a cara do compatriota.

— O que quer exatamente?

— Que leve este envelope fechado a Faruk.

John entregou o documento a Mark.

— Qual o conteúdo?

— *Top secret*.

— Não para mim!

— Quanto menos souber, melhor.

— Exijo a verdade.

— Como queira! A CIA promete entregar veículos blindados e submetralhadoras a Faruk, para que ele possa pôr um fim rápido a qualquer novo distúrbio. Assim, o rei compreenderá que dispõe do apoio dos Estados Unidos e que passa a ser seu devedor.

— Por que sou obrigado a bancar o carteiro?

— Porque você não pertence e nenhum serviço oficial e porque Faruk confia em você. Ele o considera um aliado seguro e não duvidará da veracidade da informação. Antonio Pulli o aguarda no palácio de Kubbeh, às 18 horas. Deverá entregar este envelope ao rei, em mãos. Se houver algum problema, mantenha o documento com você e me ligue. Mas tudo deverá correr bem. Em seguida, poderá ir para Luxor. Então, é lá que estão escondidos os papiros de Tutancâmon... O conteúdo deles pode me interessar muito, não se esqueça. Boa viagem, Mark.

*

* *

O palácio de Kubbeh tinha mais de quatrocentos aposentos e abrigava uma quantidade impressionante de tesouros, entre eles medalhas, baús cheios de joias, ovos Fabergé, peso de papéis enfeitados com pedras preciosas e uma fabulosa coleção de selos raros, comparável à da rainha da Inglaterra. O guarda-roupa de Faruk tinha uns cem ternos, dez mil camisas de seda e dez mil gravatas.

Apenas alguns familiares sabiam da existência dos objetos mais suspeitos, como uma fotografia com a dedicatória de Adolf Hitler e cartões-postais eróticos. Obcecado por sexo, Faruk também colecionava estátuas excitantes de mármore, relógios e caixas de música ornamentados com figuras de jovens nuas, calendários sugestivos e até saca-rolhas propícios para despertar os seus desejos.

Antonio Pulli recebeu Mark Wilder num grande escritório decorado com quadros de boa qualidade.

— Recebi o seu pedido de audiência, mas Sua Majestade está meio adoentada. Posso ajudá-lo?

— Infelizmente não. Tenho de lhe entregar um envelope confidencial.

— Fique tranquilo, senhor Wilder, eu me incumbirei escrupulosamente dessa tarefa.

— Não tenho dúvidas, mas as circunstâncias me obrigam a entregar este documento em mãos.

Ofendido, Pulli levantou-se.

— Vou ver o que posso fazer.

Mark esperou por uma boa meia hora.

Pulli reapareceu.

— Siga-me, Sua Majestade concordou em recebê-lo.

De roupão, sentado numa poltrona capaz de suportar o seu peso, Faruk devorava *pâtisseries* e tomava suco de laranja.

— Deixe-nos a sós, Antonio.

A eminência parda desapareceu.

Mark apresentou o envelope a Faruk, que o abriu, leu-o e rasgou-o em mil pedaços.

— Excelentes notícias, senhor Wilder. Estou satisfeito, muito satisfeito, e aprecio muito a atitude dos meus amigos americanos. Eles poderão se felicitar no futuro, diga isso a eles. Agora, saia. Preciso repousar um pouco antes de um jantar oficial.

Mark encontrou Antonio Pulli no corredor.

— Tudo bem?

— Melhor impossível. Sua Majestade ficou radiante.

— Bravo, senhor Wilder! A nossa colaboração está se revelando frutífera, e o rei aprecia a sua eficiência e discrição. Nestes tempos conturbados, a ajuda dos nossos amigos americanos parece um dom do céu. Em breve, terei novos processos para lhe confiar.

"A eminência parda do rei é realmente muito bem-informada", pensou o advogado.

— Vou viajar para descansar alguns dias em Luxor.

— Um lugar encantador! Templos e tumbas merecem a visita, o Vale dos Reis é um sítio arqueológico inesquecível. Ah... Já ia me esquecendo. Uma pessoa importante me perguntou como corria a sua estada entre nós. Elogiando a sua competência de advogado e a sua estatura de homem de Estado, eu o tranquilizei ao afirmar que o Egito o fascinava.

— Posso saber a quem se refere?

— Nós o chamamos de "o Professor". Ele conhece todos os trabalhos de escavação, faz e desfaz as carreiras dos arqueólogos e goza de estima geral. Sem dúvida irá encontrá-lo em Luxor. Ele ficaria feliz em conversar com o senhor. Boa viagem, senhor Wilder.

A caminho do aeroporto, Mark foi tomado de angústia.

Depois de cumprir essa última missão, ele não tinha mais nenhuma utilidade para Mahmud nem para John e era apenas uma testemunha embaraçosa das atividades secretas dos dois. Quanto à amizade de Faruk, ela não tinha nada de protetora.

Era um bom momento para se livrarem dele...

Não, ainda faltavam os papiros de Tutancâmon. Mas será que Mahmud e John queriam realmente que eles aparecessem?

Sim, para se apossarem desses papiros e usá-los como melhor lhes conviesse.

Assim que os encontrasse, Mark se tornaria tão incômodo quanto inútil.

Nas imediações e dentro do aeroporto havia uma multidão de policiais. Temendo um atentado, o advogado precipitou-se para procurar Ateya.

Um oficial interceptou-o e pediu os seus documentos.

— Incidentes?

— Fique tranquilo, nada de grave. Simples controle de rotina.

Faruk queria mostrar que dirigia firmemente o país.

Finalmente, ele a viu! Sentada perto da sala de embarque, Ateya lia uma obra dedicada ao Vale dos Reis.

O próximo voo para Luxor foi anunciado.

— Correu tudo bem? — perguntou ela.

— Sim e não. Entreguei um envelope confidencial a Faruk e espero ter me livrado da CIA. Mas o Professor descobriu a minha identidade.

54

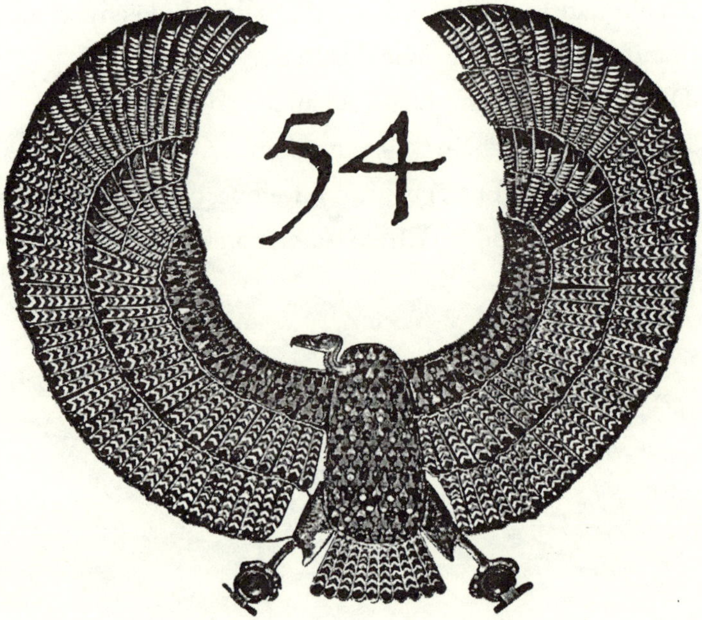

Luxor encantou Mark. Longe da agitação, do barulho e da multidão do Cairo, a pequena cidade do Sul vivia sobretudo de turismo. Na margem leste, ficava o gigantesco Karnak, uma reunião de vários santuários, e o admirável templo de Luxor; na margem oeste, outros templos e uma grande quantidade de tumbas, espalhadas por diversos sítios arqueológicos, como o Vale dos Reis, o Vale das Rainhas, o Vale dos Nobres e o Vale dos Artesãos. A extensão e a riqueza dessa terra eterna davam vertigem. Quantos anos seriam precisos para explorá-la, sem ter a certeza de que todos os segredos haviam sido descobertos?

Howard Carter havia dedicado grande parte da sua vida a procurar a tumba oculta de um faraó quase desconhecido, com a certeza de que ela estava no coração do Vale dos Reis, cuidadosamente dissimulada. E ao passar pela entrada dessa tumba pela primeira vez, acompanhado de Ateya, Mark sentiu-se subitamente em comunhão com a alma do pai. O advogado ouviu as palavras que ele havia pronunciado: "Continuamos sem compreender o mistério da vida. As sombras se movem, mas nunca se dissipam completamente[1]."

Um corredor de acesso terminava numa antecâmara com um anexo ao lado, uma câmara de ressurreição complementada por uma sala: a modesta tumba de Tutancâmon era um relicário que continha por volta de três mil e quinhentos objetos destinados à vida transfigurada do faraó que se tornara luz. Todas as outras tumbas do Vale dos Reis haviam sido saqueadas, e o mobiliário, destruído ou disperso. A magia de Tutancâmon, que só os ignorantes qualificavam de monarca medíocre, sem importância, atravessara os séculos até o encontro com Howard Carter.

Mark contemplou as cenas rituais e simbólicas da câmara de ressurreição, consagradas à abertura da boca do faraó ressuscitado e à sacralização do tempo, ilustrada por babuínos, animais sagrados de Toth. Depois, o olhar dele fixou-se no sarcófago de ouro, ainda no mesmo lugar.

— Os antigos egípcios chamavam o sarcófago de "mestre da vida[2]" — explicou Ateya. — Para eles, este não era um lugar de morte e sim de transmutação. No sarcófago, o iniciado nos mistérios se transformava em Osíris e atravessava vivo as portas do Além.

---

[1] Cf. *Archeologia*, nº 312, 1995, p. 29.

[2] *Neb ânkh*.

Diante desse ser transformado em ouro divino, agora Mark compreendia o sentido e o alcance da Busca de Howard Carter.

Não se tratava de uma simples descoberta arqueológica, mesmo que fosse a mais excepcional da história, e sim da revelação de um mistério que dizia respeito à própria essência da vida.

E o acaso não tivera nenhum papel nisso. Fora o empenho de um cientista infatigável e genial, a vontade dos deuses sempre presentes, apesar da cegueira dos humanos, a necessidade de dispor da mensagem de Tutancâmon para lutar contra o materialismo e a violência de um mundo que andava de cabeça para baixo.

Ateya e Mark passearam devagar e por longo tempo pelo Vale dos Reis. Impregnaram-se da força desse cadinho alquímico, no qual, segundo as suas próprias palavras, Carter participara da plenitude e da serenidade de Ísis, a grande mágica, capaz de reunir as partes dispersas do corpo do Osíris assassinado e de arrancá-lo do sono da morte para que o Salvador, Hórus, pudesse nascer.

O eterno silêncio do Vale não era o silêncio do vazio, mas a condição indispensável ao processo de ressurreição. Ali, entre as falésias áridas e ardentes devido ao sol, revelava-se o mistério pela natureza.

O sarcófago de Tutancâmon não era um polo de energia de onde emanavam as forças capazes de espiritualizar os seres humanos ampliando-lhes o coração?

Howard Carter havia entrado em contato com o essencial, e Mark tinha de encontrar os papiros retirados da tumba de Tutancâmon.

Em nenhum momento, nem ele nem Ateya, compenetrados demais, perceberam um quinquagenário de rosto quadrado e cabelo grisalho que os observava. Desde que haviam chegado a Luxor, o homem não perdia nada das suas andanças.

*
* *

Tomar uma cerveja nos jardins do Winter Palace, sob o céu azul de Luxor, era um momento abençoado. Howard frequentara muito esse hotel lendário, onde todos os britânicos dignos do nome degustavam o seu chá, admirando o Nilo. Ali se haviam desenrolado episódios cruciais do "caso Tutancâmon", sobretudo quando o egiptólogo se opusera às autoridades para manter o controle da *sua* tumba. Atacado, caluniado, impedido de escavar, Howard Carter nunca se dobrara. E quando voltara ao Egito, depois do fim da escavação, anônimo e solitário, ele se havia deleitado com a elegância e o charme do Winter Palace.

Ateya aguardou que o pensamento de Mark retornasse do Vale dos Reis.

— Você parece abalado — constatou ela.

— "Quer saber quem você é *realmente*"... Agora, eu sei. Ser filho de um pai desses tem um peso esmagador e, ao mesmo tempo, é grandioso! Será que conseguirei ser digno do meu pai e cumprir a missão que ele me confiou depois de desaparecer fisicamente?

— Parece que vontade e perseverança não lhe faltam.

— E você surgiu, Ateya. Sem você, eu não teria nenhuma chance.

Ao pôr-do-sol, eles passearam ao longo do Nilo, como dois apaixonados sem nenhuma preocupação. O suave vento do norte proporcionava um frescor delicioso, o rio enfeitou-se de laranja, vermelho e dourado. Em alguns minutos, o sol decadente iria desaparecer na montanha do Ocidente, para ressuscitar as almas adormecidas e iniciar um duro combate contra os demônios das trevas. Só a qualidade da tripulação da sua barca, na qual figuravam, sobretudo, o Verbo e a intuição das causas[1], permitiria que ele atravessasse, uma a uma, as portas do universo subterrâneo, que acalmasse os guardiães e vencesse a serpente monstruosa, firmemente decidida a impedir essa viagem. Conhecer as fórmulas certas da transformação em luz era determinante. Eram essas as fórmulas contidas nos papiros de Tutancâmon.

— Por instantes — confessou Mark — esperei que os papiros estivessem na tumba do rei. Mas só restam espaços vazios, com exceção do fabuloso sarcófago.

— Vamos entrar em contato com as últimas testemunhas da aventura de Carter — anunciou Ateya. — Ele possuía amigos fiéis entre os operários e, sem dúvida, alguns deles devem concordar em nos dar indicações preciosas. O abade Pacômio fez uma lista de nomes, o que nos evitará de agir às cegas. Dois assistentes egípcios de Carter até escreveram para a sobrinha dele enviando condolências depois da morte do patrão. E o seu pai havia legado a um deles[2] uma pequena quantia, como reconhecimento pelos trabalhos prestados.

Eles jantaram à beira da piscina, relembrando as horas dramáticas da descoberta da tumba de Tutancâmon. Novembro de 1922: a última operação de busca. Desanimado e não acreditando mais na existência de uma tumba intacta e que contivesse tesouros, lorde Carnarvon ia parar de financiar as pesquisas onerosas e improdutivas. Carter conseguira persuadi-lo a lhe dar uma última chance.

E na manhã de 4 de novembro o primeiro degrau da escada que levava à porta lacrada da tumba de Tutancâmon apareceu. Ateya

---

[1] *Hou* e *Sia*.

[2] Abd el-Aal Ahmed Sayed.

contou a epopeia em detalhes e Mark teve a sensação de estar ao lado do pai na hora em que o fantástico sucesso coroava tantos anos de trabalho.

Em seguida, os dois amantes foram para o quarto de Mark. Os raios do sol poente iluminavam a cama na qual, abraçados, Ateya e Mark deitaram. De frente para o Nilo e no alto do Ocidente, eles se amaram.

55

— É você, Mark? É você mesmo?

— Mas claro, Dutsy!

— De onde está ligando?

— De Luxor, no Alto Egito.

— Santo Deus! Graças a Deus! O que anda aprontando por aí?

— Estou visitando e explorando o lugar. Tudo bem no escritório?

— Estamos nos virando, mas preciso urgentemente dos seus pareceres!

— Envie um resumo dos processos com a sua opinião para o Winter Palace, pela mala diplomática. Eu decido e ligo para você.

— Quanto tempo vai ficar ausente?

— Não sei, Dutsy. Vai depender do progresso da minha investigação.

— Responda-me francamente: por acaso não existe uma mulher nessa história?

— Francamente, sim.

— É... sério?

— Muito sério.

— Era só o que faltava! Não me diga que está pensando em se casar!

— Estou firmemente decidido. E é você quem vai organizar a festa.

— Estou louco para conhecer a feliz eleita! Por que não a traz imediatamente para Nova York? Depois do incêndio do Cairo, o Egito passou a ser um país de alto risco! Você não está seguro.

— A CIA controla a situação.

Mark ouviu uma série de grunhidos.

— Não seja muito otimista — recomendou Dutsy. — No seu lugar, eu arrumaria as malas.

— Preciso encontrar os papiros de Tutancâmon.

— É impossível fazê-lo mudar de opinião, lógico! Seja muito prudente, Mark. Os revoltosos do Cairo já mataram estrangeiros e farão isso de novo. Vou mandar os processos.

*

* *

Quatro dias de diligências, de encontros e conversas.

Quatro dias de decepções.

Os amigos de Carter e os descendentes haviam desaparecido, alguns estavam mortos, outros partiram sem deixar endereço. E as raras amizades do arqueólogo que haviam ficado em Luxor não tinham nada a contar, a não ser confirmar o respeito que tinham por esse inglês trabalhador que nunca olhava de cima as pessoas simples.

Obstinada, Ateya conseguiu marcar um encontro com um velho doente que residia em Gurnah, na margem oeste de Luxor. Antes de morrer, ele queria falar sobre o passado e as escavações das quais havia participado, sob a direção de Carter.

Ateya apresentou-lhe Mark, que passou pelo sacrifício do ritual do chá preto, servido pela irmã extremamente idosa do centenário, cuja voz tremia.

— Quase não consigo andar e os meus dias estão contados — confessou ele. — Por isso, não tenho medo do Salawa. Com os outros, é diferente... Todos sabem que, depois que o demônio reapareceu, a maldição de Tutancâmon vai atacar novamente. Até os xeiques mais sábios são incapazes de lutar contra ele. O Salawa já levou e devorou muitas crianças, e vai castigar as famílias dos que falarem demais. Além de mim, ninguém ousará falar com o senhor. E eu só tenho boas lembranças para contar. Carter era um homem intrépido, corajoso e generoso. Tratava bem os operários e sabia lutar contra a adversidade.

— Ele descobriu algum papiro na tumba de Tutancâmon? — perguntou Mark.

— Primeiro afirmaram que sim, depois disseram o contrário. Havia tantos boatos e agitação em torno dos objetos trazidos à superfície! Eu me limitava a fazer o meu trabalho. E Carter sempre me pagou bem! No entanto, o trabalho não era fácil, principalmente em Deir el-Bahari. A primeira descoberta, a da tumba do faraó de pele negra e pernas de colosso, vá lá! Mas a segunda, a da tumba da rainha Hatchepsut, poderia ter custado a vida dele.

— O que aconteceu?

— Como o relacionamento de Carter com a população era muito bom, ele foi avisado da existência de uma tumba de acesso muito difícil, no fundo de um uádi, na escarpa do Ocidente. Isso foi em 1916, e a falta de policiamento e de guardas facilitava a atividade dos ladrões. E, por sinal, alguns dignitários avisaram Carter que um bando de saqueadores havia entrado nessa misteriosa tumba. Apesar do perigo, ele reuniu alguns operários, eu estava entre eles, e se dirigiu ao local, aonde chegamos por volta da meia-noite, depois de uma longa e difícil escalada. Lá, vimos uma corda que descia por um buraco! Alguns ruídos vinham do fundo: saqueadores em plena atividade. Aquela gente era violenta e devíamos nos afastar. Carter, ao contrário, desceu sozinho e deu de cara com oito bandidos. Ele mandou que saíssem do local sem demora. Senão os deixaria lá e iria buscar a polícia. Um contra oito... Eles podiam matá-lo. Amedrontados, eles preferiram fugir. E Carter explorou a tumba.

— O que ele encontrou? — perguntou Mark.

— Um magnífico sarcófago de quartzito, atualmente no Museu do Cairo. Na tampa estava representada a deusa do Céu, Nut. Ela se estendia em cima da rainha e punha a alma dela entre as estrelas perenes. Foi ela quem protegeu Carter contra os saqueadores. E as duas façanhas de Deir el-Bahari lhe valeram a fama de mágico, protegido dos golpes do destino.

— As suas recordações são fascinantes!

— São só essas, não tenho mais nenhuma. Com licença, estou cansado e preciso dormir.

— Poderia nos receber de novo? — propôs Ateya.

— Seria inútil e perigoso.

Exausto, o homem centenário adormeceu.

Ateya e Mark saíram da casa e atravessaram o povoado de Gurnah, construído sobre as tumbas que os habitantes haviam saqueado. Dizia-se que algumas delas ainda encerravam maravilhas.

O casal não notou o homem de cara quadrada e cabelos grisalhos que os seguia a uma boa distância. Ele os viu entrar num táxi, contratado por dia, e tomar a direção da balsa. Como já possuía informações suficientes para não perder a pista deles, o homem voltou para o seu carro.

*

* *

Na parte dianteira da balsa dos camponeses, sobrecarregada de carros, de burros, de aves e de pessoas em animadas conversas, Ateya e Mark desfrutavam da brisa refrescante.

— Sabe mais alguma coisa sobre as descobertas de Carter em Deir el-Bahari? — perguntou ele.

— Ele trabalhava nesse local desde 1893, quando tinha apenas dezenove anos. Em dezembro de 1901, Carter passeava a cavalo por ali quando, de repente, as patas dianteiras da montaria afundaram na areia e ele foi derrubado da sela. Um feliz acidente, pois o milagroso buraco permitiu que tivesse acesso à tumba de um faraó do Médio Império, Montuhotep II[1]. Em seguida, o local recebeu o nome de Bab el-Hosan, "a tumba do cavalo".

---

[1] Viveu de 2061 a 2010 a.C., aproximadamente. Seu nome significa "A força guerreira [Montu] foi pacificada [Hotep]".

— Continha algum tesouro?

— Uma estátua extraordinária, atualmente no Museu do Cairo, que representava o faraó sentado, com a coroa vermelha e vestido com a túnica branca usada na festa da regeneração. A cor preta da sua pele simbolizava o processo de regeneração. Montuhotep mandou construir o primeiro grande templo de Deir el-Bahari, um santuário osiriano. Muitos anos depois, Hatchepsut edificou, ao lado, o templo de terraços, "o Sagrado entre os sagrados[1]". E, novamente, coube a Howard Carter explorar a tumba destinada à Grande Esposa Real Hatchepsut, antes que ela se tornasse faraó.

— Eis os perfeitos esconderijos para os papiros de Tutancâmon!

— Não será fácil entrar nessas tumbas — avaliou Ateya. — Elas estão fechadas, o acesso é proibido aos visitantes e muito poucos egiptólogos as conhecem.

— Quem poderia abri-las para nós?

— O Departamento de Antiguidades na margem oeste.

— Chegou o momento de eu mostrar os meus talentos de advogado.

[1] *Djeser djeseru.*

56

A primeira visita de Mark ao escritório do Departamento de Antiguidades na margem oeste foi estéril, pois os responsáveis estavam ausentes. Marcaram uma entrevista para ele: no dia seguinte, às 7 horas.

Enquanto Ateya guiava um pequeno grupo fascinado pelo Egito até Karnak, Mark foi novamente à tumba de Tutancâmon, para se impregnar ao máximo da atmosfera do local, onde, durante muitos séculos, incríveis tesouros haviam sobrevivido no silêncio e nas trevas. Saqueadores, arqueólogos e turistas haviam pisado o solo do Vale dos Reis sem desconfiar que andavam sobre esse relicário que continha os segredos da eternidade.

O segundo encontro com o sarcófago foi tão emocionante quanto o primeiro. Como afirmavam os *Textos das Pirâmides*, o faraó não partia morto e sim vivo. Livre do envoltório carnal, transformado em ouro pelos rituais, ele ia ao encontro dos seus irmãos, os deuses, e reinava entre as estrelas.

Ao sair do Vale dos Reis para voltar ao Winter Palace, Mark sofreu uma transição brutal. Saía de um universo sobrenatural, onde o tempo não existia, e deparava-se com o mundo das torpezas humanas.

As notícias provenientes do Cairo não eram nada agradáveis. É bem verdade que Faruk havia nomeado um novo primeiro-ministro, Hilaly, cujo apelido era "Dom Quixote do Nilo", porque queria acabar com a corrupção e com os privilégios injustificáveis dos ricos. Para surpresa geral, o rei até assinara um decreto que obrigava a todos os egípcios a fazerem uma declaração, totalmente sincera, sobre a verdadeira origem da própria fortuna! Mas diante do protesto coletivo dos políticos, que ameaçaram revelar as especulações alucinantes dos amigos de Faruk, o primeiro-ministro havia abandonado os projetos moralizadores. Sendo a virtude definitivamente enterrada, eles se entregariam novamente aos joguinhos habituais, sob o olhar paternal do rei, indiferente ao ódio do povo e à decepção do exército e da classe média.

Inútil iludir-se: o *status quo* não poderia durar. Disfarçado, Nasser avançava e a CIA também. Que opção fariam os Estados Unidos, que Egito queriam, como resolveriam o espinhoso problema do canal de Suez e da ocupação inglesa? Em Luxor, Mark mantinha-se afastado dessa tormenta, esperando que não eclodissem mais distúrbios antes que ele encontrasse os papiros de Tutancâmon.

Cansada por ter respondido às inúmeras perguntas do entusiasmado grupo, Ateya apreciou o jantar calmo no jardim do Winter Palace. E as palavras de amor ditas por Mark afastaram toda a fadiga.

*

* *

Ateya e Mark chegaram ao escritório de um dos inspetores do Departamento de Antiguidades, na margem oeste de Luxor, alguns minutos antes das 7 horas. Na faixa dos cinquenta anos, rosto quadrado e cabelos grisalhos, o funcionário tomava um café enquanto ouvia as queixas de um dos seus subordinados.

Os visitantes foram convidados a sentar. Antes de tudo, precisavam dar provas de paciência, não interromper o chefe e aguardar que ele se dignasse a mostrar interesse pelos visitantes.

Um empregado trouxe uma bandeja cheia de xícaras de café turco e o tempo passou lentamente.

O inspetor abriu um grande caderno, folheou-o com atenção, escreveu algumas linhas e depois olhou para o casal.

— Em que posso ajudá-los?

— O meu nome é Mark Wilder e sou advogado. Como tenho a sorte de poder ficar alguns dias em Luxor e ser guiado pela senhorita Ateya, gostaria de ter acesso aos locais proibidos aos turistas.

O inspetor segurava um lápis.

— Já ouvi falar da senhorita. Uma excelente guia, segundo opiniões de pessoas tão diferentes quanto unânimes. Ela saberá fazer com que aprecie as maravilhas desta cidade tão antiga. O que gostaria de ver, especificamente?

— A tumba de Montuhotep II, em Deir el-Bahari, e a da rainha Hatchepsut.

— Esses locais são de difícil acesso e estão fechados há muito tempo. Por que despertaram a sua curiosidade?

— Estou interessado nas façanhas arqueológicas de Howard Carter. Depois de estudar os cadernos de anotações mantidos no Museu do Cairo, gostaria de conhecer essas duas sepulturas exploradas por ele.

— Procedimento de um verdadeiro egiptólogo, senhor Wilder! Por acaso decidiu mudar de profissão?

— Fique tranquilo, serei sempre amador!

O inspetor tamborilou na mesa com a ponta do lápis.

— Eu ficaria muito feliz em atendê-lo, mas será bem difícil. Diante do caráter especial desses locais, tenho de fazer um pedido por escrito aos meus superiores no Cairo. E me é impossível especificar o prazo da resposta. No entanto, tenha a certeza de que, do meu lado, farei todo o possível. Infelizmente, não posso prometer um resultado positivo.

— Aprecio imensamente os seus esforços, senhor inspetor. E estou certo de que será atendido.

— *Inch Allah*, senhor Wilder! Às vezes, os mistérios da administração são insondáveis. Mas há tantos tesouros para se ver em Luxor! Os seus dias de visita certamente serão muito ocupados.

Mark percebeu que já estava na hora de retirar-se.

— Onde posso encontrá-lo? — perguntou o inspetor.

— Estou hospedado no Winter Palace.

— Um hotel lendário, um dos feudos de Carter! Corre o risco de encontrar o seu fantasma.

— Ele deve ter lembranças fabulosas para contar!

— Que a sua estada entre nós seja das mais agradáveis.

Outras pessoas que desejavam fazer solicitações entraram no escritório.

*

* *

— Não gosto desse homem — disse Ateya.

— Já havia encontrado com ele?

— Nós nos cruzamos uma vez, em Karnak. Não tem uma boa reputação e a atitude dele não me parece nada favorável.

— Acha que zomba de nós?

— Não necessariamente, mas pelo caminho hierárquico vamos perder muito tempo. Posso jurar que ele quer impedi-lo de ver as tumbas.

— Talvez porque uma delas contenha os papiros de Tutancâmon... Será que ele sabe disso?

— Se esse for o caso, as portas continuarão fechadas.

— Podemos forçá-las?

— Pouco provável.

— Vamos ter paciência... Em caso de fracasso, assumiremos alguns riscos.

*

* *

Às 10 horas da manhã, o inspetor despachou um funcionário choramingas que pedia um aumento. Em seguida, dedicou-se a uma tarefa prioritária: falar com o Professor pelo interfone, que, por acaso, funcionou.

— Acabei de falar com Mark Wilder e a amiga egípcia. Eles querem visitar as tumbas de Deir el-Bahari descobertas por Carter. Eu me apoiei no regulamento administrativo. O que devo fazer?

— Siga os trâmites. Escreva uma carta convencional ao seu superior.

— Devo examinar as tumbas antes de receber a resposta do Cairo?

— De jeito nenhum. Não mude nada dos seus hábitos e limite-se a observar as atividades de Wilder. Faça-me um relatório por telefone todas as noites.

57

Todos os dias, Mark ia contemplar o sarcófago de Tutancâmon e impregnar-se do mistério dessa tumba esvaziada dos seus tesouros. Também visitara várias vezes a morada eterna do faraó Sethi II, usada por Carter como laboratório e depósito, mas não descobrira nenhum esconderijo de papiros. No fim da tarde, antes de encontrar-se com Ateya, que fazia o seu trabalho de guia, o advogado estudava os documentos enviados por Dutsy e ligava para ele para dar instruções. A atividade do escritório era tão grande que fora necessário contratar dois novos colaboradores. E Nova York fervia de boatos sobre o destino político de Mark

Wilder, em viagem de estudos ao Oriente Médio no superior interesse dos Estados Unidos.

Ele nunca havia imaginado que o destino lhe permitiria viver um amor tão intenso. Ele e Ateya eram cúmplices em todos os momentos e a noção tão estranha de "alma gêmea" assumia todo o seu sentido.

O corpo terno e suave dela estendeu-se em cima dele.

— Está na hora de acordar — murmurou ela.

— Prefiro continuar a sonhar... Estava abraçando uma mulher nua, amorosa e...

— Hoje é a festa da primavera! Prepare-se, vamos almoçar no campo.

*

* *

Cham en Nessim, "o perfume da brisa", era a festa preferida dos egípcios. Celebrada na segunda-feira da Páscoa copta, reunia muçulmanos e cristãos, mas a maioria deles não sabia que perpetuava uma tradição que datava do tempo dos faraós. Os habitantes saíam das cidades almejando conseguir um canto ao ar livre para saborear em família os pratos obrigatórios desse feriado: cebolas frescas, ovos cozidos coloridos, purê de favas e peixe marinado na salmoura[1]. Na ocasião desse banquete, os Antigos prestavam homenagem à fertilidade da água e da terra. A união das duas garantia a abundância sob a luz do sol primaveril e o vento desse dia feliz tinha, necessariamente, um efeito benéfico.

---

[1] O *fessikh*.

Usando roupas de cores vivas, meninas e meninos se divertiam à grande. Passando de casa em casa, recebiam frutas ou outros presentes em troca de ovos decorados.

Mark comprou um colar de flores de jasmim para enfeitar o pescoço da noiva. Eles almoçaram em pleno campo, sentados numa toalha branca, nas proximidades de um povoado.

— Nunca me esquecerei desta primavera — confessou ele, beijando-a.

— Não estamos aqui por acaso. Nesse povoado mora um dos discípulos do abade Pacômio, um copta que nos dirá a verdade sobre os acontecimentos de Luxor e nos permitirá, é o que espero, encontrar os amigos de Carter.

Conforme as instruções do abade, o advogado só usava camisas azuis e levava o talismã sempre com ele. Mesmo que essas precauções parecessem insignificantes para uma mente racional, ele sentia várias forças estranhas à sua volta.

Terminada a refeição, o casal dirigiu-se a um palmeiral que precedia uma aldeia formada de casas de adobe com telhados de folhas de palmeira trançadas.

Ateya impediu que Mark seguisse por uma trilha.

— Este caminho pertence a um *afarit* — explicou ela. — Ninguém passa por aí, pois ele causa graves feridas nas pernas. Temos de contorná-lo.

Como tantos outros povoados, este também tinha dois polos de atração, o charco insalubre onde a louça era lavada e as crianças se banhavam e a esplanada de terra batida onde era depositado o produto das colheitas controladas pelos inspetores do fisco.

Nas paredes de uma casa, as cenas representavam a peregrinação de um piedoso habitante do povoado a Meca. No lintel[1] de várias portas havia ferraduras e mãos de barro pintadas de azul.

A casa do copta tinha uma particularidade: a proteção mágica era representada por quatro pequenos losangos. Ele possuía um jardinzinho onde cresciam pepinos, manjericão, salsa e alface.

Ateya abriu uma porta de madeira que dava acesso a dois cômodos; um deles servia de quarto e, ao mesmo tempo, de cozinha, e o outro era destinado ao burro e às galinhas.

O proprietário despertou da sesta.

— O abade Pacômio me mandou aqui — declarou Ateya.

— Que Deus o abençoe! Este homem com você...

— Um discípulo do abade. Pode falar sem preocupação.

O camponês continuou sentado.

— É uma festa triste — murmurou ele. — Uma festa bem triste. Um vento maléfico sopra no povoado e na região.

— O que está acontecendo?

— O Salawa reapareceu, a maldição de Tutancâmon assola novamente aqueles que ousaram perturbar o seu repouso.

— Os colaboradores mais próximos de Howard Carter foram atingidos?

— Dois dos fiéis operários dele perderam um neto, todos se isolam ou se calam. Falar sobre Carter e a sua descoberta é o mesmo que ser condenado à morte.

— A polícia fez alguma investigação? — perguntou Mark.

— Ela já compreendeu quem é o culpado e sabe que não pode intervir. Nenhuma arma pode destruir o Salawa.

[1] Viga que sustenta o peso acima do vão da porta. (N. T.)

— Não existe um meio de combatê-lo?

— As fórmulas mágicas se tornaram impotentes, pois o reino das trevas não para de crescer. É preciso esperar que a raiva do Salawa diminua e que ele volte para o fogo no centro da Terra.

— Você conhece bem os melhores operários de Carter — lembrou Ateya. — Será que um deles aceitaria falar conosco, se nos encontrarmos em completo segredo?

— Não conte com isso!

— Eu insisto, é muito importante.

— Não imagina o pavor que o Salawa semeia! Ninguém quer provocar a sua fúria.

— Acho que posso fazê-lo voltar para o seu antro — afirmou a jovem —, mas com a condição de conseguir informações precisas.

O camponês olhou Ateya direto nos olhos.

— Você diz a verdade.

— Ajude-nos, por favor. Deus Nosso Senhor lhe agradecerá.

— Talvez haja alguém bastante corajoso ou insensato... Se ele recusar, eu compreenderei. E se não tiverem notícias minhas daqui a três dias, saiam de Luxor sem demora. O Salawa se voltará contra vocês. Agora, saiam. E contornem o povoado pelo sul... Os gênios maus controlam os outros caminhos e espalham doenças.

Ateya e Mark respeitaram o aviso.

Cruzaram com um grupo de meninas orgulhosas dos vestidos novos e andaram num passo rápido na direção do táxi que os levaria de volta ao Winter Palace.

Na recepção havia uma mensagem do inspetor do Departamento de Antiguidades.

Uma autorização para Mark Wilder visitar as duas tumbas de Deir el-Bahari.

58

No bar do Winter Palace, Ateya e Mark tentavam esquecer o fracasso. Apesar da autorização oficial, foi preciso não menos do que três dias para conseguirem duas equipes competentes e distintas, capazes de abrir a tumba de Montuhotep II e a da rainha Hatchepsut, de difícil acesso.

A longa e paciente exploração não dera em nada. Nem o menor vestígio de papiros, nenhum esconderijo possível. As sepulturas esquecidas estavam desesperadoramente vazias.

Evidentemente, o advogado agradeceu enfaticamente ao inspetor, sem demonstrar o seu desapontamento.

— Não se desencoraje — recomendou a jovem.

— Não temos nenhuma pista precisa. Onde continuar a procurar?

— Pacômio não vai nos abandonar. De tanto rezar, ele conseguirá algum sinal do céu.

— O discípulo do abade não conseguiu convencer o amigo a nos receber. Só nos resta voltar para o Cairo e analisar a situação com o abade.

Depois de um último uísque, eles voltaram para o amplo quarto de Mark, com um delicioso conforto britânico.

Na cama havia um envelope lacrado.

O advogado abriu-o. Dentro, uma carta em copta.

Ateya decifrou-a:

— Temos um encontro amanhã à noite com um copta que mora numa ruela próxima ao centro de Luxor. Ele concordou em falar conosco sobre as escavações de Howard Carter. Mas temos de redobrar a vigilância, pois o Salawa se aproxima de nós.

*

* *

Pela primeira vez desde que passou a levar a vida difícil de agente duplo, Mahmud estava a ponto de perder o sangue-frio e se deixar levar pela aflição. Diante da gravidade dos projetos do tenente-coronel Nasser, ele tinha de avisar os americanos o mais rápido possível, por intermédio de Mark Wilder.

Mas não conseguia encontrar o americano.

O apartamento dele e o de Ateya estavam fechados e ninguém os vira em Luxor depois que haviam deixado o Winter Palace. Segundo um policial do aeroporto ligado aos Oficiais Livres, eles não haviam pegado nenhum avião.

Estariam escondidos no Alto Egito depois de um grave incidente ou haviam alugado um carro para voltar ao Cairo?

E se tivessem sido raptados, quem sabe eliminados?

Quem seria o autor de um crime desses e por quê?

Não saber de nada deixava Mahmud exasperado. Não podia contatar os ingleses, que, há muito tempo, não acreditavam nele, nem falar com a CIA diretamente, sob pena de ser identificado e morto.

Portanto, Nasser tinha as mãos livres para cometer um ato insensato, provocando uma terrível reação de Faruk e levando o Egito a uma luta sangrenta.

No entanto, alguns dos homens mais próximos a ele haviam desaconselhado o uso de violência. Porém, o tenente-coronel não suportava mais a moleza do bravo general Naguib, incapaz de tomar a frente de uma revolução, e queria desferir um grande golpe.

Longas argumentações não haviam conseguido dissuadi-lo. Depois, uma pergunta para testar a sua confiança caíra como um raio.

— Mahmud, você aprova ou não a minha iniciativa? — havia perguntado Nasser, com o seu olhar de ave de rapina.

— Eu a julgo perigosa, mas aprovo. Você é o nosso chefe, é quem fixa os objetivos da nossa ação e temos de obedecer.

Satisfeito, o tenente-coronel não podia duvidar do engajamento do subordinado.

— Vamos tomar as precauções indispensáveis — continuara Mahmud. — Já que conseguimos nos infiltrar no serviço de informações de Faruk, vamos convencê-los de que, aconteça o que acontecer, o exército continuará fiel ao rei e o protegerá de qualquer agressão.

Nasser havia encorajado essa providência.

Agora, ele estava a caminho, ia assassinar o general Sirri Amer, o braço armado de Faruk, executor das ações baixas, odiado pela quase totalidade dos soldados egípcios.

Uma verdadeira loucura que provocaria a fúria do poder e dos ingleses. Quanto aos americanos, assustados com essa violência, será que não se retirariam do jogo?

Mahmud fumava um cigarro atrás do outro. A morte do general Sirri Amer não ficaria impune, Naguib seria preso, Nasser e os Oficiais Livres tentariam sublevar o exército, extremistas de todos os tipos incendiariam novamente o Cairo, e os britânicos massacrariam qualquer um que tentasse tomar posse do canal de Suez.

O caos... O caos que ele tentava impedir destruiria o Egito nas próximas horas.

No quartel-general de Nasser ninguém falava. Todos aguardavam o resultado da operação-comando organizada pelo tenente-coronel, que deixara as mentes obcecadas com as suas últimas palavras: "O destino é inexorável, não existem acontecimentos fortuitos."

Eles bebiam suco de laranja, fumavam haxixe, lembravam os discursos do líder sobre a grande Revolução Francesa, Robespierre, Saint-Just e a cura da pátria doente.

E Nasser voltou.

Lívido, atordoado, olhar perturbado, ele recusou a cadeira que lhe ofereceram.

— O general Sirri Amer morreu? — perguntou Mahmud.

— Nós atiramos — declarou Nasser com voz apagada. — As detonações das nossas armas foram imediatamente seguidas dos gritos dilacerantes de uma mulher e de pavor de uma criança, que me perseguirão até a cama e me impedirão de pegar no sono. Uma espécie de remorso me deu um aperto no coração. Eu balbuciava: "Tomara que o general Sirri Amer não morra![1]"

Nasser calou-se e retirou-se para o quarto.

— O motorista foi morto — revelou um dos membros do comando. — Quanto ao general, não sabemos se sairá dessa.

Foi uma noite interminável.

Ao amanhecer, com um acesso de tosse, Mahmud saiu do quartel-general. Não ficaria surpreso se visse metralhadoras automáticas e centenas de soldados.

Mas a rua estava calma e os padeiros começavam a vender os pães que as pessoas cobriam com favas quentes.

Assim que recebeu o jornal da manhã, Mahmud levou-o para Nasser.

O tenente-coronel percorreu-o ansioso.

— O general não morreu! — exclamou ele. — Não dormi um segundo e desejei que vivesse aquele a quem eu queria matar. Esse tipo de ação não leva a nada e, doravante, não aceitarei o terrorismo. Sem desistir dos nossos objetivos, tomaremos o poder de outra maneira.

Foi um dia interminável.

Mahmud esperava a qualquer momento uma reação das forças policiais. Mas o bairro continuava na letargia habitual, sob o quente sol primaveril.

---

[1] Segundo as palavras do próprio Nasser na sua obra *Philosophie de la révolution*.

No fim da tarde, um revolucionário infiltrado no palácio trouxe notícias confiáveis: totalmente desinformado, Faruk acreditava na fidelidade absoluta do exército e considerava a tentativa de assassinato do general Sirri Amer como sendo o ato de um louco criminoso.

A investigação nunca chegaria até Nasser.

59

Levando muito a sério o aviso que anunciava um próximo ataque do Salawa, Ateya decidiu sair do Winter Palace e procurar refúgio na casa do pároco da igreja copta mais importante de Luxor. Grande admirador do abade Pacômio, ele lhes ofereceu um amplo quarto cheio de ícones da Virgem, dotados de uma magia capaz de afastar qualquer demônio.

Quando a noite caiu, eles saíram para o encontro. O centro da pequena cidade estava cheio de pedestres e turistas, ocupados em negociar o preço de suvenires, mais ou menos excêntricos.

Ateya encontrou a rua sem dificuldade.

Acima da porta do anfitrião estavam os losangos protetores.

Ela pediu a Mark que batesse três vezes, com força.

A porta se abriu e surgiu um septuagenário encurvado.

— Entrem depressa.

A casa era modesta. Cadeiras, arcas e armários se amontoavam.

— Sentem-se.

Eles sentaram em torno de uma mesa retangular de cobre, o copta lhes serviu chá preto.

Ateya lhe entregou a carta deixada no Winter Palace.

— Não tenho medo do Salawa — afirmou ele. — Por um lado, não tenho mais família; por outro, estou doente e em breve irei para o hospital, de onde não sairei vivo. Como já entreguei a minha alma ao Senhor Todo-poderoso, não tenho mais nada a temer neste mundo. Por isso, concordei em lhes falar sobre Howard Carter, para quem eu trabalhei. Por várias vezes ele me confiou a tarefa de distribuir o pagamento dos operários. Como ele falava árabe e morava há muito tempo no Egito, mantinha excelentes relações com muitos deles. Ele os respeitava, e eles também. No entanto, Carter não era um homem fácil! Taciturno, pouco falante, autoritário, exigia muito dos subordinados, mas dava o exemplo. Diferentemente de outros arqueólogos, não se limitava a olhar a equipe trabalhar e punha a mão na massa. Com ele, não havia possibilidade de ficar à toa! Às vezes se enfurecia com os incapazes, que não executavam as ordens corretamente.

— Ele fez grandes inimizades?

— Não, pois era um verdadeiro chefe e sabia impor-se como tal. Seus gritos acordavam os adormecidos e ninguém podia acusá-lo de injusto. Graças a ele, muitos camponeses participaram de longas campanhas de escavações bem-remuneradas e puderam comer melhor. Na margem oeste de Luxor, guardamos uma excelente recordação de Howard Carter e desejaríamos que existissem muitos como ele.

— O senhor estava entre os amigos dele? — perguntou Mark.

— Não, mas conhecia todos eles, especialmente o seu braço direito, Ahmed Girigar, a quem Carter ditava diariamente as suas instruções. Segundo ele, era preciso um rigor extremo. Carter se considerava um intermediário privilegiado entre o passado e o presente. Se, por falta de cuidado, preguiça ou ignorância, dizia ele, um escavador destruísse as muitas informações que poderia extrair das suas descobertas, cometeria um crime arqueológico imperdoável. Não havia nada mais fácil do que a destruição de testemunhos do passado, nada era mais irreversível. Nem o cansaço nem a precipitação eram desculpas válidas. O incompetente não podia, em alguns segundos, arruinar uma chance única de enriquecer a cultura da humanidade? Segundo Carter, se todas as escavações tivessem sido feitas de maneira correta e metódica, a arqueologia egípcia seria duas vezes mais rica, pois o trabalho *in loco* é primordial. Ele se revoltava ao pensar que inúmeros objetos estavam abandonados nos porões, e os acervos dos museus não tinham indicação de procedência nem um relatório escrito sobre o lugar e as circunstâncias da descoberta[1]. E o que ele mais temia eram os roubos! Depois da descoberta da localização da tumba de Tutancâmon, ele tomou infinitas precauções, principalmente mandando pôr um portão de madeira na entrada do corredor e outro de ferro antes da antecâmara. Os membros do Departamento de Antiguidades, os soldados e os melhores operários da época se revezavam para vigiar a tumba, dia e

[1] Essas palavras de Howard Carter foram extraídas dos seus próprios escritos.

noite. Não é difícil imaginar que a região fervilhava, com mil rumores a respeito do fabuloso tesouro!

— Então, ninguém pôde roubar nada — arriscou o advogado.

— Não até 31 de outubro de 1929. A partir dessa data, devido a graves conflitos com as autoridades, Carter perdeu a posse das chaves. Elas passaram de mão em mão. Ele, que se considerava proprietário e guardião da tumba, não podia mais trabalhar e saiu do Egito para fazer com que os seus protestos fossem ouvidos, sobretudo nos Estados Unidos. Como os sucessores se mostraram incapazes de resolver as dificuldades técnicas para continuar a escavação e como a situação política havia mudado, Carter foi chamado de volta e foi até o fim da sua aventura. Durante a sua ausência, os seus inimigos puderam entrar na tumba.

— O senhor ouviu falar da descoberta de papiros?

— Essa era uma das grandes esperanças de Carter! A descoberta chegou a ser anunciada, depois foi desmentida. Em seguida, Carter se recusou a abordar esse assunto, como se se tratasse de um tabu. Nunca se falará o bastante sobre a sua personalidade solitária e o senso de segredo. Mesmo nos seus relatos, ele não chegou nem perto de contar tudo. Ele se absteve, sobretudo, de confessar que havia explorado toda a tumba com lorde Carnarvon e a filha dele, Eve, antes da abertura oficial! Mas quem poderia recriminá-lo por isso?

— O senhor acredita na existência desses papiros?

O copta hesitou.

— Quando fiz a pergunta a Ahmed, o homem de confiança de Carter, ele deu a entender que alguns mistérios não deviam ser revelados e que ficaria de boca fechada. No entanto, estou convencido de que ele fez confidências ao homem que o apresentou a Carter e que ainda tem poder sobre muitos dos habitantes do povoado.

— De quem se trata?

— Do mais velho dos barqueiros de Luxor. Ele possui a própria balsa e só transporta pessoas importantes. Se existe alguém que sabe alguma coisa sobre os papiros, esse alguém é ele.

— Amanhã mesmo — decretou Mark — falaremos com ele.

— Impossível, ele saiu da cidade para comparecer ao casamento da neta com um núbio.

— Quando vai voltar?

— Por volta de 20 de maio. Mas não cante vitória! Esse barqueiro é uma pessoa ríspida e desconfiada.

— Ele confia no senhor?

— Ele gosta de mim, eu gosto dele.

— Quando ele voltar a Luxor — recomendou Ateya — entre em contato com ele e previna-o da nossa visita.

— Não sei se ele vai concordar em recebê-los!

— Só a vontade de Deus é realizada. E o abade Pacômio pedirá a Sua intervenção.

O septuagenário concordou com a cabeça.

— Saiam por trás, numa outra ruela. Não se esqueçam de que o Salawa pode atacar a qualquer momento. Alimentado com o sangue das vítimas, ele possui uma força considerável.

— Que aparência ele prefere?

— A de um homem alto, de peito largo. Assim, ele domina os humanos e imobiliza a vítima antes de matá-la. Não voltem mais aqui. Se o barqueiro consentir em falar com vocês, eu avisarei.

60

Enquanto Ateya guiava mais um grupo, Mark explorou o Vale dos Reis. As moradas eternas eram diferentes umas das outras; cada uma delas possuía características próprias e transmitia uma mensagem específica formando a página de um grande livro que o pesquisador devia reconstituir.

Todas as noites, o peregrino terminava a visita pela tumba de Tutancâmon e pelo encontro com o sarcófago.

Esvaziado dos turistas, o Vale dos Reis retornava ao silêncio. As sombras se alongavam, as escarpas se enfeitavam com o dourado do poente. Diante da máscara de ouro do faraó, Mark pensava no pai, no homem extraordinário que havia consagrado a sua vida a uma descoberta improvável, provavelmente utópica. No entanto, à custa de perseverança e coragem, ele fora bem-sucedido.

Era preciso que o barqueiro aceitasse falar e, finalmente, fornecesse a pista que levasse aos papiros. No fim das contas, isso não dependia da vontade do próprio Tutancâmon?

— Sinto interromper a sua meditação — disse uma voz firme —, mas queria conhecê-lo. — Todos me chamam de "o Professor" e os guardas me avisaram que vinha aqui todos os dias. Tamanho interesse por esta sepultura me intriga. Perdoe a minha curiosidade, um simples reflexo científico que não visa importuná-lo.

O Professor era um homem de estatura média, sem nenhum sinal característico. Muito elegante, usava um terno branco imaculado. Óculos escuros dissimulavam o seu olhar.

Mark se perguntou se havia caído numa armadilha e se a tumba de Tutancâmon não seria a sua última morada. O Professor não comandava os empregados do Vale dos Reis e não poderia incitar, impunemente, a intervenção do Salawa?

Impossível avaliar esse adversário, invasivo e intocável. Embora estivesse acostumado a julgar oponentes de grande competência e a descobrir um método para enfrentá-los, Mark nunca encontrara uma pessoa tão temível, cuja calma encobria uma força devastadora, semelhante à de uma naja.

— Por acaso está preparando um estudo sobre Tutancâmon? — perguntou o Professor.

— O meu nome é Mark Wilder e sou advogado empresarial em Nova York. O acaso quis que eu me interessasse pela vida e obra de Howard Carter, o maior dos egiptólogos. Portanto, o meu caminho não podia deixar de passar por esta tumba.

— Um lugar bem modesto diante dos tesouros que continha... Esta tumba foi concebida como um relicário, dissimulado para sempre, cujo brilho permitiria que as almas dos faraós perdurassem. Aqui, na sala de ouro, foi revelado o segredo da eternidade. O próprio nome do rei é uma promessa: Tut-ankh-Amon significa "símbolo vivo do mistério". E essa vida originada no mistério, e destinada a ele voltar, é sentida por todos os visitantes atentos. Veja, senhor Wilder, este fabuloso faraó conseguiu controlar a luz e incorporá-la ao ouro alquímico dos seus sarcófagos. Um texto nos ensina que o "justo de voz" se torna um ser da luz no coração do sol e continua poderoso na Terra, sem morrer uma segunda vez. Este sarcófago não permanece inerte, ele percorre o céu, como uma barca, sob a proteção das estrelas, que o ressuscitam noite após noite, dia após dia. Os hieróglifos gravados na máscara de ouro não proclamam que "Vivo é o seu rosto, o seu olho direito é a barca do dia, o seu olho esquerdo, a barca da noite"? Venha, vamos à sala que Carter batizou de "anexo". Poucos visitantes suspeitam da sua importância.

Mark estava estupefato. Por que o Professor o presenteava com a sua ciência ao lhe transmitir os elementos essenciais?

Subjugado, ele o seguiu.

— Este modesto lugar simboliza a última etapa da ressurreição — revelou o Professor. — Os meus honoráveis colegas, o saudoso americano Breasted e o cientista inglês Gardiner, conseguiram decifrar os textos que nos ensinam que Tutancâmon confeccionava sem cessar os símbolos das divindades e havia concebido esta morada eterna como o primeiro instante da Criação. Portanto, o senhor está na origem e no fim de todas as coisas, senhor Wilder, na fronteira entre a vida ilusória e a verdadeira vida.

Os dois homens ficaram por longo tempo no anexo, silenciosos.

— Está na hora de fechar a tumba — anunciou o Professor — e de voltarmos ao mundo dos humanos.

Eles saíram lentamente. Em breve, o sol se poria no coração da montanha do Ocidente.

— Espero não tê-lo aborrecido com essas considerações egiptológicas.

— Ao contrário, o senhor reforçou a minha pesquisa.

— Poderia especificar o objetivo?

— Eu estava convencido de que a descoberta de Howard Carter tinha uma importância capital e as suas palavras o confirmaram. Quem não teria interesse na maneira de ter acesso à vida eterna, decifrando os grandes mistérios que as religiões monoteístas ocultaram?

— Na sua opinião, senhor Wilder, qual seria essa maneira?

— Os papiros de Tutancâmon não a revelaram?

— Esses papiros não existem — afirmou o Professor. — A comunidade científica é explícita nesse aspecto.

— Muitas vezes essa comunidade se enganou!

— Desta vez, ela tem razão. Não perca o seu tempo perseguindo uma quimera.

— Quase todos os egiptólogos não desprezavam Howard Carter e não consideravam as pesquisas dele uma demência?

— Não seja obstinado, senhor Wilder. O Egito é um país magnífico e o senhor ainda tem muitas maravilhas totalmente reais para conhecer. Em Nova York, terá excelentes recordações da sua viagem. Não a estrague com tentativas destinadas ao fracasso. Ouça o meu conselho e evitará muitos aborrecimentos. Tenha um bom fim de temporada.

*
* *

— Você parece exausto — preocupou-se Ateya, andando ao lado de Mark no caminho escarpado ao longo do Nilo.

— Encontrei o Professor.

Mark não havia esquecido nem uma palavra da conversa e relatou-a fielmente.

— A ameaça não é nem muito velada — constatou a jovem. — Ou você sai do Egito e se esquece dos papiros, para salvar a sua vida, ou então...

— Não vou desistir. Mas esse homem me parece muito perigoso.

Nas ruas de Luxor havia uma agitação anormal.

— É a primeira noite do ramadã — explicou a jovem. — Apesar do calor escaldante deste mês de maio, os muçulmanos não podem comer nem beber entre o nascer e o pôr-do-sol. Quando o jejum é interrompido, e antes da aurora, eles devem se alimentar substancialmente.

As donas de casa preparavam os pratos de festa e os crentes prezavam as noites do mês do ramadã, quando uma convivência agradável era obrigatória.

Um ciclista parou ao lado do casal.

Levantando a manga da camisa, mostrou a Ateya a cruz copta tatuada no punho e lhe entregou um envelope.

O barqueiro concordava em recebê-los no dia seguinte, ao crepúsculo, a bordo da sua balsa.

61

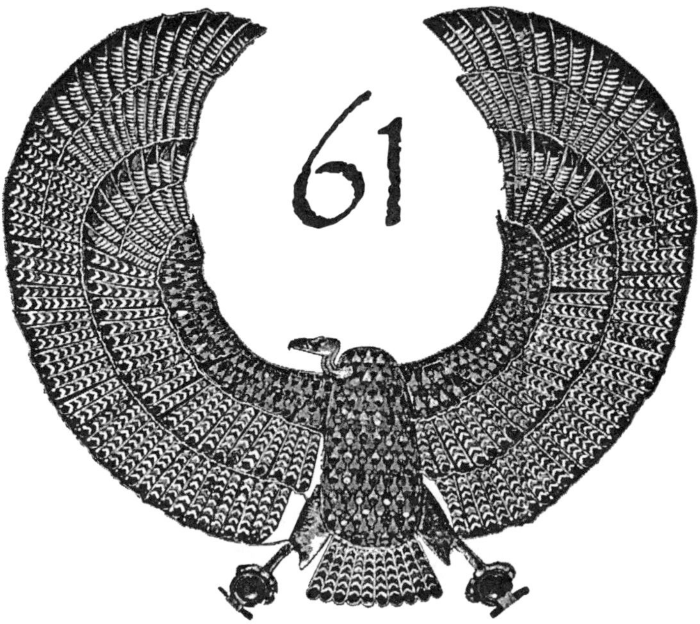

Com a aproximação da interrupção do jejum, as ruas de Luxor se esvaziaram. Esfomeados e com sede, os muçulmanos voltaram para casa apressados, sonhando com um suco de frutas bem gelado e com pratos deliciosos preparados unicamente na época do ramadã, como as *pâtisseries* recheadas com pistache ou com amêndoas e os bolos de cabelo-de-anjo[1], ou bolos

---

[1] Também denominado *kadaif*, trata-se de uma iguaria feita com massa em fios delgados (cabelo-de-anjo), recheada com frutas secas (amêndoas, pistaches, avelãs ou nozes) e embebida em mel. Pode ser redonda ou retangular, em forma de rolinhos ou de ninhos. (N. T.)

com creme. Eles passavam longas horas à mesa, contando mil e um casos interessantes.

Os minaretes das mesquitas se iluminaram e, em todos os locais, eram penduradas lanternas coloridas. Os xeiques recitavam o Alcorão e lembravam que o homem devia obedecer a Deus, ajudar os pobres e substituir as inquietações profanas por preocupações religiosas. Não se dizia que um único olhar pervertido ou uma única mentira destruiria o caráter sagrado do jejum?

Várias categorias da população abriam mão do jejum, sobretudo alguns doentes, as mulheres impuras e os participantes da guerra santa.

Ateya e Mark andaram até o cais onde estava amarrada a balsa dos dignitários. Embora muito velha e reparada com frequência, a embarcação continuava a ligar as duas margens dezenas de vezes por dia.

Só o barqueiro estava a bordo.

Sentado numa cadeira de ébano que datava do começo do século, ele estava vestido com uma *galabieh* azul que caía até o tornozelo e usava um turbante branco. Rugas profundas marcavam o rosto sério.

Diante dele, havia uma mesa baixa de marchetaria, com um bule de chá e três xícaras de porcelana que não teriam sido desaprovadas pela rainha Vitória.

— Possa a sua hospitalidade se perpetuar — disse Ateya.

— Possa a sua vida se perpetuar — respondeu o barqueiro, com voz rouca. — Só tenho um pouco de chá para oferecer.

— Eu trouxe biscoitos e uma compota de damasco — declarou a jovem. — Permita-me oferecê-los.

O barqueiro olhou fixo para Mark.

— Você é o filho de Howard Carter, não é?

O interpelado ficou mudo.

— Você foi talhado na mesma pedra e é tão obstinado quanto o pai. Quando ele descobriu a tumba de Tutancâmon, tive um violento conflito com ele e o chamei de profanador, provocando uma fúria da qual as escarpas do Vale dos Reis se lembram. O objetivo principal de um arqueólogo, afirmava ele, consiste em salvar as obras da destruição e dos ladrões. Sem o trabalho dos egiptólogos, o que restaria das obras-primas da época dos faraós? E ele se justificou a respeito de Tutancâmon, concluindo: "Não foi uma exumação, mas uma ressurreição." Carter fazia muita questão dessa ressurreição, mais do que da própria vida.

— Ele encontrou os papiros? — perguntou Mark.

O barqueiro hesitou.

— É possível. Falou-se muito sobre eles, mas Carter nunca aceitou dar detalhes, como se esse tesouro não devesse ser revelado.

— Não sabe mais nada sobre eles?

— Eu, não. Mas necessariamente alguém sabe.

Ateya e Mark prenderam a respiração. Será que o barqueiro lhes daria um nome?

— A segurança era a obsessão de Howard Carter — continuou. — Ele precisava de um homem de confiança, um profissional de retidão absoluta, capaz de impedir quem quer que fosse de entrar na tumba, usando a força se necessário. Ninguém falou sobre essa pessoa excepcional. O próprio Carter prometeu nunca mencionar o seu nome.

— Qual a razão? — surpreendeu-se Mark.

— Porque o verdadeiro guarda do sepulcro temia a maldição do faraó. Permanecendo anônimo, achava estar protegido de todos os malefícios. Ele ficou ao lado de Carter até o fechamento das obras de escavação, em 1932, e cumpriu a missão até o fim.

— Como se chama esse homem?

— Por que quer desvendar os perigosos mistérios? Esqueça Tutancâmon e volte para a sua vida normal, longe dessa tumba e dos seus perigos.

— Assumi um compromisso e vou cumpri-lo.

— Se eu lhe der esse nome — explicou o barqueiro — poderá encontrar os papiros e provocar ações cujas consequências não poderá controlar.

— Tenho consciência disso.

— Está preparado para enfrentar o invisível?

— Não me esquivarei.

— Então, o azar é seu! O guarda de Tutancâmon chamava-se Richard Adamson. Ele nasceu em 1901, pertencia à polícia militar inglesa e havia ocupado postos na Palestina e no Cairo. Em dezembro de 1922, a pedido de lorde Carnarvon, que foi atendido pelas autoridades, Adamson foi escalado para a segurança do túmulo recém-descoberto que se tornara objeto de muita cobiça. Em trajes civis, um revólver escondido no bolso e um guarda-chuva no ombro, ele patrulhava o local todo o tempo. Invisível e desconhecido, tinha autorização para agir contra qualquer suspeito. A partir de 5 de janeiro de 1923, Howard Carter ordenou a Adamson que dormisse dentro do sepulcro. Ele dispunha de uma cama de campanha, três cobertores, alguns livros e velas, pois dispensara a luz elétrica. Já imaginou as horas incríveis que ele passou nesse lugar mágico, ao lado do faraó da máscara de ouro? Adamson viveu uma experiência única, o lugar do Além tornou-se a casa dele. Durante o período em que Carter não teve mais acesso à tumba, Richard Adamson voltou para a Inglaterra e se casou. Mais tarde, quando o patrão retomou as rédeas da escavação, ele voltou ao Vale dos Reis, passando novamente a vigiar a sepultura de Tutancâmon. Em 1925, Adamson voltou a ser um civil e o Metropolitan Museum de Nova York garantiu o seu pagamento. Ele continuou como agente de segurança até o momento em que o último objeto do tesouro foi transferido para o Cairo e Carter deixou o local. Portanto, como um fiel colaborador, foi a ele, e a ninguém mais, que o seu pai contou onde estão escondidos os papiros.

Uma pergunta queimava os lábios do advogado.

— Sabe se Richard Adamson ainda está vivo?

— Não sei, senhor Wilder. Faz vinte anos que ele voltou para casa.

— Tem algum endereço, mesmo antigo?

O barqueiro balançou negativamente a cabeça.

— Não tenho mais nada a lhe dizer, senhor Wilder. É a sua vez de jogar com o passado e com o invisível. E lembre-se de que o menor passo em falso fará com que caia num abismo.

62

Às 3 horas da manhã, Ateya e Mark, como todos os habitantes de Luxor, foram acordados pelo homem que tocava e cantava uma melopeia para arrancar os muçulmanos da cama e permitir que se alimentassem antes do nascer do sol.

Devido ao calor da noite, era impossível voltar a dormir. Melhor seria arrumar as malas e retornar ao Cairo de carro.

Uma velha empregada copta lhes serviu o café-da-manhã e o pároco que os hospedava lhes deu uma informação importante:

— Circula o boato de que num pequeno povoado, uns dez quilômetros ao sul de Luxor, acabaram de fazer uma descoberta extraordinária que tem relação com Tutancâmon. Houve uma tentativa de roubo, mas parece que o tesouro está intacto.

— Sabe do que se trata? — perguntou Mark.

— Falam de uns papiros.

— Indique-nos o lugar exato.

O pároco desenhou um mapa sumário.

— Eu encontrarei — afirmou Ateya.

Perdendo o apetite, o casal saiu imediatamente da cidade, em direção ao campo. Ateya guiava com prudência um Peugeot em bom estado.

Ela parou duas vezes para se informar sobre o caminho. Os camponeses lhe deram as explicações e, quando o sol começou a se impor depois de ter vencido as trevas, ela pegou uma estrada de terra margeada de pequenos jardins.

Um policial ordenou que parasse.

A jovem parou e desceu do veículo.

— Tenho de ir ao povoado.

— Impossível.

— Por quê?

— Um problema relacionado a antiguidades.

— Justamente, estou levando um personagem oficial para o local. É um especialista americano que vai examinar a situação.

— Ah... Vá falar com o meu chefe. Ele está na entrada do povoado.

O oficial interrogava alguns felás.

Ateya o abordou com um ar decidido.

— Eu lhe apresento o professor Wilder. Ele veio verificar a extensão dos estragos para escrever um relatório destinado às autoridades científicas.

— Isso não é comigo. Dirija-se ao inspetor de antiguidades. Um dos habitantes do povoado irá conduzi-los até ele.

Ateya e Mark seguiram o camponês de rosto fechado e passo lento. Ele saiu da zona cultivada e entrou no deserto. O caminho terminava numa casa tosca de cimento com telhado de zinco. Várias pessoas discutiam acaloradamente em frente à porta.

Entre elas, o inspetor de Luxor que havia autorizado o casal a visitar as tumbas de Deir el-Bahari, descobertas por Carter.

— Senhor Wilder! Que surpresa... Já conhecia este sítio arqueológico?

— Falaram-me de escavações recentes relacionadas a Tutancâmon.

— Simples boatos! Mas acabamos de saber de uma pequena tragédia. Em todos os locais, temos, hoje em dia, uma vigilância muito rigorosa. Cada descoberta é cuidadosamente registrada, numerada e, no fim do trabalho de escavações, os objetos são guardados num depósito como este, vigiados por policiais. Fechamos o acesso com pedras e lacramos. Assim, o roubo é impossível. E quando os trabalhos são retomados, verificamos se tudo está intacto na presença dos responsáveis. Desta vez houve um incidente. Anteontem, uma mulher e um guarda brigaram. O cesto que ela carregava virou e alguém percebeu uns rolos de papiro escondidos entre abobrinhas. Os meus superiores pediram que eu inspecionasse cuidadosamente o depósito de antiguidades para saber se alguma coisa havia desaparecido.

— A mulher e o tesouro foram encontrados?

— A polícia está cuidando disso. Se quiser mais detalhes, vá falar com o prefeito. É um homem muito receptivo, que não quer saber de aborrecimentos. Na minha opinião, essa história de papiros não é verdadeira.

O felá levou o casal de volta ao povoado.

Próximo da área onde os burros deixavam os sacos de cereais, um detalhe intrigou Ateya. Uns dez quadrúpedes, embora muito carregados, se mantinham imóveis e a uma boa distância, como se se recusassem a atravessar o espaço que os separava do destino. Em geral, eles não precisavam de ninguém para executar a tarefa e trotavam no mesmo ritmo, circunspectos e pontuais.

Só havia uma explicação: um demônio controlava o caminho, os burros o temiam e esperavam ajuda.

— É uma armadilha, Mark. Temos de ir embora.

Surgindo de todos os lados, os habitantes do povoado os cercaram.

Estavam armados de paus que terminavam numa ponta de ferro e de machados com lâminas retas. Apesar de rudimentares, as armas não eram menos perigosas e eles as usavam para eliminar o adversário nas ocasiões de acertos de contas entre os clãs. A polícia não se envolvia, nenhuma investigação era concluída.

Os papiros haviam servido de isca.

Agora, o casal estava cercado.

— Por que essa hostilidade? — perguntou a jovem.

— Porque este estrangeiro provocou a fúria do Salawa! — proferiu um homem desdentado que acabara de fumar haxixe. — Se o matarmos, ficaremos livres do mal.

— Está enganado! Ao contrário, este homem combate o Salawa. Ele vai encontrá-lo e o destruirá.

Nas fileiras dos agressores houve um momento de hesitação.

O desdentado explodiu de raiva.

— Você está mentindo porque é cúmplice dele! Você também vai morrer!

As armas se ergueram, ameaçadoras.

Mark só tinha uma carta para jogar.

Lentamente, ele exibiu o papiro do abade Pacômio.

Quando pôs o dedo sobre o signo *ankh*, ele pronunciou a palavra "vida" e o hieróglifo se iluminou. Pensando ver uma chama sair do talismã, os felás se imobilizaram e soltaram as armas no instante em que os burros, descontrolados, começaram a zurrar ruidosamente.

A uns cinquenta metros, escondido atrás do tronco de uma palmeira, o Salawa ficou cego. Esmagado pela dor, ele não viu Ateya e Mark passarem pelo círculo dos agressores e correrem em disparada para o carro, sob o olhar inexpressivo dos policiais.

Os homens da polícia achavam que não tinham nada a ver com o incidente.

— Lá vamos nós — constatou a jovem aliviada, sem poupar a embreagem e o acelerador.

— O mundo moderno está errado em repudiar a magia — murmurou o advogado.

— A de Pacômio é especialmente eficiente — lembrou Ateya.

— Não duvido mais. Direto para o Cairo.

63

Três dignitários de Luxor se apresentaram na balsa, assim que a aurora nasceu. Na última hora de uma curta noite, eles haviam devorado um número considerável de pratos apimentados e de pâtisseries, cada uma mais deliciosa do que a outra. O período do ramadã tinha as suas vantagens, mas agora precisavam enfrentar um dia de calor muito forte sem poder tomar nem um copo d'água.

No cais, uma aglomeração.

O mais velho dos dignitários se aproximou.

— O que aconteceu?

Os curiosos se afastaram.

O dignitário viu o cadáver do velho barqueiro encolhido perto do cordame.

— Ele se afogou — explicou um menino.

— Com certeza não foi isso — objetou o dono de uma faluca. — Foi o Salawa que o matou. Não se deve falar demais quando esse demônio sai das trevas. Nunca.

*

* *

A volta ao Cairo transcorrera muito bem. Excelente motorista, Ateya havia recusado ceder o volante a Mark, que ela achava incapaz de se adaptar ao Código de trânsito egípcio. Atenta, ela conseguiu evitar uma boa dezena de acidentes.

O abade Pacômio pôs as mãos nos ombros deles, por um longo tempo.

— Vocês escaparam por pouco da morte — avaliou ele. — O Salawa lhes armou uma cilada quase perfeita ao perverter as almas dos habitantes do povoado. O uso do talismã o pegou desprevenido. Agora, ele sabe que deve destruí-lo para cumprir a missão que lhe foi confiada pelo Professor.

— Ele vai conseguir? — preocupou-se Mark.

— Eu segui você todo o tempo e reforcei suas proteções. Mas o poder dos nossos adversários é tão grande que o final ainda é incerto.

Ateya pareceu descansada e descontraída. O magnetismo do abade havia apagado qualquer vestígio de cansaço.

— Talvez tenhamos um bom filão — anunciou o americano. — O guarda do túmulo de Tutancâmon contratado por Carter, um soldado inglês chamado Adamson. Embora não conste de nenhum documento, ele desempenhou um papel determinante. E se existe alguém que conhece o esconderijo dos papiros, esse alguém é ele.

Pacômio serviu aos visitantes um armagnac envelhecido, com uma maravilhosa cor de âmbar.

— Uma pista muito importante, sem dúvida. Eis por que a viagem a Luxor era indispensável. Ela custou a vida ao barqueiro que lhes deu a informação. O Salawa não podia poupá-lo. Doravante, nenhum habitante da antiga Tebas ousará falar. Provavelmente, só o silêncio absoluto lhes permitirá escapar das presas do monstro.

Mark se deleitou com a bebida estimulante.

— Tenho de sair do Egito e encontrar a pista desse Adamson... Se é que ainda está vivo!

O abade fechou os olhos por alguns instantes.

— Ele está vivo e a sua viagem não será inútil. Mantenha-se atento todo o tempo, pois o Professor seguirá os seus passos. Sem dúvida a viagem vai pegá-lo desprevenido. Mas, se voltar ao Egito, ele saberá.

— Eu voltarei — prometeu Mark.

— Se acontecer de você se encontrar com ele num amplo escritório iluminado por uma porta-balcão e se ele disser "Prefiro a penumbra, vamos apagar a luz", não hesite um minuto, corra em direção a essa abertura e se jogue. Você só terá uma fração de segundo para sobreviver.

— Não pode evitar esse encontro?

— Chegou a hora de pôr um fim nas suas ilusões, Mark. O Professor não o deixará descobrir os papiros sem interferir. E a única maneira de ele agir é destruindo o adversário.

— Por que ele não aceita a verdade?

Pacômio girou o copo lentamente entre as mãos.

— Porque ele é a encarnação deste mundo, e este mundo não a aceita. Se não se mantiver vigilante, você vai fracassar.

*

* *

Depois de recarregar o talismã de Mark Wilder, o abade se retirou para a capela faraônica, consagrada aos deuses do Antigo Egito. Retirou o hábito cristão e se vestiu com o de sumo sacerdote de Amon.

Pacômio celebrou o despertar em paz da força criadora e recitou as fórmulas de transformação em luz, concebidas em Heliópolis, a Cidade do Sol. Essas palavras de conhecimento e magia, que continham os segredos do Além, haviam sido reveladas pela primeira vez no interior da pirâmide do rei Unas, último monarca da quinta dinastia[1]. Esse texto fundamental, base da espiritualidade egípcia, havia passado por diversas adaptações encontradas nos *Textos dos Sarcófagos* e no famoso *Livro dos Mortos*, cujo título verdadeiro era *Fórmulas para Sair à Luz do Dia*.

Tutancâmon conhecia todos esses escritos esotéricos. Até desenvolvera certos aspectos, sobretudo os que eram consagrados ao nascimento da luz e à criação da vida. E os papiros ofereciam a

---

[1] Unas reinou de 2375 a 2345 a.C. Anteriormente, as pirâmides, sobretudo as de Quéops, Quéfren e Miquerinos, no planalto de Gizé, pareciam mudas. Mas as suas formas geométricas são, por si só, uma linguagem e um ensinamento.

chave dos grandes mistérios que os cientistas, apesar das tecnologias mais desenvolvidas, não conseguiam desvendar.

Pacômio reviveu os funerais do jovem rei. Através do *ka*, a força vital indestrutível que passava de iniciado para iniciado, Pacômio participou do ritual e seguiu o longo caminho que ia do ateliê de embalsamento à morada eterna. Um cortejo de ritualistas havia transportado os preciosos objetos até a tumba, cuidadosamente dissimulada para escapar dos saqueadores e atravessar os séculos.

Tutancâmon havia sido muito bem-sucedido com a sua obra e guiara Howard Carter para a morada do ouro, onde nascera um novo sol sobre um mundo em perdição. Como o trabalho do arqueólogo não havia sido completado, cabia ao seu filho, Mark Wilder, escrever a última página da aventura.

Mas o Professor e os seus aliados atravessavam o seu caminho, decididos a destruí-lo se ele se aproximasse demais do objetivo.

Por isso, Pacômio teria de multiplicar os esforços e dar a Mark as forças necessárias para realizar a missão. Conseguiria encontrar Adamson, voltaria são e salvo ao Egito, poderia e saberia usar as informações obtidas?

O sumo sacerdote pôs o seu destino e o de Mark Wilder nas mãos de Amon, o deus oculto, cujo nome verdadeiro nem os humanos nem os deuses conheciam. Do ser injusto, ele fazia um árvore seca que se transformaria em lenha; do justo, uma árvore desabrochada no jardim do templo.

E Pacômio viu os altares guarnecidos de flores, sentiu o perfume inundando o santuário, ouviu o cântico dos sacerdotes celebrando a vitória da luz sobre as trevas. Como era doce a vida à sombra das palmeiras, no fim de um longo dia de trabalho, quando o vento do norte refrescava os corações!

O tempo da serenidade havia sucedido o do combate.

64

Mark beijou Ateya ternamente, que havia adormecido assim que deitara na cama, e voltou ao seu apartamento para fazer as malas. Estava angustiado por deixar a mulher que o amava. Longe dela, iria sentir-se fragilizado, meio cego.

— Não acenda a luz — recomendou a voz de John.

— Como entrou?

— Com uma simples chave. O meu serviço técnico trabalha bem e tenho horror a deixar vestígios da minha passagem.

— Estou cansado, John, quero dormir e não tenho a intenção de ajudá-lo.

— Sinto muito, meu amigo, é indispensável. Durante a sua estada em Luxor, a situação piorou e os Estados Unidos não conseguem ver as coisas com clareza. Faruk e a sua corte de corruptos se instalaram em Alexandria para aproveitar o vento do Mediterrâneo, longe do calor esmagador do Cairo. O rei só dá ouvidos ao motorista, ao seu criado particular e ao mordomo. Até os avisos de Antonio Pulli não passam de letra morta. Acreditando ter a situação em mãos, o gordo Faruk está convencido de que o povo e o exército o veneram. Ele chegou a ordenar a prisão dos oficiais que ousassem tramar contra ele, mas a investigação não deu em nada. Revolucionários entre os militares? Claro que não! Unicamente patriotas fiéis à Sua Majestade. A desinformação praticada pelas ligações de Nasser funciona maravilhosamente. E ele permanece protegido na sombra. A solução certa para um futuro radioso? Nomear o bom general Naguib para ministro da Guerra. Entre banquetes, banhos de mar e cenas de desenfreamento sexual, Faruk reflete e procura um primeiro-ministro ideal, que mantenha a ordem sem muita violência. Tudo isso é poeira nos olhos! Eu preciso saber o que Nasser prepara *realmente*. E você pode descobrir, graças às confidências de Mahmud.

— Vou repetir, John, estou cansado.

— Isso é urgente e vital, Mark. A estratégia do nosso país depende dessa informação. Durma algumas horas e vá à caça amanhã de manhã.

*

* *

Ateya estava mais bela do que nunca.

Quando abriu os olhos, Mark lhe acariciou o rosto por um longo tempo. Ela sorriu e eles se amaram.

Abraçados, desfrutaram de uma felicidade impossível que, no entanto, haviam decidido construir, dia após dia.

— John me aguardava no apartamento — revelou Mark.

— O que ele queria com você?

— Ele exigiu que eu retome o contato com Mahmud, para saber as verdadeiras intenções dos revolucionários.

— Vai ceder mais uma vez?

— John mencionou o interesse dos Estados Unidos acima de tudo e eu só penso no Egito. Se eu puder evitar novas revoltas e inúmeras mortes, não estarei sendo útil a este país?

— Não se esqueça dos papiros de Tutancâmon.

— Fique tranquila, estou obcecado por eles. Depois de encontrar Mahmud, e isso não vai demorar, viajarei para a Inglaterra.

— E você vai voltar...

Pela maneira com que Mark demonstrou o seu amor, Ateya não duvidou mais.

*

* *

Mark Wilder não estava enganado. A rede de Mahmud seguia a pista dele com tanta vigilância e obstinação quanto a de John. Mal ele saiu do prédio, um engraxate o abordou.

— Três tangerinas por um dólar, patrão.

— Vou segui-lo.

O Peugeot preto estava estacionado a uns cem metros.

O americano entrou atrás.

— A estada em Luxor foi agradável? — perguntou Mahmud.

— O lugar é inesquecível. Se o destino me permitir, voltarei lá para passear.

— Conseguiu alguma pista interessante?

— É possível. Talvez a solução possa ser encontrada na Inglaterra.

— Ah... Então vai embora do Egito?

— Sou obrigado. Antes disso, preciso acalmar o John. A CIA acha que está cega e surda. Ela julga Faruk um irresponsável, incapaz de determinar a gravidade da situação, mas ignora as verdadeiras intenções do tenente-coronel Nasser e do general Naguib. John me encarregou de descobri-las para poder orientar a política americana.

— Acabei de participar de uma reunião secreta onde estavam todos os Oficiais Livres, sedentos de independência. O núcleo é formado por quinze homens, dos quais dependem trezentos simpatizantes muito ativos. Os objetivos continuam os mesmos: expulsar os ingleses, pôr fim ao colonialismo, assumir o controle do canal de Suez, suprimir o feudalismo, dar primazia à política e não à economia, satisfazer as necessidades do povo, estabelecer a democracia reconhecida por todos e formar um exército que proteja a nação. Mas esse processo deve acontecer lentamente, e sem derramar uma única gota de sangue. Nasser ficou profundamente abalado com o atentado frustrado que ele conduziu tão mal. Doravante, ele não aceita nenhuma operação terrorista e só acredita na força das ideias.

— A ponto de convencer Faruk?

— Os americanos que o obriguem a nomear o general Naguib como principal ministro e tudo caminhará bem. Esse bravo homem detesta a violência e saberá defender a causa do Egito e a do rei, ao mesmo tempo.

— Nenhuma revolução devastadora em vista, tem certeza?

— Certeza absoluta.

*

* *

Depois de telefonar para John para acalmá-lo e lhe dar os elementos da conduta a seguir, Mark ligou para Dutsy Malone.

— Então, vai voltar?

— Mais um pouco de paciência.

— Ainda essa história de amor?

— Vá se acostumando, Dutsy.

— Você, casado? Não consigo acreditar.

— Só você saberá organizar uma cerimônia digna desse nome. Como vão os negócios?

— Vamos remando, dando duro, dividindo o trabalho! Você é muito mais indispensável do que supõe.

— Nenhuma catástrofe à vista?

— Não, mas vai acabar acontecendo!

— Preciso ir à Inglaterra, Dutsy, e você tem de preparar o terreno.

— Santo Deus, no que está se metendo?

— Tenho de encontrar a pista de um soldado inglês, Richard Adamson, a quem Howard Carter confiou a missão de vigiar a tumba de Tutancâmon. Tenho certeza de que ele ainda está vivo e que possui informações de importância capital.

— Não sabe mais nada?

— Infelizmente não. E estou descartando os boatos que poderiam deturpar as suas pesquisas.

— E se o seu homem resolveu se aposentar na Austrália, em Papua-Nova Guiné ou nas ilhas Fiji?

— Você o encontrará.

— Santo Deus! Acha que não tenho mais nada para fazer?

— É urgente e prioritário. Vou pegar o avião para Londres amanhã. Na minha opinião, Adamson vive sossegado na Inglaterra.

— Você está ficando impossível, Mark!

— Não fui sempre assim?

65

Em Londres, chuvas fracas se intercalavam entre dois dilúvios e o mês de junho estava agradável. Fazia três dias que Mark passava todo o tempo no British Museum onde examinava cada peça da coleção egípcia. De manhã e à noite, falava longamente com Ateya, que levava turistas europeus para visitarem as igrejas coptas do Cairo.

Apesar dos esforços, Dutsy não conseguia encontrar a pista de Richard Adamson. Mas o braço direito do advogado não era homem de se dar por vencido. Ao contrário, a dificuldade o excitava.

E o seu quarto telefonema foi nitidamente mais positivo.

— O seu Richard Adamson existe mesmo — anunciou, com voz revigorada. — Ele trabalhou em Portsmouth, num estabelecimento que pertencia ao Almirantado, ali se instalou e, em 24 de outubro de 1924, se casou com Lillian Kate Penfold, que lhe deu quatro filhos. Durante a Segunda Guerra Mundial, foi reservista voluntário da Royal Air Force. Um homem tranquilo, com carreira e vida familiar sem problemas. Eu me pergunto se não lhe impingiram uma dica furada.

— E é claro que conseguiu o endereço dele!

— Claro. E até já marquei um encontro, apresentando você como um segurador, encarregado de dar a ele excelentes notícias.

*

* *

— Não sou segurador, senhor Adamson, e sim advogado. Trabalho em Nova York e procuro reconstituir todos os acontecimentos, por menores que sejam, da extraordinária aventura do meu pai, Howard Carter.

— Carter... Não está falando do...

— Sim, do egiptólogo que descobriu a tumba de Tutancâmon, da qual o senhor foi o diligente guarda.

Richard Adamson afundou na poltrona e fechou os olhos[1]. De repente, ele saiu do conforto aconchegante da sua casa decorada com poltronas de couro, tapetes de lã e mesinhas para voltar ao Vale dos Reis.

---

[1] Sobre as recordações de Richard Adamson, consultar E. Edgar, *A Journey Between Souls*, Lafayette, 1997.

— Tutancâmon... A minha mulher foi a única pessoa com quem eu falei sobre as noites inesquecíveis passadas na tumba, tão perto dele! Ninguém pode imaginar o que vivi. A minha cama de campanha ficava entre a parede da câmara funerária e o sarcófago, e eu nunca havia imaginado que seria o guarda do corpo de um faraó! No início, eu dormia longe da múmia. Quanto mais a escavação avançava, mais eu me aproximava. Eu não estava na presença de um morto, mas de um vivo que observava os humanos. Segundo Howard Carter, Tutancâmon sobrevivia no espírito dos deuses, e senti essa verdade. Eu não dormia muito, pois mil perguntas me assaltavam. Incapaz de responder a elas, eu sabia, no entanto, que alguma coisa fabulosa me acontecia. Tentava captar tudo, me lembrar de tudo, desfrutar de tudo. Uma parte de mim ficou no Vale dos Reis, uma parte da minha alma se infiltrou na areia e nas pedras. Como posso esquecer o momento em que eu acordava, diante das duas estátuas do *ka* real, de pele negra e avental de ouro? Segundo Carter, elas guardavam intacto o espírito do faraó e protegiam a sua tumba das forças maléficas. E eu me perguntava: "O que estou fazendo na Terra?" As duas estátuas me responderiam inclinando a cabeça? Se mexeriam?

— Algumas pessoas acusaram Howard Carter de haver roubado objetos — lembrou Mark.

— Mentira! O meu patrão era o mais honesto e o mais intransigente dos homens. O triunfo dele provocou a inveja de muitos medíocres que não cessavam de atacá-lo, mas ele aguentou firme. Hoje em dia, esses imbecis foram esquecidos e ele continuará a ser o mais famosos dos arqueólogos.

— Por que exigiu que o seu nome não aparecesse, nem mesmo nas anotações pessoais de Carter?

Richard Adamson hesitou em responder.

— Acredita no sobrenatural, senhor Wilder?

— No Egito, ele não está presente em toda parte?

— Na época da descoberta, falava-se muito da maldição de Tutancâmon. E eu não achava graça nesses rumores. Eu observava e anotava. Aliás, fiz um relato de algumas recordações.

— Poderia mostrá-las a mim?

— É um segredo meu, ninguém viu esses documentos... Algum dia, pertencerão à história!

Richard Adamson foi buscar uma mala e a abriu com precaução.

O coração de Mark bateu mais rápido.

E se o guarda da tumba houvesse guardado com ele os papiros de Tutancâmon?

Foram aparecendo fotografias, anotações relatando as etapas da descoberta da tumba e impressões pessoais, bem como uma lista das pessoas atingidas pela maldição. Adamson havia especificado a idade da morte e a causa oficial. Umas quarenta vítimas, entre elas lorde Carnarvon, Arthur C. Mace, Weigall, Georges Benedite e lorde Westbury.

— Eu, que fiquei tão perto da múmia real por tantas noites, não fui atingido. Por que Tutancâmon teria me poupado? Seria porque aceitara a minha presença? No fim, graças a Carter ele ressuscitou!

Na mala, nenhum papiro.

— O meu patrão não acreditava na maldição — lembrou Adamson. — Preferi ser prudente. De qualquer modo, hoje em dia sou um homem feliz, tenho uma mulher e filhos maravilhosos.

— Howard Carter não teria lhe confiado alguns documentos preciosos?

O ex-militar pareceu surpreso.

— Não compreendo...

— Estou me referindo aos papiros procedentes da tumba.

— Eu era apenas um guarda, não um cientista! Essa história de papiros semeou a discórdia, eu me lembro. Carter esperava descobri-los entre os objetos que compunham o tesouro, mas se decepcionou. Ao menos, oficialmente.

— E... oficiosamente?

— Ele teria realmente posto a mão nos papiros, mas o conteúdo lhe pareceu explosivo demais para ser divulgado. Por isso, ele julgou necessário subtraí-los à curiosidade que os cercava e aguardar um melhor momento.

— A quem ele poderia ter confiado esses textos?

— Howard Carter era solitário e reservado, desconfiava de todo o mundo e tinha poucos amigos íntimos. Na minha opinião, um único homem seria digno de receber os papiros e capaz de escondê-los.

Mark conteve a impaciência.

— Era uma pessoa misteriosa, cujo nome ignoro — prosseguiu Adamson. — Devido à reputação de que ele gozava, Carter lhe testemunhava respeito e estima.

— Um egiptólogo?

— Não, um religioso, um abade copta do Cairo. É só o que sei.

66

No avião que o levava de volta ao Cairo, Mark leu uns dez jornais. Nenhum deles falava sobre a situação política do Egito. Aparentemente, Faruk segurava firme as rédeas do poder e os Oficiais Livres não pensavam em fomentar uma revolução de consequências imprevisíveis. Mais uma vez, o gordo monarca saberia usar a persuasão, a esperteza e a corrupção para se manter no trono.

Mark ainda estava sob efeito do choque causado pelas revelações de Adamson. Então, era o abade Pacômio que conservava em seu poder os papiros de Tutancâmon! Mas por que o enviara em busca de um tesouro que possuía há tanto tempo, por que se empenhara em lhe esconder a verdade?

Completamente perdido, Mark tinha pressa em abraçar Ateya e lhe contar os incríveis resultados da sua viagem a Portsmouth. Ela também estava sendo manipulada pelo abade diabólico com objetivos incompreensíveis.

Vestindo uma blusa amarela e saia azul-escura, ela o esperava no aeroporto.

Indiferente aos olhares dos curiosos, eles se abraçaram longamente.

— Está... com os papiros?

— Não, Ateya. E tenho notícias muito curiosas para lhe dar.

— Mark... O abade Pacômio desapareceu.

— Desapareceu... ou fugiu?

— Por que usa essa palavra?

— Porque Richard Adamson me contou que Howard Carter confiou os papiros de Tutancâmon a Pacômio.

A jovem pareceu estupefata.

— Impossível! Ele tem provas?

— É a opinião dele.

— Formulada de maneira tão precisa?

— Não exatamente. Ele falou de um abade copta do Cairo, com excelente reputação.

— Não é Pacômio, Mark! Existem outros homens santos na nossa comunidade.

As certezas do americano voaram em pedaços.

— Pacômio desapareceu... Tem certeza?

— Infelizmente sim! Ainda ontem, ele me falou sobre as ameaças de que era objeto e me instruiu sobre um procedimento de urgência em caso de desgraça. Vamos imediatamente à igreja Suspensa para contatar um padre que possa nos dar informações.

*

* *

Um vento violento levantava nuvens de areia e de poeira. Tratava-se de um fenômeno excepcional naquela época do ano, que tornava o trânsito mais lento, irritava os olhos e os brônquios. No início da tarde já estava tão escuro que era preciso acender a luz. Os nervos dos cairotas estavam à flor da pele e eles lamentavam vários feridos graves atingidos por objetos caídos dos telhados.

No interior da Suspensa, um abade de barba, de grande estatura, batizava um menino por imersão, sete dias depois do nascimento. Em volta da pia cheia de água benta havia sete velas. Em cada uma delas, um pedaço de papel com um nome. O sacerdote aguardava que a sétima e última vela se apagasse e daria à criança o nome sacralizado.

Quando a última luz se apagou, o sacerdote olhou para Ateya.

— Desdobre o papel e revele a escolha de Deus.

— Cirilo — respondeu a jovem.

Ateya não leu em voz alta a continuação do texto em copta:

Pacômio foi preso pela polícia de Faruk. Vá falar com o abade Chenuda na Cidade dos Mortos e peça-lhe a pedra viva.

*

* *

— Conheço bem esse Chenuda — disse Ateya, ultrapassando um inútil sinal vermelho. — Ele é mais velho do que Pacômio e trabalhou muitas vezes com ele nos antigos textos coptas.

— Ele conheceu Howard Carter?

— É bem provável, pois Chenuda se dividia entre Luxor e o Cairo. Ele sempre foi amigo de Faruk e lhe indicava a atitude a adotar em relação aos coptas.

— Teria mandado prender Pacômio?

— Impensável!

— Você é muito otimista, meu amor. A experiência me mostrou que a natureza humana é capaz das piores coisas. Chenuda podia achar que Pacômio o incomodava e se livrou dele.

— Em outras palavras, ele encontrou os manuscritos e decidiu eliminar os adversários! Nesse caso, estamos indo direto para a boca do lobo.

— Temos de tirar isso a limpo, Ateya. Quem sabe o abade é um aliado que pode nos ajudar a salvar Pacômio.

— Eu o previno, a Cidade dos Mortos não é um lugar agradável e os estranhos não são bem-vindos.

— Conto com o seu charme para acalmar os espectros.

— Não brinque, Mark. Na falta de casas normais, várias famílias elegeram antigos cemitérios muçulmanos como domicílio. Uma verdadeira cidade se formou, com leis próprias.

— Por que o abade Chenuda foi morar lá?

— Ele ajuda os mais pobres, sejam coptas ou muçulmanos. A presença de um homem de Deus acalma as tensões e dá a eles a esperança de uma vida melhor.

Ateya dirigia com notável destreza e sabia se impor nas situações mais delicadas, sobretudo nos cruzamentos. O uso da buzina era vital, assim como a arte da ultrapassagem e do ziguezague. Só havia uma regra: não se deixar impressionar e sempre tomar a iniciativa.

Vista de longe, Bassatine, a Cidade dos Mortos, parecia uma vasta necrópole da Idade Média onde repousavam califas, emires, sultões e princesas. Outrora, cúpulas douradas, mesquitas de mármores revestidas com lâminas de ouro e minaretes transformaram o lugar numa magnífica homenagem aos poderosos daquela época longínqua.

Mas os vivos acharam que esses mortos estavam bem instalados demais e que os vastos túmulos podiam servir de casa, muitas vezes mais confortáveis do que as dos bairros desfavorecidos da capital. As autoridades não reagiram e famílias inteiras se haviam arrogado o direito de propriedade, sem o sentimento de insultar os mortos. Placas de mármore e lâminas de ouro foram desaparecendo aos poucos e os antigos monumentos se reduziram rapidamente a pobres cubos de alvenaria sem nenhum atrativo.

A Cidade dos Mortos tinha a sua própria economia, os seus chefes, os seus guardas e a sua própria polícia. Ali reinava a ordem e ninguém pensava em perturbá-la.

Ateya estacionou o carro perto de uma das entradas.

Mal havia atravessado o limiar da cidade acompanhada de Mark quando um homem atarracado portando um cassetete lhes barrou a passagem.

— Vocês não moram aqui. Deem meia-volta e retornem para as suas casas.

— Viemos falar com o abade Chenuda.

— Ah... Tarde demais.

— O que quer dizer?

— Ele morreu ontem à noite.

— Um acidente? — preocupou-se a jovem.

— Não, velhice extrema.

— Ele deixou alguma mensagem?

— Esperava a visita de um estrangeiro.

— Eu sou americano e me chamo Mark Wilder.

O guarda concordou com a cabeça.

— É esse o nome. Mesmo assim têm de ir embora.

— Por quê?

— Porque está havendo uma confusão no funeral. Dois clãs reivindicam os bens do abade. Tanto um quanto o outro preferem destruir tudo a ver um vencedor se apossar deles. O caso vai ficar feio, não se envolva nisso.

— O abade Chenuda queria me legar a pedra viva e tenho de honrar a sua memória. Seria imperdoável traí-lo.

— Eu avisei, estrangeiro. Agora, siga-me.

67

O guarda conduziu Mark e Ateya por um dédalo de ruelas margeadas de túmulos. De repente, um forte odor de incenso lhes agrediu as narinas. Diante da sepultura de um califa, transformada em residência do abade Chenuda, havia uma bacia com uma água turva na qual flutuava uma cruz de prata.

De ambos os lados do caixão, envolvido num cobertor branco, estavam formados dois grupos de uns dez homens. Liderando o primeiro grupo, um padre cego cantava antigas melopeias com voz grave, enquanto os presentes liam passagens do Evangelho de Marcos. Liderando o segundo, um gigante de peito largo e cabeça alongada como a de um chacal.

Ateya achou que ia morrer de medo.

— O Salawa... É o Salawa!

Algumas mulheres depositaram cestos cheios de pães redondos aos pés do caixão. Esse era o pagamento do recitante, cujas fórmulas mágicas garantiam para o morto um Além tranquilo.

— Coma um desses pães em honra do nosso abade — pediu a mais velha das mulheres.

Ela o entregou ao padre cego, que o devorou avidamente.

— Dê este alimento aos que têm fome — ordenou ele. — Chenuda ajudou os pobres ao longo de toda a sua vida e a sua morte aparente não o impedirá de socorrê-los.

— Esse pães nos pertencem — declarou um magricela desgrenhado que estava à esquerda do Salawa. — Ninguém os roubará de nós. Exigimos a casa do abade e todos os seus bens.

— Não pronuncie palavras cheias de fel, meu filho. Vamos celebrar a bondade do falecido e venerar a sua memória.

— A sua boca lenitiva é a de um ladrão! Foi ao meu clã, e não ao seu, que o abade legou o que possuía.

— Vamos travar uma luta horrível em vez de ficarmos recolhidos?

— Deem o fora e nenhuma violência conspurcará o luto!

— Meu irmão, o seu coração é vítima de uma raiva injusta. Expulse essa fúria destruidora e a substitua pelo amor ao próximo.

— Você não é o responsável pelo nosso confronto e sim o estrangeiro a quem Chenuda queria transmitir o que nos cabe. E esse estrangeiro ousa nos desafiar.

O Salawa esticou o braço direito na direção de Mark e os olhares convergiram para o americano.

— Eis a encarnação do mal — declarou o magricela. — Temos de destruí-lo para que a alma do santo homem repouse em paz.

Ateya sentiu o sangue gelar nas veias.

Mark havia caído na armadilha preparada pelo Salawa. Quando ele escolhia a vítima, ela não tinha nenhuma chance de escapar. E o milagre de Luxor não se repetiria.

Lembrando-se do ensinamento de Pacômio, a jovem interveio:

— A alma do santo se transforma num pássaro que voa para o céu e só os justos podem contemplá-lo. Este estrangeiro, herdeiro do abade morto, é um deles. Se o agredirem, serão condenados às penas do inferno!

Murmúrios percorreram o clã do Salawa. Um dos seus partidários fugiu. Até o magricela tremeu.

O homem com cara de chacal deu um passo na direção de Mark.

Pregada no chão, Ateya foi incapaz de retomar a palavra.

Consciente da força infernal que ia enfrentar, Mark pôs o talismã de Pacômio na frente dele.

O Salawa se imobilizou.

Por alguns instantes, Ateya teve a esperança de que o papiro fosse suficiente para detê-lo.

Porém, o monstro continuou a andar e o seu olhar flamejava.

O símbolo do tecido dobrado, que simbolizava a coerência do ser, apagou-se. Em seguida, o círculo floral, símbolo do desabrochar, desapareceu. E sumiu o pilar osiriano, encarnação da estabilidade.

O Salawa eliminava, uma a uma, as defesas mágicas.

A oração a Ísis, protetora do Hórus criança que Seth queria matar, não o derrotou.

Só restava a cruz ansata, *ankh*, emblema da vida.

Mais um passo e o Salawa estrangularia Mark com as suas mãos enormes.

Sem admitir a derrota, Mark aplicou o papiro no rosto do Salawa.

Erguendo-se como uma serpente, Ateya o mordeu no pescoço, no lugar em que a energia subia da coluna vertebral e se irradiava pelo cérebro.

O símbolo *ankh* não estava nítido, mas continuava visível.

As mãos do Salawa apertaram o próprio pescoço e ele soltou um grito tão violento que os presentes se dispersaram como um bando de pardais assustados.

Dos olhos do monstro saiu uma fumaça pestilenta. Ele se encolheu e do corpo enorme só restou um monte de cinzas.

— Você nos libertou — reconheceu o guarda. — A morada do santo homem lhe pertence.

Em estado de choque, exaustos, ignorando o pavor dos espectadores diante dessa tragédia insana, Ateya e Mark entraram no túmulo onde o abade Chenuda vivera os seus últimos momentos.

Para grande espanto dos dois, eles se depararam com um amplo aposento de antigos blocos de pedra, alguns gravados com hieróglifos! Num deles, o nome de Ramsés II.

— Muitos desses blocos procedem das pirâmides — explicou-lhes o guia. — O santo homem gostava de rezar pelos pobres neste lugar.

— Onde está a pedra viva? — perguntou Mark.

— Lá no fundo.

Havia uma inscrição no bloco de pedra, que o americano copiou cuidadosamente.

— O abade disse o significado?

— Não — respondeu o guarda. — Trata-se de um texto codificado que ele mostrou a um pároco francês.

— Criptografia... Obrigado, amigo. Lego a você esta morada.

Ateya e Mark saíram correndo da Cidade dos Mortos. Não podiam acreditar que haviam conseguido rechaçar o Salawa para o seu mundo escuro, mas estavam convencidos de que possuíam uma informação essencial. Talvez, a inscrição os levasse aos papiros de Tutancâmon.

Um especialista saberia decifrá-la: o cônego Drioton.

Ateya dirigiu mais depressa do que o normal, sem dar a ninguém uma hipotética prioridade.

*

* *

— Queremos falar com o cônego — disse Mark Wilder. — É muito urgente.

— Impossível — respondeu o empregado encarregado de vigiar a casa de Drioton. — Ele está de férias na França.

Decepcionados, Ateya e Mark voltaram para o carro.

— Drioton, o egiptólogo de Faruk... Não é que o rei volta a entrar no jogo? — observou o americano.

— Pacômio saberá ler a inscrição — afirmou Ateya. — Temos de encontrá-lo e libertá-lo.

— Tem razão, é a nossa prioridade absoluta. E eu sei quem poderá nos ajudar.

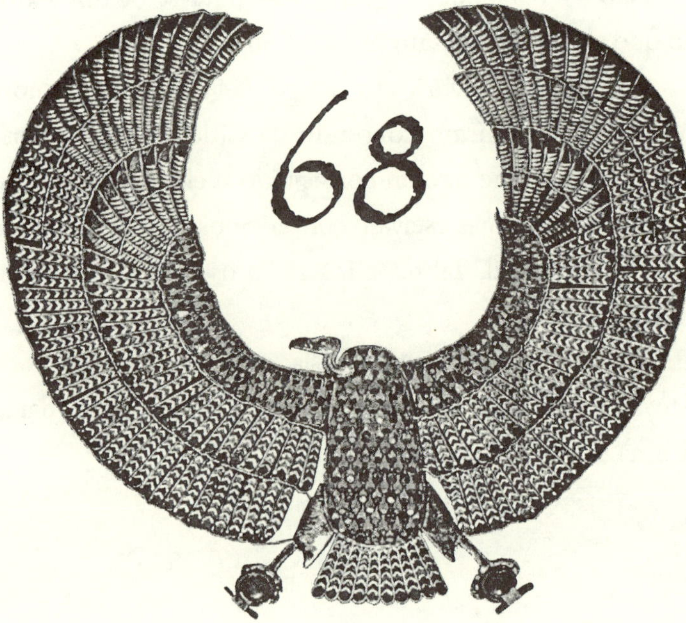

68

Depois de ganhar uma partida de xadrez, Nasser acendeu um Craven A. Fumava um maço de cigarros por dia e, sem ter o sentimento de trair a sua fé, tomava um copo de uísque de vez em quando. Apreciador do pingue-pongue, grande admirador da famosa cantora egípcia Um Kalsum, cujos concertos de quinta-feira à noite podiam durar seis horas, "o filho do carteiro", como alguns o apelidaram, também apreciava a música clássica.

Naquela noite, ele ouvia uma gravação de *Scheherazade* de Rimski-Korsakoff, um compositor russo, cuja inspiração oriental o seduzia.

Terminada a audição, o tenente-coronel Nasser declarou com voz seca:

— Tomei uma decisão. Vamos agir no início do mês de agosto. Os oficiais já terão recebido o soldo e se sentirão prontos para lutar pela liberdade.

*

* *

Um vendedor de pães levou Mark até o carro de Mahmud.

— Precisava lhe falar com urgência.

— Eu também — retorquiu o americano. — O abade Pacômio desapareceu.

— Os Oficiais Livres não são os responsáveis. Deve ser algum golpe baixo da polícia de Faruk.

— Quero saber onde está o abade.

— Não vai ser fácil, pois outras prioridades me chamam. Nasser decidiu agir.

— Agir... De que maneira?

— Tomar o poder no início do mês de agosto.

— Achei que ele quisesse encontrar uma plataforma de entendimento com Faruk!

— A situação piorou muito — lamentou Mahmud, abatido. — O rei se recusa obstinadamente a nomear o general Naguib para ministro e insiste em querer dissolver o Clube dos Oficiais, apesar da opinião em contrário do primeiro-ministro. Os membros serão transferidos para guarnições longe do Cairo, Naguib inclusive. Ao fazer isso, Faruk acha que vai acabar com eventuais conspiradores. É uma verdadeira declaração de guerra aos quadros do exército!

— Os Oficiais Livres serão presos?

— Não, a organização está fora de alcance, graças à compartimentalização estabelecida por Nasser e ao seu senso de segredo.

— Por que ele se acha preparado para sair da sombra?

— Porque os fatos exigem. O rei vai nomear a sua alma-danada, o general Sirri Amer, ministro da Guerra. Esse carniceiro certamente conseguirá caçar os revolucionários e os punirá sem piedade. Por isso, Nasser tem de passar à frente dele. Faruk ainda não tem consciência do perigo. Ele mudou mais uma vez de primeiro-ministro e o assessor de imprensa[1], que organiza os seus prazeres noturnos, respondeu a um jornalista preocupado: "Meu caro, as revoluções somos nós que provocamos quando achamos necessário. E isso não nos custa caro." Estamos em pleno delírio, senhor Wilder! Mas Nasser sabe aonde quer chegar. Avise a CIA. Se não, ondas de sangue inundarão as ruas da capital.

*

* *

John acendeu um charuto. Com um olhar distraído assistia a uma partida de tênis entre duas belas inglesas que ainda acreditavam que o Cairo continuaria a ser um pedaço do Ocidente.

— Encontrou-se com Mahmud?

— Ele teme que o pior aconteça — anunciou Mark.

— E não está errado. O primeiro-ministro não consegue convencer Faruk a flexibilizar a sua posição em relação ao general Naguib. Esse déspota gordo pensa que ainda está com as cartas na mão.

[1] Karim Tabet.

— E essa não é a sua opinião?

— Não é a opinião do governo dos Estados Unidos.

— A CIA vai abandonar Faruk?

— Por sua causa, Mark. Você nos revelou o papel capital de Nasser e levamos em conta essa informação decisiva. Faruk não passa de um fantoche, incapaz de avaliar a situação com eficiência. Está cercado de cortesãos, especuladores, bajuladores e mentirosos. Ele jogou e perdeu. Amanhã, será Nasser quem dirigirá o país. Ele vai usar o general Naguib como testa-de-ferro e se livrará desse coitado quando decidir aparecer na frente da cena, munido de plenos poderes.

— E se ele se afastar dos Estados Unidos, escolhendo outras alianças?

— Faremos o que for preciso.

— Não receia que haja milhares de mortos?

— Faz parte de todas as revoluções. Os Estados Unidos também pagaram a independência com o próprio sangue.

— Já imaginou a decepção e o desespero de Mahmud?

— Ele não passa de um peão no tabuleiro de xadrez. O lance passa por cima dele.

— Como pode ser tão cínico, John?

— Se quer se tornar um político de primeira linha, precisa esquecer os sentimentos e a consciência. O objetivo a ser atingido é só o que conta.

— A opção por Nasser é definitiva?

— Os Estados Unidos desejam um regime forte e um parceiro comercial. Faruk é tão corrupto que se torna desonesto e ineficaz. Quando Nasser pensa agir?

— No início de agosto.

— Procure saber mais.

— Tenho outra prioridade — especificou Mark. — O abade Pacômio foi preso pela polícia de Faruk e você tem de me ajudar a libertá-lo.

— Sinto muito, meu amigo, mas a minha rede precisa manter discrição absoluta.

— Eu lhe prestei muitos serviços, John.

— Na minha profissão não existe reciprocidade. Estou pouco ligando para o seu abade. Às vésperas de um golpe de Estado que modificará o futuro do Oriente Médio, tenho outras preocupações.

— Não conte mais comigo para ajudá-lo.

— Mahmud está fora da corrida, os acontecimentos surgirão em cadeia. Você deveria sair do Egito o mais rápido possível, Mark. Doravante, não colherá nada de bom.

O advogado se levantou e mediu o agente secreto de alto a baixo.

— Você me considera uma esponja que se joga fora depois de muito uso e está redondamente enganado. Pela segunda e última vez eu lhe peço: aceita me ajudar a libertar Pacômio?

— Exigências da segurança; está fora de cogitação.

— Eu me lembrarei disso, John.

— A história o fará esquecer de tudo.

— Você menospreza a importância dos papiros de Tutancâmon. Só o abade Pacômio pode permitir que eu os encontre. Do conteúdo deles depende o destino da região, até mesmo do nosso mundo.

— Não tenho tempo para esperar, Mark, e preciso me adaptar às circunstâncias. Ouça o meu conselho e não se demore no Cairo. Aqui, o seu papel acabou. Pense na sua carreira e volte para Nova York. Uma pessoa da sua envergadura não pode se envolver numa ligação sentimental destinada ao fracasso. O senador Wilder não terá nenhuma dificuldade em encontrar uma esposa rica que pertença à alta sociedade.

Ouviu-se um grito de alegria.

Graças a um *smash* decisivo, a mais moça das tenistas havia acabado de vencer a partida. John aplaudiu.

69

— Nem John nem Mahmud querem me ajudar — confessou Mark a Ateya. — Eles nem ligam para a sorte do abade Pacômio e só se interessam pela evolução da situação política. Parece que Faruk está frito!

— Ele pode reagir com extrema violência... E eu preciso lhe dizer toda a verdade.

— O que me escondeu?

— Eu sou a filha única de Pacômio. A minha mãe morreu quando eu nasci. Ela estava com trinta e oito anos e ele com cinquenta. Pacômio me cercou de tanta afeição que consegui superar a ausência dela e o sofrimento. Ele me ensinou tudo e me deu liberdade para agir à minha maneira.

— Sobre nós dois... Você falou com ele?

— É claro. Ele sabe que nos amamos e aprova sem reservas o seu projeto de casamento.

— O *nosso* projeto!

Ateya sorriu.

— O nosso projeto.

— Precisamos libertar o seu pai! Mas como descobrir o local em que está detido?

— Talvez eu tenha a solução. Pacômio não é apenas um abade copta, mas também o último representante da linhagem dos sacerdotes de Amon, que sobreviveu até os dias de hoje, apesar das ocupações sucessivas do Egito. E eu sou a única a conhecer a capela faraônica onde ele oficia diariamente. Espero obter uma resposta nesse lugar.

Ateya e Mark foram à casa de Pacômio.

Ela não era vigiada pela polícia.

No fundo da biblioteca, havia uma parede coberta de imagens religiosas. Ao apoiar no rosto da Virgem, a jovem a fez girar.

Mark desceu três degraus de granito e se deparou com um santuário antigo, coberto de baixos-relevos que descreviam os rituais faraônicos. Estupefato, ele se sentiu subitamente transportado para um passado longínquo, quando esses símbolos eram cheios de força.

Ateya se recolheu diante de uma mesa de oferendas que datava da época das grandes pirâmides.

— Devemos nos purificar pelo fogo e pela água — anunciou ela. — Em seguida, tentaremos entrar em contato com o meu pai.

Desempenhando o papel de sacerdotisa, Ateya queimou três bolinhas de incenso, o *sonter*, "o que torna divino". A fumaça perfumou a capela e abriu os olhos do casal para o invisível.

Depois, a oficiante pegou um vaso que continha água do *Nun*, a energia celeste da qual nasciam todas as formas de vida. Ela derramou o conteúdo nos ombros de Mark e nos próprios ombros. Assim eles ouviriam a grande palavra que atravessava os mundos e os espaços.

Ateya leu o último ritual que o pai havia celebrado, consagrado ao despertar na paz da força divina. Ela invocou a proteção de Hórus, o Antigo, o imenso falcão cujas asas eram proporcionais ao Universo, e pediu a ele que lhe desse acesso ao espírito de seu fiel seguidor, Pacômio.

O rosto do sacerdote de Amon se desenhou sobre a superfície da mesa de oferendas. Em volta, viam-se as paredes de uma prisão, as barras, um corredor, uma rua e prédios.

E a imagem se apagou.

— Conheço esse lugar — declarou a jovem.

*
* *

No dia 20 de julho de 1952, à meia-noite, os principais responsáveis pelo movimento secreto dos Oficiais Livres, com exceção de Sadate, em missão no Sinai, se reuniram em torno de Nasser e do general Naguib, portador de notícias preocupantes.

Apesar das múltiplas intervenções, o rei Faruk mantinha as suas posições. Ele estava prestes a nomear o temível Sirri Amer ministro da Guerra, a fim de controlar rigorosamente a situação e eliminar todos os seus adversários, usando a força se necessário.

Graças às precauções tomadas por Nasser, a polícia do governo não suspeitava da ocorrência dessa reunião.

— Desta vez — constatou o tenente-coronel — estamos em perigo. Se permanecermos passivos, seremos exterminados. A operação prevista para o início do mês de agosto será muito tardia. Por isso, agiremos imediatamente. Ninguém nos atrapalhará: o governo, desacreditado, está sediado em Alexandria; os políticos estrangeiros e os diplomatas voltaram para casa para passar as férias. Em resumo, o caminho está livre.

— Qual é o seu plano? — perguntou um dos conjurados ao filho do carteiro.

— Os corpos do exército que controlamos se reunirão do posto de comando da cavalaria. Em seguida, ordenaremos aos tanques que se apoderem dos lugares-chave do Cairo, enquanto outras tropas se apossarão do quartel-general do exército.

Um longo silêncio se seguiu a essas declarações. Todos tinham consciência de que participavam de um momento histórico, tomando a decisão certa que mudaria o destino do país.

Ninguém se opôs a Nasser.

— Segredo absoluto — exigiu ele. — Dele dependerá o nosso sucesso. Vamos preparar a coordenação dos diversos ataques, sem deixar filtrar nada das nossas intenções. Um único falatório e fracassaremos.

Mahmud estava prestes a desmaiar.

A inevitável guerra civil seria traduzida em massacres de terrível extensão. O general Sirri Amer ou o tenente-coronel Nasser, qual deles seria o vencedor, reinando sobre uma montanha de cadáveres e uma capital devastada?

Se os americanos não eliminassem Nasser, estariam deixando o Egito cair no abismo. Ele, Mahmud, não seria subjugado. Faruk, ao contrário, seria um fantoche dos manipuladores da CIA.

Mahmud tinha de alertar Mark Wilder o mais rápido possível.

Nasser pôs a mão no ombro dele.

— Você vai desempenhar um papel decisivo, meu amigo. Os seus homens servirão de agentes de ligação, ao longo das próximas horas.

— Pode contar comigo.

— Se as comunicações forem interrompidas, seremos uma presa fácil para os chacais de Faruk.

— Tenho uma excelente equipe.

— Coragem, Mahmud. Nós venceremos.

Os Oficiais Livres se dispersaram.

Nasser passou defronte a dois policiais que não lhe prestaram a menor atenção. Até aquele minuto, nenhum dos seus adeptos o havia traído. Ele se sentia tão confiante que as angústias das últimas semanas haviam desaparecido.

E o seu andar era o de um conquistador.

Assustado com tanta segurança, Mahmud sentia-se desorientado. Se desobedecesse às ordens, Nasser não tardaria a perceber. Agora, era impossível escapar da marcha inexorável do destino. Os americanos haviam decidido apoiar Faruk ou abandoná-lo? O filho do carteiro ignorava a que ponto a sua aposta era arriscada!

O homem lançava os dados, mas não era Deus que controlava a trajetória?

70

Mark Wilder e John se encontraram numa faluca. Ali serviam chá e pâtisseries.

— O que tem de tão urgente para me dizer? — perguntou o agente secreto.

— Sei onde fica a prisão onde o abade Pacômio está encarcerado. Só você pode intervir para que ele seja libertado.

— Não tenho tempo, meu amigo.

— Estou de posse de um texto criptografado que Pacômio deve decifrar e que nos levará aos papiros de Tutancâmon.

— Sinto muito, Mark, tenho outras preocupações. Em breve, sem dúvida, o Cairo entrará numa luta sangrenta. Os Estados Unidos têm de tirar o corpo fora.

— Eu não estou pedindo, John. Estou mandando.

O espião se surpreendeu.

— Como?

— Provavelmente, Faruk possui a última chave de que preciso; Pacômio vai confirmá-lo. Além disso, ele é o pai de Ateya, a mulher que eu amo. Se se recusar a intervir, revelarei o seu verdadeiro papel à embaixada e aos jornais. E se me eliminar, Ateya se encarregará da tarefa e, depois dela, todos os coptas do Cairo.

John estava lívido.

— Não cometeria uma loucura dessas!

— Você não me dá opção.

— Sabe quem eu sou realmente, Mark? Na guerra contra Israel, em 1948, Nasser fez vários contatos com um capitão inimigo. Falar de amizade seria exagero, mas os dois homens conversaram muito. O egípcio estava fascinado com a maneira pela qual o povo judeu conquistou a independência. Eu conheci muito bem o capitão Yeruham Cohen e as informações dele me foram úteis para orientar a política dos meus dois países.

— Você quer dizer...

— Eu sou judeu-americano[1] e tenho uma rede de doze agentes israelenses infiltrados nas principais engrenagens do Estado e até no

---

[1] John usava o nome em código de "Darling". Ele nunca foi identificado e quando a sua rede foi desmantelada, em 1º de outubro de 1954, não foi encontrado.

exército. Esses homens arriscam a vida a cada segundo. Quer ser responsável pela morte deles, depois de terríveis torturas?

Mark empurrou a xícara de chá.

— Você ganhou, John. Vou me virar sozinho.

— Você também ganhou. Vou cuidar de Pacômio, mas precisarei de dois ou três dias para agir com tato. E talvez precise de você, em algum momento, para mandar uma mensagem a Nasser. Agora sabe por que não posso encontrá-lo pessoalmente. Ele nunca deverá desconfiar da minha presença no Cairo.

Mark se levantou.

— Suponho que seja inútil indicar o local da prisão de Pacômio. Você já sabe, é claro.

— Exato.

*
* *

A manhã de 22 de julho de 1952 estava quente e ensolarada em Alexandria. Nos cinco quilômetros da avenida à beira-mar, as pessoas se amontoavam nos terraços dos cafés, antes de irem almoçar num restaurante da moda. E à noite, depois de uma sesta reparadora e de banhos de mar nos quais as elegantes exibiriam os seus maiôs inteiros, iriam se divertir nas boates, dignas das capitais europeias.

A cidade fundada por Alexandre Magno continuava a ser cosmopolita e acolhia todas as raças e todas as culturas, provocando a irritação dos muçulmanos fundamentalistas, que prometiam pôr um freio nessa situação, assim que possível. Por ora, as praias continuavam cheias; turcos, armênios, italianos, gregos, judeus e outros residentes formavam uma comunidade pacífica onde, normalmente, se falava o francês.

Em geral, a partir do dia 15 de maio, a corte se instalava no palácio de Montazah, ali permanecendo por cinco meses, longe do forte calor que assolava o Cairo. À beira do Mediterrâneo, a residência real possuía jardins frondosos recortados por aleias que levavam aos pavilhões, às hortas, aos pomares, à fazenda, à leiteria e ao alojamento dos empregados. Obviamente, Sua Majestade dispunha de uma praia particular.

Coroado por torres e campanários pequenos, o palácio de Montazah tinha três andares. No térreo ficavam as salas de recepção, a sala de jantar, o escritório de Faruk e o bilhar; no primeiro andar, os apartamentos particulares do monarca e da esposa.

Naquela manhã, Faruk estava pensativo.

Às 17 horas, receberia os membros do seu novo governo no outro palácio de Alexandria, o palácio de Ras el-Tine. Ele anunciaria a sua principal decisão: a escolha do ministro da Guerra, incumbido de salvar o regime, protegendo a realeza contra eventuais sediciosos.

Diante das incessantes críticas à nomeação do violento Sirri Amer, Faruk havia mudado de opinião. Mais uma vez, surpreenderia a sua gente e provaria que continuava a ser o único capitão a bordo.

Especialmente satisfeito consigo mesmo e com a sua perspicácia, o obeso almoçou com muito apetite, se deu ao luxo de uma longa sesta e foi conduzido ao palácio de Ras el-Tine, edificado pelo seu ilustre antecessor, o albanês Mehemet-Ali, grande destruidor de monumentos antigos, adepto do modernismo e ditador sem sutilezas.

Os quinze ministros que formavam o governo de Faruk aguardavam-no impacientes. Tantos boatos, rancores e preocupações... A proteção de Alexandria não era apenas uma ilusão? Cabia ao rei provar a sua autoridade tomando as medidas certas. Já que detinha o poder, competia a ele usá-lo devidamente.

Discreto, Antonio Pulli esperava que o monarca seguisse os seus conselhos. Faruk já havia desistido de medir forças com o exército. Só faltava nomear o general Naguib para acalmar as tensões, atrair o entusiasmo popular e recomeçar em novas bases. O rei havia cometido erros suficientes para, com eles, aprender úteis lições e escolher o caminho da conciliação.

As quinze sobrecasacas se alinharam.

Quando o cunhado do rei[1] apareceu, o primeiro-ministro não conseguiu disfarçar a surpresa.

— Majestade, não compreendo... O que ele faz aqui, entre nós?

— Senhores, eis o nosso novo ministro da Guerra. Ao trabalho.

Os homens do governo se retiraram.

Como os ministros, Antonio Pulli ficara estarrecido. Faruk devia ter perdido a cabeça ao nomear um incapaz para o posto-chave. O seu cunhado se reduzia a esse título e não tinha nenhuma influência no exército.

A eminência parda olhou o relógio: 17h15!

Hora importante.

---

[1] O coronel Cherine.

71

Ateya e Mark haviam acabado de fazer amor quando o telefone tocou.

Pela primeira vez, desde que o advogado o conhecia, a voz de John tremia um pouco.

— Faruk enganou a sua gente — revelou. — Ele ordenou a prisão de todos os oficiais superiores suspeitos de lhe serem hostis, a começar pelo general Naguib. Os partidários de Nasser serão arrastados na tormenta. Tem de preveni-lo imediatamente.

— Como posso contatá-lo?

— Vou enviar um motorista que o levará à casa dele. Participe-lhe que os Estados Unidos não desaprovam a ação.

— Não ocupo nenhum posto oficial, John.

— É por isso mesmo que lhe confio essa missão. Caso Nasser fracasse, o nosso país não será envolvido.

— E não se esqueça do abade Pacômio.

— Já subornei o diretor da prisão. Tenha um pouco de paciência e o seu pároco será legalmente libertado. Ao falar com Nasser, você vai arriscar a sua pele. Trate de ser convincente.

Mark não escondeu nada de Ateya.

A jovem se enroscou nele.

— Não vá, Mark. É muito perigoso.

— Fiz uma espécie de pacto. Se eu não ajudar John, pode acontecer o pior com o seu pai.

Eles se beijaram como se nunca mais fossem se ver.

Um carro branco aguardava o americano embaixo do prédio de Zamalek. De cabeça baixa, o motorista não pronunciou uma única palavra e guiou a toda velocidade.

Mark reconheceu o bairro e a casa de Manchiet el-Bakri.

Assim que desceu do carro, dois homens o cercaram.

— Quero falar com Nasser — declarou com voz firme. — Tenho informações vitais para ele.

Pegando o americano pelos braços, os dois vigias o obrigaram a andar rápido na direção da casa do líder oculto da revolução.

Na entrada, ele foi revistado.

O tenente-coronel apareceu.

— Senhor Wilder! Que bons ventos o trazem?

— Faruk exigiu uma captura em massa. O chefe do estado-maior convocou os homens leais ao rei para as 22 horas. Eles vão decidir prender os principais oponentes e proclamar a soberania absoluta do rei.

Nasser olhou fixo para o visitante.

— Então, agirei mais cedo do que o previsto — anunciou ele. — Espere-me alguns minutos.

O filho do carteiro vestiu o seu uniforme, deu ao irmão todo o dinheiro em espécie que possuía, beijou a mulher no rosto e pegou o americano pelo ombro.

— Venha comigo, senhor Wilder.

— Um detalhe: a CIA não se mexerá. Mas os Estados Unidos não se oporão às suas iniciativas.

— Vamos verificar *in loco*, está bem?

Às 19h10, Nasser e Mark Wilder entraram num Morris. O tenente-coronel queria avisar aos seus principais apoios que a operação "tomada de poder" seria antecipada.

— Se controlarmos todo o exército — disse Nasser —, teremos sucesso. Esse é o desejo dos Estados Unidos, não é?

Mark meneou a cabeça afirmativamente.

De repente, uma barreira. Os soldados apontaram as armas para o Morris, que parou.

— Dei ordens para que os oficiais da patente de coronel para cima fossem detidos — revelou Nasser. — Estes bravos homens a executam.

A revolução corria o risco de fracassar porque o chefe havia sido detido pelos próprios partidários! Realmente, o seu uniforme indicava se tratar de um suspeito.

O americano pulou do carro.

— Estamos indo ao quartel-general — declarou ele. — Os Estados Unidos apoiam vocês e expulsarão os ingleses.

Um oficial de graduação inferior se aproximou e reconheceu Nasser.

Imediatamente, ele soltou gritos de alegria e o Morris partiu, aclamado.

— Sangue-frio é o que não lhe falta, senhor Wilder.

— A profissão de advogado não consiste em encontrar bons argumentos?

*

* *

Eram 23h15.

Conforme as instruções de Nasser, um regimento favorável à revolução havia prendido os generais fiéis a Faruk e incumbidos de cortar as asas dos conspiradores. Infelizmente, eles não jogavam xadrez tão bem quanto o filho do carteiro e tinham uma jogada de desvantagem.

O quartel-general estava nas mãos dos insurretos. Ao tentar resistir, duas sentinelas haviam sido mortas.

Naquela noite decisiva, eram os dois únicos mortos a lamentar. Em nenhum outro lugar houve lutas. Os soldados aderiam em massa aos Oficiais Livres e, assim, recuperavam a honra perdida.

Embasbacado, Mark assistia a um golpe militar quase pacífico e minuciosamente preparado. Os tanques ocuparam os pqntos estratégicos da capital, e Sadate, especialista em transmissões, não tardaria a tomar a rádio. Dispondo de um meio de comunicação, em breve a República poderia falar ao povo.

— O senhor conseguiu, coronel.

— Foi uma etapa essencial — reconheceu Nasser —, mas apenas uma etapa. Controlamos o Cairo, o exército nos obedece, mas Faruk continua a ser o chefe de Estado e a reação dele pode ser brutal.

— Os Estados Unidos não o apoiarão. O meu país não quer uma guerra civil.

— Qual será a atitude dos ingleses? Eles ocupam o Egito e não abandonarão o canal de Suez.

— Haverá pressões diplomáticas para evitar um banho de sangue. Pegos de surpresa, os britânicos não terão tempo de organizar um contra-ataque eficaz.

— Na verdade, eu conto um pouco com isso. Seja como for, a sorte deles está lançada. Faz muitos anos que decidi expulsá-los do Egito e conseguirei.

— Se derrubar Faruk, que destino reserva para ele?

Para Mark, a resposta a essa pergunta era de suma importância. Em caso de morte violenta do rei, os papiros de Tutancâmon continuariam inacessíveis.

— Segundo a minha experiência — afirmou Nasser —, sangue chama sangue. Alguns dos meus companheiros exigem a execução do tirano, eu não. Tratarei de encontrar uma solução melhor. Enquanto isso, um dos meus amigos entrará em contato, primeiro com o adido naval americano, depois com o representante diplomático britânico. Ele os informará de que o general Naguib foi nomeado comandante-em-chefe do exército, que os Oficiais Livres controlam a capital, que nomearão um novo primeiro-ministro e obrigarão o rei a sancionar essa decisão. Se os Estados Unidos e a Inglaterra não interferirem, nenhuma desordem ocorrerá e nenhum estrangeiro sofrerá com o novo poder. Agora, senhor Wilder, volte para casa e ligue o rádio.

72

Um pouco antes das 7 horas, Sadate leu no rádio um comunicado assinado por Mohamed Naguib, comandante-em-chefe do exército. Ele anunciava ao povo egípcio que, finalmente, o país saía do período mais sombrio da sua história. Depois de tantos anos de corrupção, o exército havia sido depurado e era dirigido por patriotas íntegros que mereciam a confiança de todos. O general Naguib não toleraria nenhuma violência e os eventuais causadores de distúrbios seriam considerados traidores, passíveis de pesadas sanções. O exército e a polícia fariam a lei ser respeitada, e os estrangeiros não tinham nada a temer. A calma era geral.

Do terraço do apartamento de Ateya, que ele abraçava ternamente, Mark contemplava o Cairo.

— Nasser ganhou. Os ingleses se dobrarão, os americanos abandonarão Faruk.

— Ele será enforcado — previu Ateya.

Um carro parou na entrada do prédio.

Dele saíram John... e o abade Pacômio!

Ateya desceu correndo as escadas.

Mark se apressou em fazer um café, ao qual todos fizeram jus. O homem idoso exibia as marcas da detenção, mas não quis relembrar as horas dolorosas.

— Nunca esquecerei o seu gesto — disse Ateya a John.

— Tivemos sorte. Estão esvaziando as prisões cheias dos oponentes de Faruk e enchendo com os seus partidários. Assim caminham as revoluções. O pior inimigo dos Oficiais Livres, o general Sirri Amer, fugiu[1]. Ele não achou homens suficientes para lançar um contra-ataque. O bom general Naguib não passa de um fantoche nas mãos de Nasser, que, de hoje em diante, controla as forças armadas. Quanto ao novo primeiro-ministro nomeado pelos revolucionários, o experiente Maher, ele tem setenta anos de idade e detesta os ingleses. Ele não passará de um peão no tabuleiro de xadrez de Nasser.

— Por sinal, os ingleses... Como eles estão reagindo? — preocupou-se Mark.

— Eles foram nocauteados de pé. Os diplomatas e o Serviço Secreto britânico não perceberam nada.

— Parece que você os desinformou muito bem.

---

[1] Ele foi preso ao tentar passar pela Líbia.

— Os nossos primos britânicos estão loucos de raiva, mas foram obrigados a aceitar o fato consumado, ainda mais porque os Estados Unidos não dissimulam a sua satisfação. Nem a opinião pública nem os jornalistas se conscientizaram da extensão dos acontecimentos[1]. Isso dará tempo a Nasser para tratar do caso Faruk.

— O rei está decidido a lutar?

— Ele também não entendeu nada e teima em acreditar que o exército continuará fiel. Em compensação, Antonio Pulli não está iludido. Ele entrou em contato com o embaixador dos Estados Unidos[2] e suplicou que salvasse Faruk. Mesmo que nenhum navio de guerra americano esteja próximo de Alexandria, o que muito nos convém, o diplomata prometeu que a vida do rei será poupada. O embaixador foi pessoalmente ao palácio para servir de negociador entre Sua Majestade e os revolucionários. Doravante, Nasser comanda o jogo... e tomará as decisões. Nos próximos dias, vários agentes da CIA e muitos "conselheiros" chegarão ao Egito para ajudar o país a sair da opressão colonial sem afundar num inferno comunista. O Novo Mundo corre em socorro da mais antiga das civilizações.

— Preciso falar com Faruk — decretou Mark.

— Fique aqui, em família, e espere a crise ser resolvida. E não tente, de jeito nenhum, ir a Alexandria.

— Você já cumpriu a sua missão, John. Preciso cumprir a minha.

— Os famosos papiros... Esqueça-os, case-se e seja feliz. Não acabe como o pobre Mahmud, que cometeu suicídio ao amanhecer,

---

[1] O jornal *Le Monde* afirmou que, "embora a autoridade do rei tenha sido desafiada, a sua posição pessoal não foi questionada".

[2] Jefferson Caffery.

no dia do triunfo de Nasser. Oficialmente, ele não suportava mais as dores causadas por uma doença incurável. Até o momento você se saiu bem; não abuse da sorte. Você é um sujeito digno, meu amigo. Provavelmente, nunca mais nos veremos.

— Dê-me as autorizações necessárias para chegar ao palácio real de Alexandria.

— Isso é loucura, Mark. Ninguém sabe o que vai acontecer por lá.

— Você me deve isso.

— Como queira. Dentro de uma hora, terá um carro com motorista.

Como detestava congratulações, John desapareceu.

O abade Pacômio começava a recuperar as forças. A filha, Ateya, lhe segurava as mãos.

Mark lhe mostrou a inscrição hieroglífica que havia copiado do túmulo onde morava o falecido Chenuda.

— "Busque o deus perfeito com o qual nos glorificamos" — decifrou Pacômio. — Trata-se de um texto de Tutancâmon. Infelizmente, não nos dá nenhuma indicação sobre o esconderijo dos papiros.

Mark ficou profundamente decepcionado. Desta vez, esperava ultrapassar uma etapa decisiva. Mas o tesouro continuava inacessível.

— Você escapou do Salawa — lembrou Ateya — e foi um verdadeiro milagre! Não insulte a Deus, meu amor, e aceite a derrota. Não é a sua opinião, pai?

— A minha filha tem razão — aprovou Pacômio. — Insistir seria inútil.

— Claro que não! Tenho a sensação de estar perto do objetivo. Já que Faruk vai perder o trono, e talvez a vida, por que continuaria a mentir? Com a ajuda de Pulli, saberei a verdade.

— O risco é muito grande! — protestou a jovem.

— Por quanto tempo você amaria um covarde, incapaz de cumprir sua palavra? Eu fiz uma promessa solene ao seu pai e irei até o fim da viagem. Quando encontrar os papiros de Tutancâmon, nós nos casaremos e você escolherá o país em que gostaria de viver. Se o Egito de Nasser se tornar pouco hospitaleiro, os Estados Unidos a acolherão, você e o seu pai.

O olhar do abade Pacômio era aprovador e a sua filha não conseguiu encontrar nenhum argumento capaz de convencer Mark a desistir.

*

* *

O motorista da CIA tinha as autorizações necessárias para passar por eventuais barreiras entre o Cairo e Alexandria. Como Nasser esperava, o país não entrara numa luta sangrenta. Todos viam muito bem, sobretudo devido à presença de numerosos tanques, que os Oficiais Livres reinavam na capital.

Mas o que seria de Faruk? O hábil mágico de outrora saberia retomar as rédeas hipnotizando os adversários? Aliás, os especialistas em política egípcia previam o fracasso do movimento dos Oficiais Livres por falta de líderes de envergadura. Só Naguib, de origem sudanesa, era um pouco conhecido pela atitude corajosa na guerra da Palestina. Porém, nem ele nem os obscuros companheiros possuíam a menor experiência de governo e a aventura acabaria necessariamente indo por água abaixo. Depois de alguns sobressaltos, Faruk se livraria dos agitadores. O Wafd, antigo partido nacionalista, voltaria à ativa e os soldados entrariam na linha.

Por todo lado, as pessoas se agrupavam em torno de rádios, aguardando notícias precisas que pusessem fim ao cortejo de boatos. Assoladas pelo calor, as ruas do Cairo estavam quase vazias. Era um mundo estranho, suspenso entre o medo e a esperança.

Mark Wilder só pensava no rápido percurso entre a capital e Alexandria. Os deuses lhe evitariam os obstáculos?

73

Alexandria estava calma no dia 25 de julho de 1952.

Chegava-se a acreditar que a revolução dos Oficiais Livres não ocorrera e que a corte de Faruk, ainda monarca absoluto, passava férias tranquilas à beira-mar.

Graças às credenciais, Mark Wilder passou facilmente por dois postos de controle e, no fim da tarde, foi recebido no palácio de Montazah por Antonio Pulli.

A eminência parda de Faruk havia envelhecido dez anos.

— Veio do Cairo, senhor Wilder?

— Exato.

— Os revolucionários controlam mesmo a cidade?

— Sem dúvida.

— E a população?

— Favorável a eles. Os revolucionários prometeram a independência, o fim dos privilégios e da corrupção.

— Como ficarão decepcionados! Decididamente, os humanos só podem se alimentar de ilusões. Por que desejava me ver, senhor Wilder?

— Continuo a procurar os papiros de Tutancâmon e tenho a certeza de que estão nas mãos de Faruk.

— Devido à gravidade da situação, mandei para fora do Egito alguns tesouros que pertencem à Sua Majestade. Os revolucionários os queimariam. Quando ambiciosos ávidos de autoridade tomam o poder, começam por destruir. Esses rebeldes não terão pela cultura faraônica o mesmo respeito que o rei Faruk. Eles expulsarão os estrangeiros e o cônego Drioton nunca mais verá as estimadas antiguidades. Esse será o fim de um mundo muito criticado, senhor Wilder. O que nasce será bem pior. Vocês, americanos, muito em breve se arrependerão de terem abandonado Faruk.

— Os papiros de Tutancâmon saíram do Egito?

Antonio Pulli hesitou antes de responder.

— Por ocasião do seu encontro com Carter, Faruk lhe fez uma promessa. Algumas vezes, o rei cumpriu a palavra.

— Dito de outra maneira, o senhor conhece o lugar onde eles estão escondidos.

— Não, senhor Wilder. Por causa da maldição, aconselhei Sua Majestade a não se interessar demais por esses documentos. Sem dúvida, ele errou ao não me ouvir.

— O senhor viu os papiros?

— Nunca.

— Sabe o conteúdo deles?

— Dizem os boatos que eles revelam os segredos da vida eterna, provam que o faraó é o modelo no qual Cristo se inspirou, dão as circunstâncias exatas do Êxodo e anunciam o futuro do Oriente Médio nos próximos séculos. Os nossos contemporâneos não aceitariam tanta ciência e sabedoria. Eles só querem saber de paixões, de crenças e de política. Deixe os papiros onde estão. Howard Carter teve razão em ocultá-los.

— E se eles tiverem uma influência positiva no futuro?

— O meu patrão, o rei Faruk, não tem muito futuro. E temo que o meu quinhão seja menor ainda.

— Diga-me toda a verdade, senhor Pulli.

— Não sei mais nada.

— Pode ser que o rei esteja vivendo as suas últimas horas. Permita-me que o veja e o interrogue.

— São horas trágicas e Sua Majestade está sobrecarregada de trabalho. No entanto, vou tentar satisfazê-lo, mas não espere uma resposta positiva.

— Suplique a Faruk que me dê as informações que possui a respeito dos papiros.

— Por que ele concordaria?

— Ele não quer provar a sua generosidade?

— Um empregado vai conduzi-lo ao seu quarto.

— Quais são os seus projetos, senhor Pulli?

— Possibilitar que Sua Majestade saia viva dessa tragédia.

— E o senhor?

— Os revolucionários não me deixarão partir para o exterior. Aos olhos dos americanos eu não sou mais nada. E amanhã os meus melhores amigos afirmarao que não me conhecem.

— Posso falar com Nasser e interceder pelo senhor. Ele não é um homem sanguinário.

— Não se dê a esse trabalho, caro senhor. O chefe dos revolucionários precisa de alguém para servir de exemplo, como se diz. E eu não seria o melhor deles?

Embora o palácio de Montazah houvesse entrado numa espécie de letargia, os empregados continuavam a executar o seu trabalho. Faruk não continuava a reinar?

Um suntuoso jantar foi oferecido a Mark e um dos oficiais do serviço de segurança lhe ordenou que não saísse do quarto, digno de um chefe de Estado.

*

* *

Às 2 horas da manhã alguém bateu na porta.

Mark acordou sobressaltado.

Era o motorista que o levara do Cairo para Alexandria.

— Vista-se rápido. Vamos sair daqui.

— O que está acontecendo?

— Barulho de botas. Este palácio já não é seguro.

— Aonde me leva?

— Ao outro palácio de Faruk em Alexandria, Ras el-Tine. O novo primeiro-ministro e o delegado do embaixador dos Estados Unidos já estão lá. *A priori*, o senhor estará seguro.

— O rei também está lá?

— Com a família e os conselheiros.

Mark tinha de conseguir uma entrevista, mesmo que fosse rápida. Ele só tinha uma pergunta a fazer ao monarca e saberia ser bastante persuasivo para obter uma resposta.

O palácio de Montazah entrava em agonia.

Os empregados não sabiam mais quem dava as ordens, quantos cafés-da-manhã deviam preparar, quantos lençóis deviam lavar, que serviços deviam prestar a uma corte real em decomposição. No entanto, precisavam salvar as aparências, esperando que os futuros proprietários apreciassem o luxo e o protocolo.

— Tem informações exatas? — perguntou o advogado ao motorista que dirigia a toda velocidade.

— No Cairo, o tom endureceu. Alguns oficiais exigem a execução imediata de Faruk, outros querem julgá-lo primeiro. Em todo caso, a coisa cheira mal. Dizem que as tropas estão se movimentando na direção de Alexandria.

— A CIA não pretende evacuar o rei?

— Isso está fora de cogitação. Seria uma injúria aos novos chefes do país que querem acertar as contas com ele. Nós não vamos nos mexer, apenas observar.

A angústia era perceptível no palácio de Ras el-Tine.

Antonio Pulli distribuía instruções ao pessoal e agradecia aos fiéis empregados de Faruk que se recusavam a sair do palácio.

— Senhor Wilder... Seria mais sábio ir embora.

— O rei aceita me receber, nem que seja por um minuto?

— Espere, por favor. Mas não lhe prometo nada.

Mark havia sofrido tantas decepções que deveria deixar-se levar pelo ceticismo. No entanto, ele sentia que essa providência era decisiva. Faruk, e só ele, possuía a chave do mistério. Uma palavra, uma simples confidência da parte dele e o caminho que levava aos papiros de Tutancâmon seria aberto.

Contudo, essa palavra seria dita?

Os empregados se apressaram a lhe servir um café e *pâtisseries* num aparelho de prata maciça. A noite estava quente, o ar delicioso.

Várias vezes, Mark viu Antonio Pulli correr de um lado para outro.

Pouco depois das 7 horas, na manhã de 26 de julho de 1952, a guarda do palácio foi alertada por ruídos de motores.

O advogado correu para a janela.

Uma coluna de tanques se posicionava em volta de Ras el-Tine. Nasser decidira lançar o ataque final.

74

Assim que foram trocados os primeiros tiros entre a guarda do rei e os revolucionários, uma ordem do monarca foi baixada: nenhum combate, fechamento das portas do palácio e resistência passiva. Ninguém poderia culpá-lo pela morte de soldados do seu próprio exército.

Prisioneiro, Mark estava com uma ideia fixa na cabeça: falar com Faruk.

O pânico tomava conta de Ras el-Tine. Pelo visto, Nasser havia decidido esmagar sob os obuses a residência do déspota. O seu cadáver e os das pessoas que lhe eram próximas seriam encontrados no meio dos escombros.

Temendo ser assassinado pelos seus últimos fiéis que, assim, seriam inocentados aos olhos dos vencedores, Faruk se trancou no escritório. Ele só falava com Antonio Pulli, a quem pediu que fizesse um apelo ao embaixador dos Estados Unidos para que impedisse um massacre e lhe desse garantias de vida.

Os tanques mantiveram as posições, porém, não atiraram mais.

Às 9 horas, o primeiro-ministro Maher fez chegar às mãos de Faruk uma carta assinada pelo general Naguib. Recriminando o monarca pela má gestão, pelas violações à Constituição, pelo menosprezo à vontade do povo, pela presença no poder de traidores e desonestos que fizeram fortunas escandalosas, o novo comandante-em-chefe do exército egípcio, outrora abandonado e desrespeitado, ordenava à Sua Majestade que abdicasse em favor do príncipe herdeiro, o seu filho Fuad, e que saísse do Egito naquele mesmo dia, sábado, 26 de julho, antes das 18 horas. Caso rejeitasse o ultimato, Faruk seria o único responsável pelas consequências da sua decisão.

Encurvado, com os traços vincados, Pulli se sentou diante de Mark. Foram servidos de chá e *pâtisseries* orientais.

— Sua Majestade tentou uma última manobra — revelou Pulli. — Ele pediu a juristas que estudassem a validade do documento assinado pelo general Naguib.

— Qual o resultado?

— O ultimato tem força de lei. O rei é obrigado a se submeter.

— O que ele pede em troca?

— A possibilidade de deixar o Egito a bordo do seu iate *Mahrussa* com todos os seus bens... eu inclusive.

— Qual a reação de Naguib?

— Concordou com o iate, recusou o resto. Os bens do rei devem ficar no Egito... E eu também.

— É uma condenação à morte!

— Não pinte o quadro tão negro, senhor Wilder. Uma vez que Nasser não quer derramamento de sangue, talvez se limite a me mandar para a prisão por alguns anos[1]. Como Sua Majestade se recusasse a partir sem mim, aconselhei que desistisse dessa exigência. "Eu fico", anunciei. "Não o seguirei." A minha atitude o surpreendeu e senti a sua profunda tristeza. Nós dois mal conseguimos reter as lágrimas. O mundo que esperávamos construir sobre bases sólidas desabou diante dos nossos olhos e não teremos nem mesmo o consolo da amizade. Sua Majestade assinará a abdicação às 10h30.

— Ele aceitou me receber?

— Falaremos sobre isso mais tarde.

Por volta do meio-dia, Pulli reapareceu.

Aterrorizado, com as mãos trêmulas, Faruk tivera que recomeçar duas vezes para escrever corretamente o próprio nome. Todo-poderoso algumas horas antes, só lhe restava fazer as malas e deixar definitivamente um país que ele achava submisso para sempre.

Com alguns meses de idade, o seu filho Fuad lhe sucedia. Essa farsa não iludia ninguém. Nasser afastaria o menino e o bom general Naguib e se imporia como senhor absoluto do Egito.

Ciente dos boatos, a multidão se amontoava em frente a Ras el-Tine. O interior do palácio estava em ebulição. A partida do rei estava sendo preparada, com a certeza de que ele nunca mais voltaria.

Mark estava impaciente.

Se os termos do ultimato fossem respeitados, Faruk deixaria o palácio sem falar com ele.

---

[1] Pulli não foi executado e se tornou um pequeno comerciante.

Por volta das 17h30, o embaixador dos Estados Unidos, acompanhado do primeiro-ministro Maher, entrou no salão onde estava Faruk, com o uniforme branco de almirante da frota. A família real estava ao lado dele.

Radiante com o rumo tranquilo dos acontecimentos, o general Naguib não se opusera a essa medida diplomática. Os Estados Unidos saudavam a partida do ex-chefe de Estado e a instauração de um novo poder. Tudo transcorria de maneira tranquila, entre pessoas nobres que haviam renunciado, em vez de se matarem mutuamente.

Para surpresa geral, Faruk só levava dois ternos e seis camisas. Pegando no colo o pequeno Fuad, de seis meses, a rainha usou uma saída discreta para ir para o porto.

Os empregados transportaram as malas até o iate e a bandeira real, que ficava em cima do palácio, foi retirada.

Vinte e um tiros de canhão ressoaram.

No instante em que Faruk se preparava para subir a ponte de embarque, um jipe parou perto dele. O general Naguib desceu.

Todos que assistiam à queda do monarca pensaram que o vencedor modificara as regras do jogo e que aquele dia tomaria um curso dramático.

Porém, Naguib queria apenas recordar um fato pessoal, um dos episódios marcantes da sua carreira.

— Em 1942, Majestade, eu lhe apresentei a minha demissão como um protesto pela humilhação que os ingleses o fizeram passar. Eu era, então, um súdito fiel da Coroa. O senhor recusou essa demissão e eu continuei no exército.

— Cuide bem dele, general.

— Fique tranquilo, finalmente ele está em boas mãos.

— Você foi mais rápido, Naguib; quem come primeiro, come melhor.

— A aviação e a marinha o saudarão quando sair das águas territoriais, Majestade. Aí, então, o Egito renascerá.

Faruk subiu com dificuldade os degraus do exílio.

Naguib foi aclamado por uma multidão em delírio. Ele se dirigiu para o palácio de Ras el-Tine, agora propriedade dos Oficiais Livres e do povo egípcio, a quem, em breve, as residências cheias de riquezas seriam acessíveis.

Dezesseis anos de reinado desapareciam.

Antonio Pulli abordou Mark na entrada dos jardins.

— Está tudo acabado. Sua Majestade nunca mais verá o seu país e o seu povo.

O americano fez uma cara feia. Os papiros de Tutancâmon continuavam inacessíveis.

— Faruk não teve tempo de recebê-lo, senhor Wilder, e é fácil compreender o porquê. Mas ele ouviu o seu pedido atentamente e me pediu que lhe transmitisse esta mensagem: "Se examinar o depoimento de Breasted, ele saberá."

75

O motorista da CIA levou Mark de volta para o Cairo.

Os tanques estavam estacionados diante dos prédios oficiais e das embaixadas, o exército montava guarda nas pontes, mas não havia distúrbios nem movimento da multidão. Graças ao rádio, a população sabia que Faruk havia abdicado e saído do Egito. Nem confrontos, nem vítimas. As ruas estavam novamente cheias de pedestres, as lojas recebiam inúmeros clientes.

Segundo um jornal em francês, a partida do rei parecia um milagre digno de Lourdes. O bom general Naguib se tornara um herói nacional, uma espécie de santo que expulsara a injustiça e a corrupção.

Algumas pessoas exaltadas derrubaram as grades dos jardins de Ezbekieh. Daquele dia em diante, os pobres não teriam de pagar nem uma piastra para entrar nesse espaço verde, antes reservado aos ricos. Acácias, palmeiras e amoreiras seriam derrubadas para a construção de prédios onde morariam os desfavorecidos.

Não se dizia mais "realeza" e sim "pátria". E o Conselho da Regência, ao conceder o poder a uma criança de seis meses que nem mesmo residia no Egito, seria rapidamente substituído por um poder forte, cujo verdadeiro líder só era conhecido por alguns privilegiados: o filho do carteiro, o tenente-coronel Nasser. Um oficial lhe pedira que prendesse a cantora Um Kalsum, muito amiga de Faruk. Resposta incisiva do chefe dos revolucionários: "Não lhe ordenei que destruísse as pirâmides!"

No entanto, nos cafés e nas casas, em volta das mesas, as pessoas se perguntavam: o novo Egito se transformaria num satélite comunista? Expulsariam os estrangeiros? O exército imporia uma ditadura?

À euforia nascida com a partida de Faruk sucedia a inquietação.

Mark esqueceu as preocupações e abraçou Ateya.

— Eu tinha tanto medo de não voltar a vê-lo — confessou ela. — Algumas pessoas falavam de combates sangrentos, do assassinato de Faruk e do novo massacre dos seus fiéis. E o meu pai...

— O que há com o seu pai?

— Ele está morrendo, Mark. Embora ele o negue, a detenção e a tortura lhe tiraram as últimas forças. Desde que você partiu, ele não se levantou mais e recusa qualquer alimento.

— Chamou um médico?

— Claro, e ele não me deu nenhuma esperança. O abade Pacômio está nas últimas.

— Talvez eu lhe dê uma derradeira alegria.

— Os papiros de Tutancâmon...

— Faruk me deu uma indicação, cujo valor só o seu pai saberá apreciar.

Quando Mark entrou no quarto onde Pacômio repousava, o último sumo sacerdote de Amon abriu os olhos. Ele respirava com dificuldade.

— Eu o esperava, Mark. Você conseguiu, não foi?

— Faruk sabia a verdade sobre os papiros. Antes de sair do Egito, ele revelou que o depoimento de Breasted poderá me esclarecer.

James Henry Breasted era o arqueólogo americano que havia participado da escavação da tumba de Tutancâmon, sob a direção de Carter.

— Eu me lembro desse homem sério — murmurou o abade Pacômio, cuja respiração estava cada vez mais curta. — Ele não era um erudito comum e um egiptólogo limitado. Ao contrário, admirava a espiritualidade do Antigo Egito. E quando trabalhava no interior da tumba, ele ouvia a voz dos ancestrais sob a forma de estranhos ruídos que eram atribuídos a mudanças ocorridas na ventilação do sepulcro. Breasted tinha intensa consciência da morte e do desgaste do tempo. "A vida de todas as maravilhas que me cercam é limitada", lamentava. "Em algumas gerações, os objetos que não são de pedra, de metal ou de cerâmica desaparecerão."

Por mais comoventes que fossem, os sentimentos do arqueólogo americano não forneciam nenhuma pista.

— Por que Faruk falou de um depoimento importante de Breasted? — perguntou Mark.

O abade Pacômio inspirou profundamente.

— Eu me lembro... Sim, eu me lembro! Breasted falava que Tutancâmon era um soberano generoso, que reinara na época em que Moisés ainda não havia nascido, e ele se interessava pelos selos e pelas inscrições, tão difíceis de decifrar. Num belo dia, ele viu uma das duas grandes estátuas de pele negra, que guardavam o túmulo do faraó, piscar o olho. Ela estava viva e olhava para ele. Em pânico, ele quis fugir. Mas, vencendo o medo, ousou se aproximar. Então, Tutancâmon lhe transmitiu o seu último segredo. Posteriormente, foi preciso dar uma explicação plausível. As sobrancelhas da estátua não eram feitas de um pigmento que se havia descamado refletindo um brilho?

O abade Pacômio venceu o cansaço. Precisava legar ao filho de Howard Carter todas as lembranças, por menor que fossem, que permitissem a ele chegar ao fim da Busca.

— As duas estátuas, muito altas[1], são de madeira vermelha e cobertas de ouro. Elas encarnam o *ka* de Tutancâmon, gigante espiritual incumbido de transmitir às gerações futuras o conhecimento dos grandes mistérios. Símbolos dos "justos de voz", elas foram homenageadas com um buquê eterno, que evocava as perpétuas florações, e vigiavam a passagem entre a antecâmara e a câmara da ressurreição, apenas acessível ao ser da luz.

Pacômio se ergueu nos cotovelos.

— O texto encontrado na casa do abade Chenuda, "Busque o deus perfeito com o qual nos glorificamos", está inscrito numa das estátuas encarregadas de guiar a alma no outro mundo.

— Isso significa...

---

[1] 1,92m (com a base).

— Isso significa que os papiros de Tutancâmon estão escondidos dentro de uma delas; quem sabe, nas duas.

Ateya apertou a mão de Mark.

Agora, eles sabiam.

— Você percorreu um longo caminho — lembrou Pacômio. — A partir de hoje, a verdade está ao alcance das suas mãos.

— O senhor me ensinou tudo, meu "pai".

— O seu verdadeiro pai é Howard Carter. Eu fui apenas um intermediário entre você e o Além. Na hora de deixar esta Terra, não tenho o direito de impor a sua conduta. Você já sabe quem é realmente, Mark. Esse tesouro vale por todos os outros.

— Tão próximo do objetivo, estaria me incitando a desistir?

— Já não descobriu a felicidade? O tempo de arriscar a sua vida já passou.

— O senhor me confiou uma missão e eu lhe dei a minha palavra.

— Eu o libero, Mark.

— Não existe melhor maneira de me obrigar a mantê-la. E não o decepcionarei. Amanhã mesmo irei ao Museu do Cairo e convencerei o curador a retirar os papiros dessas estátuas.

— Gostaria de contemplar o poente — pediu o abade.

Ateya e Mark o ajudaram a se levantar e a sentar numa poltrona. Os raios de um sol laranja banharam o rosto de velho.

— Como este país é belo... Enquanto a inundação vier na hora certa, enquanto o sol e a lua nascerem no mesmo lugar, a esperança de uma vida justa nos moverá. Pouco importa a primeira morte, a do corpo. Temos de evitar a segunda, a da alma, pois ela condena os insensatos ao aniquilamento. Lego a você a herança de muitos milênios, Mark. Com a minha filha, forme o casal que resistirá a todas as destruições. Acima de tudo, não se esqueça de que encontrará o Mal e que ele vai lhe propor que apague a luz. Não tenha a presunção de enfrentá-lo, escape pela janela do céu. Se não, as trevas o engolirão.

Pacômio cruzou os braços no peito, igual à postura ritual de Osíris.

Ateya pôs as mãos na nuca do pai, em sinal de proteção. E o espírito do último sumo sacerdote de Amon alçou voo na direção da luz original.

— Cabe a você sucedê-lo — disse Mark a Ateya.

— Realizarei os ritos, mas só os papiros de Tutancâmon assegurarão a transmissão da sabedoria sem a qual o nosso mundo não passará de um barco sem leme, vítima de todas as tempestades.

— Eles reaparecerão, eu prometo.

— Prometa-me, principalmente, que você voltará, Mark.

— Tenha confiança, Ateya.

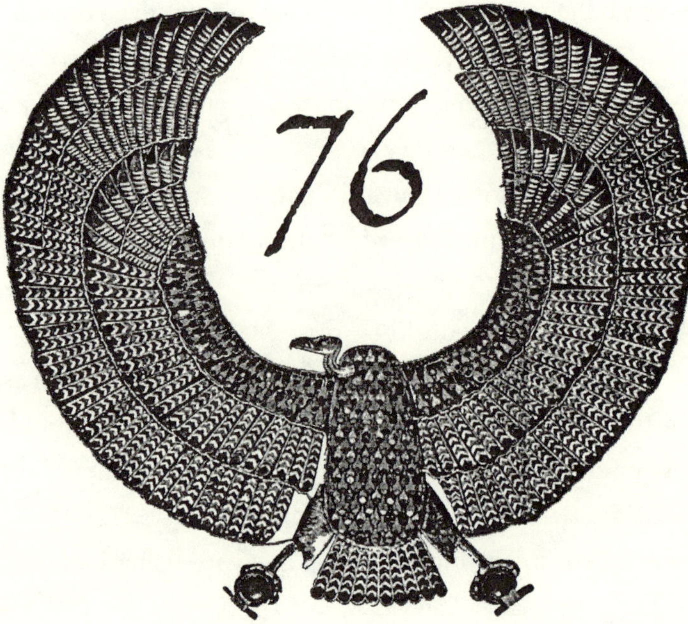

76

O Museu do Cairo estava fechado naquele fim de tarde. Não havia policiais suplementares para vigiar os tesouros, pois a capital continuava numa calma surpreendente. O povo estava totalmente satisfeito com a abdicação de Faruk e aguardava por reformas indispensáveis que lutassem contra a miséria e a pobreza.

Mark entrou num escritório onde o responsável de plantão cochilava.

— Preciso examinar com urgência o tesouro de Tutancâmon. Queira ter a extrema gentileza de me levar até lá.

— Sinto muito, é impossível.

— Então, voltarei com os militares — anunciou Mark. — Nem o general Naguib nem o tenente-coronel Nasser, de quem tenho a honra de ser amigo, gostarão da sua atitude. Por acaso você é amigo do abade Drioton, o egiptólogo de Faruk?

O responsável se levantou.

— De forma alguma! Posso saber o seu nome?

— Mark Wilder.

— Um instante, por favor.

Um chá lhe foi servido e a espera começou.

Mas só durou uns dez minutos.

— Siga-me, senhor Wilder — exigiu o responsável.

Silencioso e deserto, o Museu do Cairo era assustador. As obras-primas aprisionadas, arrancadas do lugar de origem, não emitiam reprovações aos predadores e a uma sociedade de curiosos, incapazes de perceber os seus verdadeiros sentidos?

O americano contemplou as duas grandes estátuas nas quais sobrevivia o *ka* de Tutancâmon, o seu poder criador[1].

Com o pé esquerdo na frente, calçadas com sandálias douradas, elas avançavam sem medo pelos caminhos do outro mundo. Segurando o longo bastão, símbolo do poder e da autoridade, elas ritmavam os próprios passos ao atravessar as portas da eternidade. As suas perucas encarnavam a capacidade do pensamento real para atravessar o cosmos, além dos limites humanos. E as inscrições identificavam Tutancâmon como o "Hórus da dupla região da luz". Quanto à clava, "a brilhante[2]", ela permitia ao monarca iluminar as trevas.

---

1 Só uma das estátuas menciona explicitamente o *ka*.

2 *Hedj*.

Mark estava interessado num detalhe: as duas estátuas seriam feitas de vários pedaços de madeira? Ele fez um exame atento e a resposta foi positiva. Portanto, elas podiam ser desmontadas e ter servido muito bem de relicário para abrigar o último segredo de Tutancâmon.

— Objetos maravilhosos — disse a voz suave do Professor. — Por que queria admirá-las com tanta urgência?

— Não sabe, realmente?

— Venha ao meu escritório, senhor Wilder. Lá poderemos conversar longe de ouvidos indiscretos.

A sala era ampla e mobiliada em estilo Luís XV. Só uma janela entreaberta a iluminava. Ela dava para uma rua provisoriamente fechada para o trânsito. A luz do escritório estava acesa.

Numa mesa de centro havia café, chá e *pâtisseries*.

— O sofá está à sua disposição — sugeriu o Professor.

— Prefiro ficar de pé.

— Como queira.

Mark se aproximou da janela. Ao mergulhar para fora, ele correria o risco de quebrar os ossos.

Por que não derrubar este homem, de estatura média, que não tinha nada de um colosso? Vestido de branco, de uma calma imperturbável, o erudito não tinha nada de assustador.

Mark não devia esquecer as aparências ao rememorar os avisos do abade Pacômio? Ele se lembrou da observação de Dutsy Malone, ao fim de um processo tortuoso: a astúcia suprema do diabo não consiste em passar despercebido?

— Vivemos momentos dramáticos — lembrou o Professor. — Por sorte, a violência foi evitada. Esperemos que o futuro do Egito seja radioso. Quando volta para Nova York, caro amigo?

— Não antes de ter encontrado os papiros de Tutancâmon.

O Professor deu um ligeiro sorriso.

— Sempre essa quimera... Surpreendente num homem com o seu caráter e importância.

— O caminho foi longo, muito longo. E eu poderia ter morrido sob os golpes do Salawa.

— Uma lenda destinada a assustar as almas crédulas! O Egito ainda está cheio de superstições.

— Obviamente, o senhor sabia que as duas grandes estátuas negras de Tutancâmon continham os papiros. Carter também sabia.

— Um belo romance no qual nenhum cientista acreditará, senhor Wilder. Já foi reconhecido, de uma vez por todas, que a tumba de Tutancâmon não abrigava nenhum papiro.

— As duas estátuas, sim.

Com os cotovelos apoiados na mesa, o Professor trançou os dedos numa figa.

— A quem vai contar essa fábula?

— Não aos egiptólogos que dependem do senhor e sim à imprensa, que fará uma investigação e informará o grande público. A operação vai demorar, será preciso convencer as novas autoridades egípcias, mas acabaremos desmontando as estátuas, sem quebrá-las, e traremos os papiros para a luz do dia.

— Supondo que tenha razão, o que espera conseguir?

— O mundo inteiro não ficará fascinado com tal revelação?

— A ciência deve continuar a ser propriedade dos estudiosos, senhor Wilder. O grande público não saberia apreciar a sua complexidade e profundidade.

— O Oriente Médio e muitas outras regiões não têm vontade de conhecer a verdade sobre o Êxodo? Todos os seres humanos não desejam descobrir o segredo da imortalidade? E esses são apenas dois dos temas abordados pelos sábios que redigiram esses papiros!

— Como pode ter certeza?

— Estou errado, Professor?

O erudito pegou uma caneta e retirou a tampa.

— Vamos admitir que esses documentos existam e que o conteúdo deles seja importante. Por que abalar as crenças atuais ressuscitando antigos pensamentos de uma época passada? O bom senso consiste em não destruir a ordem estabelecida e deixar a história seguir o seu curso.

— Essa atitude não me parece muito científica.

— À vezes, convém não exumar certas descobertas. As Igrejas e os diversos poderes nos deram muitos exemplos. Tutancâmon deve repousar em paz.

— Não pretendo desistir — afirmou Mark.

— O filho de Howard Carter é tão teimoso quanto o pai! O seu protetor, o abade Pacômio, não lhe recomendou prudência? Se esquecer esses papiros, terá uma existência brilhante, ao lado da sua esposa, Ateya. Sacrificar um futuro desses para se ocupar com documentos tão velhos não é uma atitude muito aventureira?

— O nosso futuro não depende de valores que construíram autênticas civilizações, como a do Egito faraônico?

— O senhor não precisa de dinheiro, não ambiciona um posto universitário, não tem nenhum vício que se possa explorar... É difícil corrompê-lo, senhor Wilder.

— É impossível.

— Que objetivo persegue realmente?

— O advogado lhe responderia espontaneamente: "A verdade." Sempre gostei da verdade e não suporto que tentem abafá-la.

— A verdade... A nossa época não se interessa por ela. Prefere o espetáculo e a mentira.

— Tenho consciência da sua capacidade para fazer o mal, Professor, e dos obstáculos que encontro pela frente. Mas tanto o senhor quanto eu sabemos que o vencimento do prazo é inevitável: mais cedo ou mais tarde os papiros serão retirados do esconderijo.

O Professor rabiscou figuras estranhas num papel acetinado.

— Nada o faria mudar de opinião, senhor Wilder?

— Nada.

O olhar do homem de terno branco se endureceu.

Naquele instante, o americano compreendeu que o seu interlocutor havia decidido matá-lo.

A atmosfera da sala mudou, os próprios objetos se tornaram hostis. O Professor não estava sozinho. Em torno dele havia múltiplas forças destruidoras que ele manipulava ao seu bel-prazer. E elas eram muito mais eficazes do que qualquer arma convencional.

Diante do demônio, o mais corajoso dos guerreiros seria derrotado. Segundo a profecia do abade Pacômio, a única solução seria a fuga. Por isso, Mark se aproximou da janela.

— Tenho uma solução a lhe propor. Como advogado, prefiro a conciliação aos confrontos e aos processos. O senhor seria conhecido como o arqueólogo que descobriu a localização dos papiros e conquistaria uma fama mundial. Desde que eles fossem traduzidos e publicados, eu desapareceria e lhe deixaria toda a glória dessa façanha.

A sugestão foi recebida com um longo silêncio.

— Aprecio muito essa tentativa de negociação, senhor Wilder. Infelizmente, ela não levou em conta um detalhe essencial: eu sou o

Professor e sou eu que decido o que os humanos devem saber. A respeito dos papiros de Tutancâmon, a minha decisão é definitiva e irrevogável: eles continuarão inacessíveis.

— Tire-me uma dúvida: o senhor retirou os papiros das estátuas, decifrou os textos e recolocou esse tesouro inestimável no seu lugar original?

O Professor sorriu ao pensar no documento que continha o segredo de Tutancâmon, fechado com lacres de cera vermelha que ninguém chegaria a quebrar.

— Eu sou um profissional e o senhor, um amador.

Os raios do sol poente invadiram o escritório. Mark Wilder estava bem próximo à janela.

— Meus parabéns, caro amigo. Você descobriu a verdade, mas de nada adiantará. Só a comunidade científica tem razão e a opinião dela está formada: os papiros de Tutancâmon não existem. Por isso, o senhor vai se calar para sempre. Belo pôr-do-sol, não é? Prefiro a penumbra, vamos apagar a luz.

EPÍLOGO

Segundo amigos que moravam perto do prédio de Ateya e Mark Wilder, a jovem saiu do apartamento no dia seguinte ao enterro do pai, cujo túmulo se tornou um lugar de peregrinação para os raros iniciados.

Ela nunca mais foi vista no Cairo.

Mark Wilder não voltou a Nova York e, apesar dos esforços, Dutsy Malone não conseguiu encontrá-lo. Em 1955, a polícia egípcia lhe participou que abandonaria as buscas, aliás nunca começadas.

No entanto, o guarda da tumba de Tutancâmon me jurou que Mark e Ateya viviam, com nomes falsos, num povoado afastado onde os estranhos não eram bem-vindos. Eles levavam uma vida feliz, calma e secreta.

O Professor se adaptou muito bem ao regime de Nasser e ao dos que vieram depois dele. De acordo com os meus conhecimentos, os papiros ainda estão no interior de uma das duas grandes estátuas guardiãs, ou, quem sabe, nas duas. Por que a recusa em exumá-los e conhecer a sua mensagem?

Esse é o último segredo de Tutancâmon.

Cairo, abril de 2007.

Não perca as fantásticas e
inesquecíveis trilogias de
CHRISTIAN JACQ.

História, cultura e muita emoção!

RAMSÉS

O épico monumental publicado em 30 países e mais de 10 milhões de exemplares vendidos em todo o mundo.

Ao recriar a grandiosidade e o mistério dos tempos antigos, Christian Jacq retrata, como nunca se fez antes, o magnífico faraó Ramsés, cujo reinado se encontra talhado em esculturas colossais. Pertencente à XIX dinastia do Antigo Egito, Ramsés soube cultivar a sabedoria, a justiça, a beleza e a prosperidade. Abençoado por Sethi e amado pelo povo, ele reinou por mais de 60 anos às margens do Nilo, a terra do misticismo e do encantamento.

A PEDRA DA LUZ

Numa cidade cercada por altos muros, alguns iniciados guardam os mais preciosos segredos do Antigo Egito.
O mais fabuloso de todos: a Pedra da Luz.
Neste local, chamado de Lugar da Verdade (em egípcio, *set Maât*), dinastias de artistas e artesãos têm uma missão primordial: preparar as moradas da eternidade dos faraós.
São homens e mulheres iniciados e devotados ao silêncio iniciático, que trabalham incessantemente para homenagear os deuses e os faraós.

A RAINHA LIBERDADE

Por intermédio da história verídica e emocionante de Ahotep, a Joana d'Arc egípcia, Christian Jacq nos apresenta um Egito fabuloso, prestes a desaparecer, mas que renasce das cinzas, liderado pela coragem e pela paixão dessa jovem mulher. Sem a rainha Ahotep, o Vale dos Reis não teria existido, o Egito não teria conhecido o período de esplendor do Novo Império... nem seus mais gloriosos faraós, como Ramsés, o Grande.

MOZART

Com apenas sete anos, ele não só já havia feito longas viagens, mas também se apresentara em Praga, Viena e Frankfurt. Esse menino tinha um segredo que lhe dava forças quando se sentia muito cansado, um tesouro só dele: um país imaginário, onde ele era o rei, lindamente desenhado num mapa que sempre carregava consigo. O nome dessa criança-prodígio é Wolfgang Amadeus Mozart, que compunha para "descobrir as notas que se atraem".

Mozart conhece um homem, Thamos, conde de Tebas, que viera do Alto Egito para fazer a iniciação do Grande Mago.

Thamos pressente que Mozart é esse Mago e que a sua obra impedirá que a humanidade seja engolida pelo caos.

A partir desse momento, o homem e a criança nunca mais irão se separar. Mas será que Thamos conseguirá salvar Mozart de todas as ciladas que aparecerão pelo caminho?

Ao narrar a aventura espiritual e a vida secreta de um dos maiores gênios da História, Christian Jacq revela a estreita ligação de Mozart com a franco-maçonaria.

Impresso no Brasil pelo
Sistema Cameron da Divisão Gráfica da
DISTRIBUIDORA RECORD DE SERVIÇOS DE IMPRENSA S.A.
Rua Argentina 171 – Rio de Janeiro, RJ – 20921-380 – Tel.: 2585-2000